Ardesis

Elf Erzaehlungen aus der Welt des Pendogmion

BOOKS on DEMAND

Marcus Parschau

Ardesis

Elf Erzaehlungen aus der Welt des Pendogmion

Bibliografische Information der Deutschen Nationalbibliothek:
Die Deutsche Nationalbibliothek verzeichnet diese Publikation in der Deutschen Nationalbibliografie; detaillierte bibliografische Daten sind im Internet über http://dnb.dnb.de abrufbar.

1. Auflage
© 2018 Marcus Parschau

Coverfoto: **Liam Parschau**
Landkarte: **Marcus Parschau**
www.pendogmion.de

Herstellung und Verlag: BoD – Books on Demand, Norderstedt

ISBN 9783746067698

INHALT

Aus der Tiefe

Shess tauchte aus dem Meerwasser wieder an die Oberfläche, spuckte das salzige Wasser aus und seufzte zufrieden. Endlich war er wieder zu Hause. Natürlich war es auch schön, die lange Reise gemeinsam mit seinem Vater tief nach unten in das Reich der Flees unternommen zu haben. Immerhin war es eine sehr wichtige Reise. Sein Vater Quilt war schließlich Abgesandter des Königs der Shintos. Offenbar war er der Meinung, dass sein Sohn nun alt genug war, derartige Aufgaben und Zusammenhänge kennen- zulernen. Aber es war ein so heißes Land dort tief unter ihnen. Anders als die Flees, die zu den Insektenartigen gehörten, hatten die Shintos ein dichtes schwarzes Fell, das sie in den kühlen Tiefen dicht unter der Oberfläche warm hielt. Die Flees aber lebten dicht am Herz der Welt und schon in ihren oberen Provinzen war neben der großen Hitze auch der Geruch der Ausdünstungen dieser Gefilde nur schwer zu ertragen.

Wohlig legte sich Shess auf den Rücken und ließ sich noch ein wenig in dem kühlen Wasser des Unterflächenozeans treiben, der sich bis an die Häfen seiner Heimatstadt Taquel erstreckte. Er liebte das Geräusch der an die Felsen schlagenden Wellen und dessen Wiederhall in dem gewaltigen Höhlengewölbe über ihm. Shess wusste, dass drüben am Ufer sein Vater bereits auf ihn wartete, denn sie waren auf dem Weg in die Gesprächshalle von Taquel, um den Beobachter der Kiris zu treffen. Sein Vater war in den letzten Tagen entspannter. Nachdem sie die ernsten Nachrichten über die Geschehnisse in der Tiefe erfahren hatten, war der König äußerst besorgt. Das Gespräch mit den Flees, das sein Vater zu führen hatte, war ein großer Erfolg, aber nun benötigten die Shintos dennoch Hilfe, um das

Unheil abwenden zu können. Sein Vater hatte nun die Hoffnung, dass die Einogs in dieser Lage helfen könnten. Shess wusste bisher, dass die Einogs das erste Volk waren. Sie waren die ersten, die einst vor vielen Zeitaltern erwacht waren und sie kannten die Zusammenhänge der Welt mehr als jede andere Art. Die Kiris gehörten zu ihren Kundschaftern oder zu ihren Wissenssammlern, wie die Einogs das nennen würden. Sein Vater Quilt war überzeugt davon, dass die Einogs nun eingreifen würden, denn es gab eine immense Gefahr für viele Völker.

Shess hörte seinen Vater ungeduldig rufen und verließ langsam und etwas missmutig das Wasser. Quilt vernahm, wie sein Sohn zu ihm an Land kam und sich das Meerwasser aus dem nassen Fell drückte. Wie von einer feuchten Höhlendecke prasselte das Wasser auf den Kiesboden. „Um diese Zeit ist es voll auf der Hauptstraße", sagte er leise. „Du kannst morgen wieder herkommen." Shintos trugen keine Kleidung, da ihr kurzes schwarzes Fell dies aus ihrer Sicht überflüssig machte. Sie hatten lange und kräftige Arme mit im Vergleich zu anderen Arten gewaltigen Händen, die ihnen seit jeher das Graben erleichterten. Die Ohren und das Gesicht der Shintos erinnerten entfernt an Hundswesen, doch hatten sie eine weniger ausgeprägte Schnauze. Weiter oberhalb verbargen sich hinter dem Fell die wenig genutzten Augen, denn in der Finsternis der Unterflächenwelt mussten sie in der Hauptsache nur einen kleinen Beitrag dabei leisten, Entfernungen einschätzen zu können.

Es war in der Tat voll auf der Hauptstraße, die an dieser Stelle steil aufwärts zum unteren Eingang von Taquel führte. Shess hörte die vertrauten Geräusche der Lasttiere der Kaufleute und das gleichmäßige und friedliche Gewirr vieler Stimmen. Die Luft war erfüllt von dem würzigen Geruch der Pilze, Knollen und Larven, die von den Anbaugebieten in die Stadt gebracht wurden. Shess war noch niemals einem

Wesen von der Oberfläche begegnet und inzwischen sehr neugierig auf dieses Treffen. „Sie hören nicht sehr gut", erklärte sein Vater. „Ich war schon oft oben an der Oberfläche und es ist dort so, dass es wenige Hindernisse für alle Arten von Laute gibt. An der Oberfläche ist man ungeschützt. Wenn du das erste Mal hinaustrittst, wird dir für einige Zeit schwindlig sein, denn du stehst in einer weiten freien Fläche und es gibt nach allen Seiten keinerlei Begrenzung. Von überall hörst du alle Arten von Lebewesen und viele andere Dinge, die wir bei uns nicht kennen. Das Oberflächenvolk hat diese Geräusche immer um sich und hört daher davon nicht alles. Sie haben sich daran gewöhnt und hören anders. Dafür sprechen sie sehr laut, du wirst sehen. Wir müssen auch sehr laut sprechen, denn sonst hören sie uns nicht."

Shess spürte, wie sich seine Nackenhaare und die Haare auf der Oberseite seiner Arme aufstellten, denn es schauderte ihm bei dem Gedanken an die Oberfläche ein wenig. „Stimmt es, dass sie sich von oben Feuer mitbringen?", fragte er. „Ja, das stimmt", antwortete Quilt. „Aber sie brauchen es nicht wie die Flees der Wärme wegen, obwohl sie bei uns schon häufig ein wenig frieren. Sie brauchen Licht. Es gibt immer Lichter an der Oberfläche. So hell, dass es einem in den Augen schmerzt. Etwa so, wie bei dem großen Feuersee, den wir bei den Flees gesehen haben. Nur ist das Licht nicht so heiß. Ohne das Licht würden sie überall gegenstoßen oder hinfallen, denn sie brauchten es, um sich zu orientieren. Sie riechen und hören nur wenig und sie nutzen vor allem ihre Augen." Shess schüttelte den Kopf. Was mochte das für ein Wesen sein, das für einen einfachen Spaziergang Licht benötigt?

Bald öffneten sich auf beiden Seiten der Hauptstraße viele Nebengänge und an den Wänden gab es Türen und Belüftungslöcher. Sie hatten nun die Stadt betreten, die aus einem unübersichtlichem Ganglabyrinth bestand. Es existierten mehrere Ebenen der Stadt, die wie ein großes ovales Gebilde unter der Erde lag. Taquel verfügte über drei eigene Quellen und ein umfangreiches Belüftungssystem. Wie viele Unterflächenvölker hatten die Shintos in ihren Städten Schachtwürmer eingesetzt. Diese großen und wehrhaften Wurmwesen gruben sich, wenn man sie aussetzte, bis hoch zur Oberfläche und legten weitverzweigte Gangsysteme an. Überall in der Stadt gab es die von ihnen geschaffenen Entlüftungslöcher, aus denen immer auch ein wenig Wurmschleim auf den Boden tropfte. Schachtwürmer waren scheu und wagten sich nicht aus ihren Gangsystemen heraus, wurden jedoch versehentlich Gänge geöffnet, verteidigten sie ihren Bau mit messerscharfen Zähnen. Shess wusste, dass es für Fremde immer wieder schwierig war, sich im Straßenwirrwarr von Taquel zurechtzufinden. Für ihn war das kein Problem. Er lief auf dem Weg zur Gesprächshalle immer ein Stück voraus.

Die große Gesprächshalle von Taquel befand sich in einer der inneren Ebenen der Stadt, sodass Vater und Sohn vom unteren Eingang kommend noch einen längeren Weg zurücklegen mussten. Dort angekommen suchten sie sogleich nach der für das Gespräch vorgesehenen Nische. Die Gesprächshallen der Shintos waren meist große Höhlengewölbe, die als Treffpunkt oder zum Informationsaustausch für alle Arten von größeren und kleineren Gruppen genutzt werden konnten. Jeder konnte hier zu allen Zeiten an einem der großen steinernen Tische Platz nehmen und sich mit gezielten oder zufälligen Gesprächspartnern unterhalten. Vom König über einzelne Familien bis hin zu Kaufleuten und jungen Paaren waren alle Arten von Personen vertreten und die unterschiedlichsten Gespräche wurden hier geführt. Für diese Zwecke gab es große zentrale Gruppentische, aber auch abgelegene separate Nischen und eine derartige Nische war für das

Gespräch mit dem Kiri vorgesehen.

Es war kein Problem, die Nische mit dem Kiri zu finden; Shess konnte sie schon von Weitem sehen. Man hatte auf den Tisch ein großes, weißes, zylinderartiges Gebilde gestellt, auf dem ein kleines Feuer brannte. Weit um die Nische herum war dadurch alles hell erleuchtet und Shess merkte, wie unangenehm dieser grelle Schein für seine Augen war. Es dauerte eine Weile, bis er die Personen an dem Tisch erkennen konnte. Der Kiri war nicht alleine, offenbar hatte ihn Lorqua gebracht, eine Helferin seines Vaters. Quilt umarmte den Kiri herzlich und stellte seinen Sohn vor. Nun konnte Shess das Wesen genauer erkennen. Der Kiri war sehr klein – nicht einmal halb so groß wie sein Vater – und hatte seltsamerweise nur auf dem Kopf etwas Fell. Er hatte helle Haut und man konnte seine kleinen unbehaarten Ohren erkennen. Ohne Fell war sein Gesicht sehr beweglich, wenn er mit Shess sprach – und er sprach tatsächlich etwas laut –, bewegte er seinen Mund auf recht eigentümliche Art. Außerdem waren da seine Augen. Soweit Shess das erkennen konnte, mussten sie sehr groß sein und er spürte deutlich, wie er von ihnen gemustert wurde. Das Auffälligste aber war der Stoff. Der Kiri hatte seinen Körper in eine Art grauen Stoff eingewickelt, der irgendwie darauf vorbereitet worden war. Es gab einen Teil für den Oberkörper und einen für die Beine. Kopf, Hände und Füße schauten heraus; ein wenig war der Stoff wie ein Fell. Shess verstand, dass die Kiris den Stoff wohl brauchten, um ohne Fell unter der Erde nicht zu frieren. Wahrscheinlich legten die Oberflächenwesen diese Stoffe ab, wenn sie wieder in das warme Licht an der Oberfläche traten.

Der Kiri, der den Namen Kalv trug, hatte bereits für alle einen Krug mit heißem Bitterflechtentee bringen lassen. Shess erhielt einen Becher mit gesüßtem Rotknollensaft. Kalv eröffnete das Gespräch: „Mein lieber Freund, ich freue mich immer, wenn es die Gelegenheit für ein Wiedersehen gibt.

Aber Ihr habt mir ausrichten lassen, dass es ernste Nachrichten gibt, die Ihr mir mitteilen wollt." „Das ist in der Tat so", antwortete Quilt. „Vor etwa zwei Monden, wie Ihr diesen Zeitraum ausdrücken würdet, erhielten wir die Nachricht aus einer tiefer gelegenen Provinz. Dort treibt man Handel mit dem Unterflächenvolk der Flees. Die Flees sind ein insektenartiges Volk, das dicht am Herzen der Welt lebt und sich aus dieser Region niemals entfernt. Zufällig hatten die Unseren von den Flees erfahren, dass ein Shartac sich von seiner Gruppe gelöst hat und auf dem Weg nach oben ist." „Die Flees", wiederholte Kalv und redete dann weiter: „Ich habe von diesem Volk schon einmal gehört. Ich weiß, dass auch die Einogs sie kennen, aber man weiß nicht viel über sie und es ist viele Zeitalter her, dass ein Einog einem Flees begegnet ist, tief unter der Erde. Aber was ist ein Shartac?"

Quilt trank einen Schluck von dem Bitterflechtentee, senkte seinen Kopf und sagte: „Ihr wisst, dass es tief unten in der Erde so manches Getier und so manch Wesen gibt, von dem die Oberflächenvölker nichts wissen. Viele dieser Wesen sind friedlich. Sie ahnen nichts von der Oberfläche oder glauben, dass es so etwas wie eine Oberflächenwelt nicht gibt. Sie leben schon seit undenklichen Zeiten in ihren Höhlen und Gängen. Einige von ihnen sind uralt. Sie bewegen sich kaum noch fort und sind scheinbar den Pflanzen näher als den Wesen von Fleisch und Blut. Oft wissen nur wir Shintos von ihnen und können mit ihnen sprechen, denn nicht wenige der Wesen unter der Oberfläche sind im Laufe der Zeiten erwacht und sind eine eigenständige Art wie die erwachten Wesen auf der Oberfläche. Andere Wesen sind kämpferisch und nicht wenige suchten nach Platz und Raum zur Ausbreitung. Voll Hass und Wut sitzen sie in ihren engen Gängen und manch grauenvolle Kreatur verbirgt sich in den Tiefen. Die Shartacs gehören nicht zu den erwachten Wesen.

12

Es sind gewaltige käferartige Allesfresser ohne Verstand. Ihre harten Panzer schützen sie vor fast allen Temperaturen und jedem Angriff. Sie haben enorme zangenartige Greifer, mit denen sie graben, aber auch alles zerreißen können, was sich ihnen in den Weg stellt. Auch sie lebten dicht am Herzen der Welt, denn die Hitze dort unten spüren sie nicht. Sie leben aber weitab von den Flees in großen Gruppen. Wenn sich nun ein Shartac von seiner Gruppe gelöst hat, dann bedeutet das nichts Gutes. Die Shartacs brauchen das Leben in ihren Familienverbänden. Nur wenn sich ein Einzelwesen durch eine Krankheit oder warum auch immer nicht in die Gruppe einfügt, wird er ausgestoßen. Ein Shartac kann aber eigentlich nicht alleine sein. Wenn so etwas geschieht, dann ist das Wesen voll ohnmächtiger Wut und dem Wahnsinn nahe. Dieser Shartac ist nun auf dem Weg nach oben."

Kalv nickte und sah Quilt nachdenklich an. „Ich habe bisher verstanden", sagte er, „dass ein sehr großer Käfer sich aus der Tiefe der Welt aufgemacht hat und auf dem Weg zur Oberfläche ist. Was für eine Gefahr verbirgt sich dahinter? Was kann er anrichten?" Quilt sprach nun für einen Shinto verhältnismäßig laut und Shess konnte sehen, dass sein Vater wieder von dem gleichen Entsetzen heimgesucht wurde, das er an ihm gesehen hatte, als er die Nachricht und seinen Auftrag von dem König erhalten hatte. „Ein Shartac", sagte er. „Ein Shartac ist von solch einer Größe, dass er in diese Halle nicht hineinpassen würde. Es ist eine grauenvolle Bestie und er benötigt ständig neue Energie und neue Nahrung. Dies wird erst recht der Fall sein, wenn er sich von der Wärme wegbewegt und sein Körper selbst genug Wärme produzieren muss. Setzt dieser Shartac seinen Weg fort, dann liegen mehrere Shinto-Siedlungen und auch Taquel auf seinem Weg. Wir haben nichts, das ihn aufhalten kann, und er wird alles, was auf seinem Weg liegt, zerstören und sich einverleiben. Wenn er dann aber auf geradem Weg durch die

Oberfläche bricht – und davon gehen wir aus –, dann ist er in der fergardhonischen Stadt Carnat und dies wird nicht die letzte Oberflächenstadt sein, die durch ihn sein Ende findet."

„Dann", sagte Kalv bestürzt, „sollten wir die Fergardhonier warnen. Ich danke euch für diese Nachricht, Freund. Carnat ist auch ein guter Ort für die Kiris. Viele von uns leben dort. Die Fergardhonier haben zahlreiche und gut ausgebildete Krieger in Carnat. Sie werden vorbereitet sein, wenn der Shartac kommt. Aber wie können wir Euch helfen?" „Ihr versteht noch nicht", erwiderte Quilt. „Die Fergardhonier, selbst wenn sie noch so stark und zahlreich wären, werden gegen den Shartac nichts ausrichten können. Sein Panzer hat der mächtigen Hitze der Tiefe standgehalten, die selbst alles Metall zum Schmelzen bringt. Seine Greifer bohren sich durch härtestes Gestein. Wenn der Shartac an die Oberfläche dringt, dann ist jeder, der sich ihm entgegenstellt, verloren."

Kalv schwieg für einen Augenblick und fragte dann: „Nun verstehe ich Eure Aufregung. Was können wir nun unternehmen? Was kann man gegen dieses Unglück ausrichten?" „Wir kommen gerade von den Flees und ich habe etwas Zeit gewinnen können", berichtete Quilt. „Auch die Flees fürchten den Shartac. Aber es sieht so aus, als ob er an ihren Siedlungen vorbeiziehen wird. Sie haben ihn weit entfernt von ihren Behausungen gesichtet. Die Flees möchten sich nicht einer Gefahr aussetzen. Sie sind uns aber sehr freundschaftlich verbunden. Es ist ihnen gelungen, den Shartac in ein Gebiet zu locken, in dem massive Felskerne seinen Weg nach allen Seiten versperren. Dies wird ihn nicht aufhalten, denn er kann diese Felskerne zerbrechen, aber er wird einige Zeit dafür benötigen. Nach Eurer Zeitrechnung wird er etwa zwei Monde benötigen, ehe er dieses Gebiet verlassen kann und dann wird er nach einem weiteren halben Mond unsere ersten Siedlungen erreichen. Die Flees wissen

14

sehr viel über die Shartacs und ich konnte herausfinden, dass sie auch einen Weg kennen, den Shartac zu töten. Wenn die Shartacs auch sehr große Hitze unbeschadet überstehen können, so hat dies dennoch seine Grenzen. Unten dicht am Herz der Welt gibt es gewaltige Feuerströme und Seen aus geschmolzenen Metallen. Ihr wisst, von Zeit zu Zeit gelangt etwas davon bis an die Oberfläche. Ein Shartac, der damit in Berührung kommt, würde schon bald vergehen, denn kein Material kann diese Hitze lange überdauern. Die Flees aber wissen, wie man diese Feuerströme umleiten kann. Sie würden einige Zwischenwände abtragen und den Feuerströmen neue Richtungen geben. Sie sagen, es wäre möglich, durch eine Zusammenlegung mehrerer Ströme einen großen Druck zu erzeugen, sodass ein mächtiger Feuerstrom aufsteigen und den Shartac vernichten würde."

„Das ist doch eine wunderbaren Nachricht, Quilt", sagte Kalv. „Großartiges habt Ihr da erreicht. Wenn dies geschieht, dann wäre das die Rettung für alle." „Wenn die Flees dies vollbringen", sagte Quilt ernst, „dann setzen sie sich bei diesen Arbeiten großen Gefahren aus. Es ist bereits vorgekommen, dass es bei derartigen Arbeiten zu Unglücken gekommen ist, die nicht alle überlebt haben. Wie gesagt: Die Flees sind nicht in direkter Gefahr. Wenn sie diese Aufgabe vollbringen sollen, dann erwarten sie dafür einen beträchtlichen Lohn. Diesen werden wir Shintos nicht leisten können. Ich habe lange mit den Flees gesprochen, aber an ihren Forderungen führt kein Weg vorbei. Meine letzte Hoffnung ist daher, dass die Einogs eingreifen können. Wir sind sonst alle verloren."

Kalv schwieg für einen Augenblick und sagte dann ruhig: „Leider weiß ich mit Sicherheit, dass meine Herrn, die Einogs, nicht eingreifen werden. Möglicherweise könnten sie einen Ausweg wissen und in dieser Situation helfen, aber sie werden es nicht tun." „Aber warum nicht?", fragte Quilt bestürzt. „Viele Arten sind von diesem Ereignis betroffen. Es wird ein großes Unglück geben. Wenn sie helfen können, warum tun sie das nicht?" „Die Einogs betrachten unsere Welt und ihre Entwicklung seit vielen Zeitaltern", sagte Kalv. „Ihr höchstes Ziel ist es zu wissen und zu verstehen. Aus ihrer Sicht gehört es zu den Gesetzmäßigkeiten der Welt, dass sie in immerwährenden Wandel ist. Sie beobachten dies seit sehr langer Zeit und verstehen viel von den Gezeiten, denen das Leben und seine Entwicklung unterworfen sind. Sie greifen nur dann ein, wenn die Veränderung der Welt durch einzelne Arten aufgehalten oder zum Stillstand gebracht wird, wenn also einzelne Arten beginnen, die Welt nach ihren Bedürfnissen zu formen. Alle anderen Ereignisse gehören zum Prozess der immerwährenden Veränderung. Wenn nun ein Shartac an die Oberfläche gelangt und mehrere Städte vernichtet, dann ist dies für sie ein neues Ereignis von großer Bedeutung, aber es ist kein Grund, in dieses Geschehnis einzugreifen. Das Handeln des Shartac ist Teil der ständigen Veränderung der Welt. Versteht Ihr das?"

„Bei den Göttern", sagte Quilt. „Ja, ich verstehe. Aber dann sind Taquel und Carnat verloren und noch viele Siedlungen und Städte mit ihnen. Wir müssen sofort damit beginnen, die Bewohner zu informieren. Sie müssen ihre Wohnungen verlassen und so schnell wie möglich fliehen. Meine Mission ist gescheitert." Kalv sah in seinen inzwischen leeren Becher und fragte: „Was genau ist denn die Entlohnung, die die Flees eingefordert haben?" „Sie möchten fünfzig Karren voll von den großen roten Saftbeeren", antwortete Quilt. „Sie wollen … Obst?", fragte Kalv fassungslos.

„Das mag sich für Euch seltsam anhören", sagte Quilt. „Aber wann ist eine Sache wertvoll? Sie ist es dann, wenn sie sehr selten und nur für wenige zu haben ist. In vielen Oberflächenstädten ist Gold von besonderem Wert oder

16

bestimmte Steine sind es. Von all dem haben die Flees tief unter der Oberfläche mehr als genug. Es hat keine Bedeutung für sie. Die großen Saftbeeren sind aber Früchte der Sonne. Sie wachsen nur, wenn es sehr warm ist und die Sonne auf sie niederscheint. Dies gibt es tief unter der Oberfläche nicht. Die Saftbeeren haben ihr Aussehen und ihren Geschmack von der Sonne. Für die Flees sind das Sonnenbeeren und sie finden sie köstlich. Nur die Herrscher und einige wohlhabende Familien konnten sich bisher einige davon beschaffen. Für Flees haben diese Beeren einen ungeheuren Wert. Aber wir können sie jetzt nicht bekommen, nicht wahr? Oben an der Oberfläche liegt dichter Schnee auf den Feldern. Für viele Monde ist es nicht die Zeit, um Saftbeeren zu ernten. Es gibt derzeit einfach keine und ohne die Einogs werden wir dieses Problem nicht lösen können."

Zu Quilts großem Erstaunen begann Kalv in diesem Moment zu lachen. Er musste seinen Krug abstellen und war offenbar für einige Momente nicht in der Lage weiterzusprechen. „Mein lieber Freund", sagte er schließlich und lachte dabei noch immer. „Bitte verzeiht meine Unhöflichkeit, aber das ist nicht wirklich ein Problem. Wir sind die Kiris und wir leben in vielen Städten und Herrscherhäusern überall in der bekannten Welt und darüber hinaus. In der Tat können die Saftbeeren hier im Moment nicht gedeihen, aber sie tun dies an anderen Orten, weit entfernt im tiefen Südwesten. Es gibt Kaufleute, die sie mit Schiffen in entlegene südliche Provinzen bringen. Es wird nicht einfach sein, aber die Kiris können so etwas beschaffen." „Aber", sagte Quilt verwirrt. „Werdet ihr dies denn auch tun?" „Carnat ist bedroht und dies ist ein Wohnort der Kiris. Aber auch unsere Freunde, die Shintos, sind bedroht", antwortete Kalv. „In spätestens einem Mond werden wir die fünfzig Karren in eurer südlichsten Provinz abliefern können. Werdet ihr den Transport zu den Flees ermöglichen können?" „Selbstverständlich wird uns dies möglich sein. Die Früchte würden schon nach wenigen Tagen bei den Flees eintreffen", antwortete Quilt. „Bestelle den Flees Folgendes", sagte Kalv. „Wir können noch mehr für sie tun. Die Flees möchten Saftbeeren. Die Völker, die im Süden diese Beeren ernten, möchten Gold und edle Steine. Wenn die Shintos mithelfen, können wir den Kontakt herstellen. Die Flees werden immer die Sonnenbeeren haben können. So viel sie davon möchten."

Quilt lehnte sich zurück und atmete tief durch. „Dann ist es vollbracht", sagte er erleichtert. „Und der Shartac wird brennen." Er schickte nun Lorqua, damit sie die neuen Nachrichten an die Boten weitergeben konnte. Ein Bote sollte sofort zu den Flees aufbrechen, sodass diese sofort mit den Vorbereitungen beginnen konnten und ein Bote sollte den König unterrichten. „Kaum ein Volk an der Oberfläche kennt die Shintos", sagte Kalv nun nachdenklich. „Und niemand dort oben ahnt, welchen großen Dienst Ihr ihnen heute erwiesen habt."

Kalv bestellte nun noch einmal einen Krug Bitterflechtentee und einen Rotknollensaft für Shess. Es war ein guter Abend in der Gesprächshalle von Taquel und Shess konnte noch so manchen Rotknollensaft trinken und so manche Frage an den Gast von der Oberfläche stellen. Neben der Sonne gab es offenbar ein weiteres Licht für den Zeitraum, in dem sich die Sonne nicht am Himmel zeigte. Außerdem gab es mächtige Winde. Sehr schnelle Luft, die imstande war, ein Wesen vom Boden zu heben und hinwegzuwirbeln. Shess trank von seinem Rotknollensaft und sah in die sich immer weiter füllende Gesprächshalle. Er sah zu den überall an den Tischen diskutierenden, lachenden oder auch schweigenden Shintos hinüber. Dies war ein guter und vertrauter Ort und er war froh, hier zu sein. Eines wusste er genau: Unter keinen Umständen würde er die Oberfläche jemals betreten wollen.

Da war er ganz sicher. Aber eine Sonnenbeere würde er schon gerne einmal probieren.

Der Dieb und der Kaufmann

Es war, als würde man in dichtem Nebel tasten. Hier stand die alte hölzerne Schatulle, dort stand normalerweise die alte Skulptur von König Konchobaar. Nein, Vorsicht, es war der Krug mit dem Wasser. Der alte Fergardhonier tastete auf dem ovalen Tisch gleich gegenüber seines Nachtlagers in seinem Schlafgemach und war schon ganz verzweifelt. Wo hatte er sie nur hingelegt? Wo waren seine Augengläser? Eine Möglichkeit gab es noch. Wenn das nicht zum Erfolg führte, dann musste er die Kiris rufen, denn ohne Augengläser konnte er inzwischen kaum noch etwas zuwege bringen. Aber wie Keredor das hasste. Er selbst war noch im Nachthemd und musste sich wie ein hilfloser Greis von einem Kiri helfen lassen. Nein, das kam nicht infrage. Da waren sie! Wusste er es doch! Direkt neben der Wasserschüssel auf dem Waschtisch hatte er sie gestern abgelegt. Wo auch sonst!

Er wickelte sich die geflochtenen Bänder der Augengläser um die Ohren, band sie sorgfältig zu und langsam lichtete sich der Nebel. Aber was für ein Schreck! Wer stand da unmittelbar vor ihm? Er musste die ganze Zeit hier bei ihm in seinem Raum gewesen sein. Das Herz schlug dem alten Mann bis zum Hals. Dann sah er die Augengläser bei seinem Gegenüber. Ach ja, der Spiegel. Vor einigen Wochen hatte er diesen über dem Waschtisch befestigen lassen. Wenn er sich doch nur daran gewöhnen würde. Nachdenklich sah er auf den beleibten alten Fergardhonier mit den schief sitzenden Augengläsern vor den trüben

19

hellgrünen Augen und dem ergrauten Fell. Die Frühjahrssonne schien zu dem offenen großen Fenster herein und aus dem Innenhof konnte er zahlreiche Vögel von den großen alten Bäumen singen hören. Was für ein herrlicher Tag es war. Vielleicht sollte er heute seinem Sohn auf dessen Anwesen am Südmeer besuchen und einige seiner nutzlosen Freunde kennenlernen. Alles verzogene Söhnchen ihrer wohlhabenden Väter, so wie sein eigener Sohn ja auch. Aber es war wirklich ein schöner Tag. Der alte Mann schaute durch das Fenster hinaus auf seinen Innenhof. Viel zu schade.

Keredor, der alte Kaufmann, nahm seine Morgenmahlzeit heute auf seiner zum Innenhof gerichteten Terrasse ein. Hier war es angenehm schattig und der Straßenlärm, der von dem geschäftigen Treiben in der Hauptstadt Cybolis um diese Zeit schon zu vernehmen war, klang nur leise und gedämpft zu ihm herüber. Er hatte sich von den Kiris nur etwas gesüßtes Röstbrot und einen Becher mit starkem, heißen Pattai bringen lassen. Langsam und Schluck für Schluck trank er von dem belebenden Aufguss der Gelbnuss und seine Gedanken kamen und gingen. Wann genau war das, als er damals Lethril das erste Mal zu Gesicht bekommen hatte, Lethril den Dieb? König Merthach saß noch längst nicht auf dem Thron von Fergardhon. Es war noch die Zeit seines Vaters. König Celthach herrschte in Fergardhon. Aber nein, Celthachs Krönung stand doch erst noch bevor. Der große Krieg war erst seit kurzer Zeit vorüber. Der Than regierte in Cybolis. Es war das Jahr des Thans, des Herrn der Welt. Keredor schloss die Augen und seine Erinnerungen gingen in längst vergangene Tage zurück, als er noch auf dem Marktplatz von Cybolis stand und seine beiden Marktstände betreute.

Meist standen sich seine beiden Stände auf dem großen zentralen Marktplatz von Cybolis direkt gegenüber. Töpfe und Küchengeschirr an dem einen, Kleider für die

Damen aus den Palästen der Adligen und der reichen Händler und Kaufleute an dem anderen Stand. Während der furchtbaren Zeit der Besetzung von Cybolis war jeglicher Handel zum Erliegen gekommen. Keredor hatte seine Münzen und Wertgegenstände bereits vergraben, als er sah, dass die Stadttore gegen den anrückenden Feind verrammelt wurden. Das war auch richtig so, denn alle Vorräte und alle Wertgegenstände hatten die Grauden während der Besetzung aus ihren Häusern geholt und sie hatten kaum das Nötigste in dieser Zeit. Aber gleich nachdem das siegreiche Thansheer Cybolis befreit hatte, hatte er zu seinen alten Geschäftsfreunden wieder den Kontakt aufgenommen und mit seinen versteckten Ersparnissen neue Ware gekauft. Aber es fehlte noch an allem. Es gab nicht viel Ware und die Kunden kauften nicht viel. Dann bemerkte er, dass er fast nach jedem Markttag etwas vermisste. Aber es war nicht sein treuer Verkäufer, den er schon seit so vielen Jahren kannte. Das war völlig ausgeschlossen. Ein sehr geschickter Dieb musste es auf seine Waren abgesehen haben.

Es war an einem trüben Regentag. Es gab ohnehin nicht viel Kundschaft, als er sich entschloss, seine Stände dem Verkäufer zu überlassen und zum Schein die Decken und Teppiche seines Nachbarn zu betrachten. Der war hocherfreut und versprach ihm sofort einen besonders großzügigen Nachlass unter guten Nachbarn und Kollegen. Dann sah Keredor ihn. Erst dachte er, dass er sich täuscht, aber es gab keinen Zweifel. Der Dieb war noch ganz jung. Es war ein dürrer Junge in grauer zerschlissener Kleidung, der soeben blitzschnell einen kostbar verzierten Kupfertopf vom Tisch genommen und unter seinem Umhang verschwinden ließ – einfach so, in einer einzigen Bewegung im Vorbeigehen. Mitten im Gespräch mit dem Teppichhändler drehte sich Keredor weg und lief mit ruhigen, aber beschleunigten Gang zu seinen Ständen hinüber. Wenn der Teppichhändler ihm nur nicht so laut einen noch viel besseren Preis hinterherrufen würde. Nur noch wenige Schritte und er konnte dem Jungen seine Hand auf das schwarze Fell seiner Schulter legen. Doch schon hatte er ihn gesehen und nun musste alles ganz schnell gehen.

Der alte Keredor nahm noch einen Schluck Pattai. In den nächsten Tagen hatte es sich in den Gasthäusern rund um den Marktplatz herumgesprochen. Der Teppichhändler war es wohl, der damals nichts Besseres zu tun hatte, als unter den Händlern das zu verbreiten, was nun geschah. Er war so flink der Junge. In den Augenwinkeln hatte er ihn entdeckt und sofort sprang er davon. Keredor war Zeit seines Lebens und schon in seiner Jugend ein Freund gepflegter Speisen und guter Getränke. Mit wippendem Bauch nahm er entschlossen die Verfolgung auf. Er hatte den Jungen genau im Auge und leider nicht bedacht, dass er am Morgen die gerade eingetroffen Sommerkleider für die reifere wohlhabende Fergardhonierin an dem Dach des Marktstandes befestigt hatte. Sogleich hatte sich ein Exemplar mit dem guten Stoff aus Kampten im Vorbeieilen an seinem Kopf verfangen und nun versuchte er sich, da große Eile geboten war, im Laufen davon zu befreien. Immerhin konnte er mit einem Auge noch ganz gut sehen und – da war der Junge ja noch. Er war noch nicht außer Sichtweite und sah sich ängstlich nach ihm um. Nun war es so, dass auf der anderen Seite neben seinen Ständen damals noch die alte Casia ihren in Kräutersud oder vergorener Milch eingelegten Fisch aus dem Südmeer anbot. Regelmäßig kaufte sie von den Händlern, die täglich direkt aus den Häfen kamen und legte den Fisch in großen Holzfässern und Glasbehältern ein. Auch Keredor kaufte gerne bei ihr und sie hatte da einen besonderen in Lauchmilch eingelegten zarten Fisch, eine besondere Sorte. Während Keredor nun seinen Kopf fast schon von dem Sommerkleid befreit hatte, musste sich doch einer der Ärmel um seine Beine gewickelt haben. Ganz genau wusste er es nicht mehr, jedenfalls hörte er Casias Schrei und ein lautes Krachen und Scheppern und dann wusste er noch, dass es enorm unangenehm war, die vielen kalten Fische überall am Körper zu spüren. Selbst in sein Hemd und in seine Hose waren sie gelangt, auch die mit der guten Lauchmilch. Nachdem er sich wieder aufsetzen konnte und sein Gesicht und die Augen vom Kräutersud befreit hatte, sah er, dass er die Verkaufsauslage durch den Aufprall seines Körpers zerschmettert und dabei wenigstens zwei der Fässer umgerissen hatte. Die alte Casia stand mit schreckensgeweiteten Augen vor ihm. Und der Junge? Der war längst nicht mehr zu sehen.

Für einige Tage ließ sich der Dieb nicht mehr bei ihm blicken, aber schon in der nächsten Woche fehlte wieder etwas. So konnte das doch nicht weitergehen! Keredor beschloss, dem Dieb eine Falle zu stellen. Er platzierte einige besonders kostbare und fein gearbeitete Kupfertöpfe am äußersten Rand seiner Warenauslage, hatte diese aber mit einem dünnen Garn umwickelt, welches wiederum an einer Glocke unter dem Tisch befestigt war. Wenn nun der Dieb etwas mit sich nehmen wollte, erklang sofort die Glocke und Keredor konnte handeln. Etwa sieben Mal läutete die Glocke als seine Kunden interessiert die Töpfe in die Hand nahmen. Das war ihm jedes Mal sehr unangenehm und er musste sich erklären. Selbst die Frau des Großmeisters der Getreidegilde ereilte eines Morgens das Glockenläuten und sie war sofort sehr erschrocken. So eine hochgestellte Dame – wie unangenehm das Keredor war. Da musste er sich einiges von der Frau Großmeisterin anhören. Aber beim achten Mal hatte er den Dieb.

Gerade war er in Verhandlungen mit dem alten Wirt aus dem Wirtshaus gegenüber dem Haupttor vertieft. Der Alte wollte tatsächlich drei der großen gusseisernen Pfannen zum Preis von nur einer, als Keredor die Glocke hörte. Sofort ließ er den verdutzten Greis stehen, der gerade lauthals die angeblich minderwertige Qualität der Holzgriffe beklagte, und stürzte sich in den Gang. Der Junge hatte ihm, noch einen Kupfertopf in der Hand haltend, den Rücken zugekehrt und starrte angsterfüllt auf seinen treuen Verkäufer, der auch das Läuten der Glocke gehört hatte und in den Gang gelaufen kam. Er war flink dieser junge Dieb, aber dieses Mal sollte er nicht nochmals entkommen. Mit einem beherzten Sprung riss Keredor den Jungen zu Boden. Während die alte Casia am Nachbarstand laut schreiend einige Glasbehälter mit ihrem eingelegten Fisch von ihrer neugezimmerten Verkaufs-auslage hob, stürzte Keredor mit dem Dieb zu Boden und begrub diesen unter seinen Massen.

Heftig nach Luft ringend und wie betäubt stand der Junge bald wieder auf seinen Beinen und wurde an beiden Armen sowohl von Keredor als auch von seinem Verkäufer festgehalten. Hastig verkaufte Keredor die drei Pfannen zum halben Preis von einer an den alten, schimpfenden Wirt und dann überließ er seine Stände für einige Zeit der alten Casia, denn so tat man das in diesen Tagen auf dem Markt im Notfall unter Nachbarn. Keredor hatte direkt unter seinem Wohnhaus einen geräumigen Keller als Warenlager und dorthin brachte er gemeinsam mit dem Verkäufer den Jungen. Der Krieg war ja noch nicht lange vorbei und sicherlich hätte er den Dieb zum Stadtkerker bringen müssen. Aber der Junge hatte ihn über Wochen bestohlen. Und wer kam nun für seinen Schaden auf? In diesen Tagen niemand. Folglich behielt er den Dieb zunächst einmal bei sich. Rasch eilte er mit dem Dieb nach Hause und sperrte ihn in seinem Lager ein. Er würde später entscheiden, was aus ihm werden würde.

Auf dem Weg zurück zum Markt kamen sie nur schwer voran. Irgendetwas tat sich dort vorne an der Hauptstraße, denn auch um diese Tageszeit war ein derartiges Getümmel nicht üblich. Keredor musste nicht lange fragen, bis er den Grund erfuhr. Schon in seiner Kindheit hatte er von seiner Großmutter die Erzählungen über den sagenhaften Einog M´Attar gehört, der einst als Berater des Königs Konchobaar des Großen in Cybolis lebte. Sehr viel später und lange nach Konchobaars Tod, kurz vor dem Zerfall des ersten fergardhonischen Reiches, hatte M´Attar Cybolis verlassen, denn der damalige Herrscher nahm den Rat der Einogs nicht mehr an. Nun sah er, dass die Hauptstraße dicht gesäumt von Passanten war und immer mehr strömten herbei. Er konnte fragen, wenn er wollte, alle sagten, dass M´Attar leibhaftig zurückgekehrt sei. Der Than habe ihn gerufen und er hielt gerade Einzug in die Stadt. Er hatte das Haupttor durchschritten und kam nun die Hauptstraße herauf, um in den Herrscherpalast zurückzukehren. M´Attar selbst war zurück in Cybolis und gemeinsam mit dem Than und Celthach kam er tatsächlich die Hauptstraße herauf. Es hieß, er käme nicht schnell voran, denn viele Fergardhonier wollten ihn sprechen. Jeder wusste von der tiefen und sagenhaften Weisheit der Einogs und viele, die sich dies trauten, wollten ihn befragen. Keredor wollte damals zumindest einen Blick auf den Einog werfen oder vielleicht sogar den Than selbst aus der Nähe sehen. Tatsächlich sah er nur wenige Schritte vor sich eine Lücke in der Reihe der Passanten, die am Straßenrand standen. Gerade vor ihm hatten sich die Reihen in diesem Augenblick noch nicht geschlossen. Eilig schritt Keredor in diese Richtung und sah sogleich, dass sich von beiden Seiten weitere Fergardhonier mit demselben Ziel näherten. Schneller, er erhöhte sein Schritttempo, es war nicht mehr weit.

Hart war der Aufprall mit den anderen beiden Passanten, die von zwei Seiten kamen und für einen Moment dachte Keredor, er würde nach vorne zu Boden stürzen. Aber dann fing er sich im letzten Moment. Er war einen großen Schritt aus der Reihe und auf die Straße getreten und als er aufsah, stand er unmittelbar dem Than und einem gewaltigen Einog gegenüber. Hinter ihnen stand Celthach, der zukünftige König des neuen Fergardhon, und sie alle sahen ihn aufmerksam an. Für einen Moment schien es ihm, als ob die Zeit nicht mehr vergehen würde und er merkte vor allem, dass ihm sehr warm wurde. Der Than war erstaunlich klein. Er hatte eine sehr helle Haut, ohne Fell, trug einen dunklen Brustpanzer und hielt sein langes dunkles Haar mit einem roten Band zurück, auf dem ein stilisierter Stachelblattbaum abgebildet war. Mit seinen mohnroten Augen sah er Keredor an und was für eine Autorität und Präsenz ging von ihm aus. Dies war der Bezwinger des Dreierbundes, der Befreier von Cybolis, der Herold der Götter und der Herr der Welt. Wahrlich, das war er!

Zu dem Einog musste Keredor aufschauen. Zunächst sah er nur die gewaltigen Stoßzähne, die sich in Augenhöhe fast berührten. Die Haut des Einogs war wie die einer Echse und der stützte sich auf einen gewaltigen hölzernen Stab. Mit schwarzen pupillenlosen Augen sah der Einog ihn an. Es waren uralte Augen, die die Geschehnisse vieler Zeitalter gesehen hatten, und Keredor spürte, dass sie bis in sein Innerstes sehen konnten. Wie erstarrt sah er zu dem Einog und hatte das Gefühl, dass seine Beine nun sehr bald nachgeben würden. Dann sprach der Einog zu ihm. „Wie können wir dir helfen, mein Freund?", fragte er mit einer seltsam kehligen und gleichzeitig zutiefst vertrauenserweckenden und freundlichen Stimme. „Du brauchst keine Furcht zu haben", sagte er und berührte Keredor vorsichtig an der Schulter. „Was hast du auf dem Herzen?" „Ich weiß nicht, Herr", stammelte Keredor. „Mir ist heute etwas Seltsames widerfahren. Ich bin ein einfacher Händler auf dem Markt von Cybolis. Seit Wochen werde ich bestohlen.

Endlich habe ich heute den Dieb gefangen, aber es ist ein Junge. Er sitzt nun im Keller meines Hauses in meinem Lager. Was soll ich nur mit ihm tun?" Die tiefschwarzen Augen des Einogs ruhten auf Keredor, während er ihn für einen Moment schweigend ansah. Dann antwortete er: „Weißt du es denn nicht selbst bereits? Es hat einen Grund, dass der Junge nun bei dir ist. Du sollst für ihn sorgen in dieser schweren Zeit. Sorge für ihn und zeige ihm dein Handwerk. Er wird dir das, was er dir weggenommen hat, um ein Vielfaches wieder zurückgeben." Noch einmal klopfte der Einog M´Attar ihm aufmunternd auf die Schulter, dann zog er gemeinsam mit dem Than und Celthach weiter und Keredor blieb wie betäubt am Straßenrand zurück. Dann bahnte er sich verwirrt seinen Weg durch die Menge und alle hatten gesehen, dass er mit dem Einog gesprochen hatte und dass dieser ihn berührt hatte. So traten sie voll Respekt vor ihm zurück.

Keredor legte das letzte Stück Röstbrot auf seinen Teller und sah sich nachdenklich in seinem grünen Innenhof um. Einige der großen gelbschnäbeligen Vögel hatten sich auf dem Baum vor ihm niedergelassen und beobachteten interessiert, wie er seine Morgenmahlzeit einnahm. In der Tat, so war das damals, als Lethril zu ihm kam und er hätte es nicht für möglich gehalten, welche Folge der Rat des Einogs für ihn hatte. Nein, das hatte er nicht.

Als Keredor seinen Arbeitstag beendet hatte, seine Waren verstaut waren, die Stände abgebaut und seinem Verkäufer den Tageslohn ausgezahlt hatte, kehrte der müde zu seinem bescheidenen Haus zurück, das er zu jener Zeit mit seiner Frau und seinem kleinen Sohn bewohnte. Doch statt sich zu seiner Familie zu begeben, zündete er sich eine Kerze an und ging hinunter zu dem Jungen in den Lagerkeller. Im Keller war es inzwischen kühl in diesen Abendstunden und es gab dort kein Licht. Der Junge hatte sich auf einen Stoffballen gesetzt, damit er mit den bloßen Füßen nicht den kalten

Boden berühren musste. Er sah ihn aus der Entfernung mit in der Dunkelheit funkelnden gelben Augen an. Sein Fell war überwiegend schwarz, nur auf der Stirn war ein leuchtend weißer Fleck zu sehen. Seine Kleidung bestand aus einem völlig zerschlissenen grauen Oberteil und einer kurzen braunen Hose. Keredor setzte sich ihm gegenüber auf einen anderen Stoffballen, sah ihn an und fragte: „Warum hast du mich bestohlen, Junge?" „Den Topf wollte ich gegen Essen tauschen, Herr", antwortete der Junge leise. „Ich wollte nicht verhungern." Keredor nickte, sah nach unten auf den Kellerboden und fragte schließlich: „Wenn ich dir täglich genug zu essen gebe, würdest du dann für mich arbeiten, ohne dass ich befürchten müsste, dass du mich wieder bestiehlst?" Der Junge war von dem Stoffballen aufgestanden, blickte Keredor nun an und antwortete: „Herr, wenn ich genug zu essen hätte, dann müsste ich doch nicht mehr stehlen. Ich würde gerne jede Arbeit für Euch ausführen." Keredor erfuhr nun, dass der Junge Lethril hieß und seine Eltern Bauern in West-Belkant waren. Sie waren im Krieg von den Grauden erschlagen worden und Lethril war nach Cybolis gegangen, um zu überleben.

Keredors Frau war an diesem Abend überhaupt nicht erfreut. Nicht nur, dass ihr Gatte die Besorgungen, die sie ihm aufgetragen hatte, auf dem Markt nicht erledigt hatte, nicht nur dass die Tageseinnahmen mehr als zu wünschen übrig ließen – nun saß auch noch dieser verlauste und schmutzige Bursche neben ihrem Sohn an der Tafel und schlang große Mengen von dem guten Gemüseeintopf herunter. Therdor, ihr Sohn, schaute den Fremden fassungslos dabei zu. Ohne zu fragen, hatte sein Vater ihm diese fürchterliche Kleidung gegeben, die die Tante ihm geschenkt hatte. Nicht, dass er darauf Wert gelegt hätte, aber was soll dieses Nichts von einem Bauernsohn hier in ihrem Haus. Es gab ein Gästezimmer in dem Haus und sein Vater bestand tatsächlich darauf, dass Lethril zunächst dort wohnen würde.

Gleich am nächsten Morgen nahm er den Jungen mit auf den Markt und sein Verkäufer staunte nicht schlecht, als er ihn wiedersah. Auch die alte Casia war wenig erfreut und warf ihnen misstrauische Blicke zu. Keredor behielt ihn im Auge, aber der Junge gab sich alle Mühe, die Aufgaben zu erfüllen, die sein neuer Herr ihm stellte. Tatsächlich konnte er schon am ersten Markttag zufrieden sein, denn für die Verpflegung und die Unterkunft in seinem Haus hatte er einen willigen und fleißigen Helfer gefunden, der rasch lernte und sich nicht schonte. Von Woche zu Woche wurde es selbstverständlicher, dass der Kaufmann Keredor einen neuen Gehilfen hatte und es dauerte auch nicht lange und Lethril bekam von der alten Casia jeden Tag unauffällig eine kleine Portion von ihrem eingelegten Fisch. Keredor fand das sehr erstaunlich.

Dann kam der Tag, als die Frau des Großmeisters der Getreidegilde wieder ihren wöchentlichen Marktgang unternahm und zusammen mit einer Gehilfin zu seinem Stand kam. Keredor verbeugte sich eifrig und war sogleich in ein umfangreiches Gespräch verwickelt, bei dem es sowohl um die Vorzüge einer soeben eingetroffenen Kupferkasserolle aus der Westmark als auch um einen tiefroten Schal aus Kampten ging. Die Frau Großmeisterin war noch gar nicht überzeugt. War der Schal nicht zu aufdringlich für den Geburtstag der Schwägerin? Diese Kasserolle: War diese seltsame Form auch gut zu reinigen? Mit unvermuteten Krachen landete da eine Person mit dem Kinn voran auf der Warenauslage unmittelbar vor der Frau Großmeisterin und der neue junge Gehilfe Keredors drehte ihr den Arm in eine offenbar äußerst unvorteilhafte Position. „Lauf und sage es allen weiter", sagte der junge Gehilfe zu der ausgemergelten Gestalt. „Solange ich hier bin, wird hier nichts gestohlen. Versuche es nicht noch einmal." Dann versetzte er der Person einen Tritt und ließ sie humpelnd davoneilen. Die Frau Großmeisterin war überhaupt nicht erfreut. Solange solche zwielichtigen Zustände an seinem Stand herrschten, wüsste sie nicht, ob sie sich noch einmal zu ihm wagen sollte. Auch die Ware ließ nun schon seit einiger Zeit zu wünschen übrig. Auch ihrem Mann habe sie schon berichtet und gerade heute würde sie einiges zu erzählen haben. Keredor entschuldigte sich vielmals, verbeugte sich unaufhörlich und selbstverständlich würde er der Frau Großmeisterin den Schal und die Kasserolle für die Unannehmlichkeiten als persönliches Geschenk mit Gruß an den Gemahl überreichen wollen. Schwer atmend musste sich Keredor nach diesem Vorfall auf der Warenablage abstützen und wusste nicht, ob er Lethril für seinen Einsatz loben oder tadeln sollte. „Warum darf diese hässliche dicke Frau so mit Euch sprechen, Meister?", fragte Lethril verwundert. „Weil unser aller Brot davon abhängig ist, dass Frauen wie diese wieder kommen", antwortete ihm Keredor.

In den nächsten Tagen lernte Lethril alle Einzelheiten des Kaufmannshandwerks kennen. Keredor nahm ihn mit zu den Händlern und zeigte ihm, wie er seine Ware einkaufte. Aufmerksam sah sich Lethril die vielen Pfannen, Töpfe, Kannen und auch die Kleidung an, die aus allen Regionen Fergardhons und darüber hinaus bis nach Cybolis gebracht wurden. Keredor wies einige Händler ab, andere behandelte er fast mit der Unterwürfigkeit, wie Lethril gesehen hatte, als die Frau Großmeisterin an den Stand kam. An einem solchen Tag fragte er seinen Meister nach der Ware eines Händlers, den Keredor abgewiesen hatte. „Meister, was ist mit der Ware des Händlers mit den einfachen Töpfen? Ich meine die, die weniger glänzen und die keine Verzierungen hatten?", fragte er wissbegierig. Keredor musste lachen. „Aber Junge", sagte er. „Unsere Stände sind immer die mit der besten Qualität und Handwerkskunst auf dem Markt. Nicht jeder

Kaufmann kann bei diesen Händlern kaufen. Dafür kommen die Frauen aus den hohen Häusern zu uns und sie kommen wieder. Die einfachen Töpfe mögen andere verkaufen." „Meister, verzeiht mir", sagte Lethril da. „Ich habe mir die einfachen Töpfe genau angesehen. Es ist richtig. Sie glänzen nicht und haben keine Verzierungen. Aber auch bei den einfachen Töpfen gibt es gute und schlechte. Die guten sind solide und dauerhaft gearbeitet. In einem einfachen Haus können sie lange gute Dienste leisten. Seht Euch an, wer über den Markt läuft. Von den einfachen Käufern sind es viele. Wir haben harte Zeiten erlebt. Viele fangen hier in Cybolis ein neues Leben an und haben nur wenig. Sie müssen alles neu erwerben und kaufen keine edlen Dinge. Gebt ihnen einfache, aber gute Ware. Den wenigen hohen Frauen könnt Ihr weiterhin die edle Ware verkaufen." Keredor musste zuerst wieder lachen, dann sah er Lethril nachdenklich an und sprach den Satz, der sein weiteres Leben verändern sollte. „In Ordnung, Junge", sagte er. „Wir werden einige von den einfachen Töpfen besorgen und sehen, ob sie Käufer finden."

Die ersten Töpfe, die Lethril ausgesucht hatte, waren schnell verkauft. Sie brachten nicht viel Gewinn, aber immerhin. Keredor kaufte mehr davon und bald schon war dies die Ware, die am häufigsten verlangt wurde. Nun erweiterte Keredor sein Angebot: Nicht allein Töpfe kaufte er, sondern Pfannen, Kasserollen, jede Art von Kochgeschirr in einer sehr einfachen aber handwerklich guten Qualität. Auch bei der Kleidung suchte er Händler, die ihm robuste und warme Kleider liefern konnte. Seine Frau war entsetzt, als sie sah, welche Ware er in die Lagerräume im Keller brachte. Da musste er sich einiges in diesen Tagen anhören, denn die Nachbarn hatten auch schon Bemerkungen gemacht. Dann sah sie, wie viel Geld Keredor in den nächsten Wochen nach Hause brachte, und von da an sagte sie dazu nichts mehr.

Gerne dachte Keredor an den Tag zurück, als die Frau Großmeisterin von Lethril bedient wurde. Keredor hatte gerade mit dem alten Wirt aus dem Wirtshaus gegenüber dem Haupttor schwierige Verhandlungen geführt, weswegen Lethril sehr höflich und freundlich der Frau Großmeisterin die neue Ware zeigen wollte. Sehr bald schon hörte Keredor deutliche Worte. Selbstverständlich würde sie sich nicht von ihm bedienen lassen. Wenn sie an den Stand kommt, dann hat sie der Meister selbst zu bedienen. Keredor stellte sich nun ruhig neben Lethril und sagte: „Ich freue mich für Sie, ausgezeichnete Ware aus der Westmark bereitzuhalten. Wir haben edelstes Kochgeschirr, das gerade eingetroffen ist. Mein junger Gehilfe hat mein vollstes Vertrauen und wird Ihnen gerne alles zeigen. Sollte Ihnen dies nicht behagen, so bin ich sicher, dass es auf diesem Markt noch viele andere Händler gibt, die sich über Ihren Besuch ebenso freuen werden." Es dauerte erstaunlich lange, bis die Frau Großmeisterin, eher erstaunt als verärgert, seinen Stand verlassen hatte. Tatsächlich war sie schon in der nächsten Woche zurück und ließ sich von Lethril das gute Kochgeschirr aus der Westmark zeigen. Natürlich übernahm Lethril dies gerne und mit großer Freundlichkeit.

Die Kiris räumten nun das Geschirr der beendeten Morgenmahlzeit ab und der alte Keredor wollte noch einen Moment auf seiner Terrasse sitzen. Früher hatte er gemeinsam mit seiner Frau den Tag auf diese Weise begonnen und nach ihrem Tod hatte er es so belassen. Er hatte sich noch etwas Pattai bringen lassen und lächelte immer noch zufrieden bei dem Gedanken an diese Zeiten. Wortlos legte der gute Anthror, der ihm schon seit Jahren als Faktotum diente, einen Zettel auf den Tisch. Glücklicherweise hatte Keredor ja seine Augengläser wiedergefunden und so las er, dass die junge Frau des Großmeisters der Schmuck- und Juwelengilde ihm einen

Besuch abstatten möchte und schon auf dem Weg zu ihm war. Was für eine angenehme Überraschung! Dieser Tag schien wesentlich erfreulicher zu verlaufen, als er begonnen hatte.

Tatsächlich blieb es nicht dabei, dass Lethril ihm als sein Gehilfe auf dem Markt diente, und Keredor musste auch nicht mehr lange hinter den Marktständen stehen. Zuerst wurden seine Stände erweitert und Keredor brauchte weitere Verkäufer. Im Süden, nicht weit von Cybolis, gab es seit jeher eine Hafenstadt und Lethril hatte den Einfall, dass man sich von den Händlern neben dem Fisch auch Gemüse und Früchte von den Inselvölkern jenseits des großen Riffs bringen lassen könnte. Diese waren zwar fremdartig, aber man konnte sich auch in Zeiten, in denen auf den Feldern des Nordens noch nichts geerntet wurde, bereits große Mengen davon liefern lassen. Die Stadt benötigte immer Nahrung und Keredors Stände bogen sich bald unter der großen Menge an Früchten und Gemüse. Er war nach dem großen Krieg der Erste, der diese Ware wieder in die Stadt holte.

Als Lethril älter wurde, ließ es sich Keredor nicht nehmen, ihn an die besten Kaufmannsschulen Fergardhons zu schicken. Sein eigener Sohn interessierte sich nicht sehr für das Kaufmannshandwerk. Er hatte eine umfangreiche Kenntnis über teure Pferde sowie neue und flinke Stadtwagen und er wusste natürlich auch, welche Feier in welchem Palast in diesem oder jenem Jahr besonders wichtig war. Lethril behandelte er weiterhin geringschätzig und nannte ihn niemals bei seinem Namen. Lethril war für ihn der Gast oder auch Vaters Gehilfe vom Markt. Keredor scheute keine Ausgabe, um Lethril die bestmögliche Ausbildung zu ermöglichen, und dieser lernte schnell und mit großer Wissbegierde. Es waren die Jahre, in denen sie weitere Verkaufsstellen auf den Märkten aller größeren Städte Fergardhons eröffneten, als sie begannen, eigene Händler und Zulieferer zu beschäftigen, und als sie das erste Schiff kauften, um die erste eigene Ware von den Inseln jenseits des Riffs heranschaffen zu können. In den Kaufmannsschulen hatte Lethril viel gelernt und natürlich war er längst nicht mehr einer von Keredors einfachen Verkäufern. Ein Jahr folgte auf das andere und es waren gute Jahre. Keredor spürte die Jahre mehr und mehr und irgendwann erkannte er, dass es ohnehin längst Lethril war, der die Geschäfte voranbrachte. Seinen Sohn Therdor zahlte er nun großzügig aus, auf dass er sein Erbe vorab erhielt und bis an sein Lebensende ausgesorgt hatte. Keredor selbst behielt sich einen kleinen Teil des Gewinns vor, aber seine Unternehmungen übergab er eines Tages voller Stolz und Freude an Lethril.

Von seinem Garten zog der süße Duft der Beghan-Blüten herauf und Keredor schloss wieder für einen Moment die Augen. Dann stand Anthror neben ihm und sagte, dass die junge Frau des Großmeisters der Schmuck- und Juwelengilde soeben eingetroffen war. Ebenso eilig wie etwas mühsam stand Keredor von seinem Tisch auf und da kam Tilsina auch schon auf ihn zugeeilt. Ach du liebe Güte, da waren ja auch ihre beiden Kinder Kenya und Solthil. Sie hatte die beiden mitgebracht. Freudig umarmte Tilsina den alten Mann und auch Kenya und Solthil begrüßten ihn sehr höflich. Keredor trug Anthror auf, für Tilsina und ihn noch mehr Pattai und für die Kinder eine große Kanne mit der mit Honig gesüßten Nussmilch zu bringen. Die junge Frau richtete ihm Grüße von ihrem Mann aus, der heute mit den anderen Großmeistern der verschiedenen Handelsgilden zu dem Frühjahrstreffen beim König im Palast weilte. Dann erzählte sie viele Neuigkeiten aus der Stadt und von den Kindern. Ab und zu wurde ihr Gespräch unterbrochen, da sie Solthil aus einem Baum holen musste, weil dieser dort laut schreiend die entsetzten Gelbschnabelvögel vertrieb. Später mähte Solthil mit einem Stock jede Menge von den Beghan-Blüten, weil sie ihn angegriffen hätten. Die kleine Kenya saß auf dem Schoß des alten Keredor, kuschelte sich an seinen Bauch und zupfte nachdenklich an seinen langen grauen Barthaaren. Tilsina nahm noch einen Schluck von dem heißen Pattai und sah Keredor aus ihren schönen tiefgrünen Augen aufmerksam an, während der alte Mann der kleinen Kenya über den leuchtend hellen Fleck auf ihrer Stirn strich. „Wenn du deinen Mann heute siehst", sagte er zu Tilsina. „Dann richte ihm bitte aus dass ich gerade heute Morgen daran denken musste, wie wir uns einst kennengelernt haben. Bitte grüße Lethril recht herzlich von mir." „Aber natürlich", sagte Tilsina. „Das werde ich tun."

Ardesis

Das kühle, weiche Gebilde hatte sich gerade noch in ihren Händen gedreht. Die Holzscheibe, die sie durch den Tretmechanismus in Bewegung gesetzt hatte, drehte sich immer noch, doch ihr Werk, mit dessen Bearbeitung sie den schönen sonnigen Vormittag verbracht hatte, war wieder zu einer unförmigen Masse zusammengesunken, die sich nun sinnlos auf der Holzscheibe drehte. Zu heftig hatte sie gedrückt und zu ungeduldig die Holzscheibe in Bewegung gebracht. Aife seufzte resigniert und als sie ihre tiefgrünen Augen von dem feuchten Klumpen, den sie heute zu einem Krug formen sollte, abwandte und empor sah, blickte sie in das zutiefst missbilligende Gesicht von Ceridwen, ihrer Ausbilderin.

„Liebe und Hingabe", sagte Ceridwen mit ihrer gefährlich leisen Stimme, die sie immer dann bekam, wenn ihr Zorn bereits sehr fortgeschritten war. Aife hörte diesen Klang in der Stimme ihrer Ausbilderin öfter. „Liebe und

Hingabe sind die ersten Tugenden einer Ardesenfrau. Ohne Liebe und Hingabe wird ein Feld keine Früchte tragen, wird ein Heim nicht behaglich sein und wird ein Kind nicht gedeihen. Liebe und Hingabe bedeuten das Zurückstellen der eigenen Vorstellungen. Dafür muss man bereit sein. Man muss den ehrlichen Willen dazu haben. Man muss sich in die Bedürfnisse und Erfordernisse der Lebewesen und der Dinge hineinversetzen. Ohne den ehrlichen Willen dazu wird man weder einen Krug formen können noch sonst eine Fertigkeit einer Ardesenfrau erlernen. Es wird nicht gelingen." Ceridwen hatte ein feines Netz an Falten um ihren Mund, die in diesem Augenblick unruhig zuckten. Ihr dunkles Haar war längst von grauen Strähnen durchzogen.

„Genau", sagte Aife und stand von ihrem Platz auf, während sich ein Dutzend Augenpaare weiterer junger Ardesenfrauen auf sie richteten. Langsam und bestimmt durchquerte sie den Raum. Sie sah ihre Freundin Sirona lächeln und sie sah das ungläubige Staunen im Gesicht von Oisina, die von einem makellosen Krug aufschaute. Aife spürte Ceridwens Blick in ihrem Rücken und verließ wortlos und ohne noch einmal zurückzublicken die Lehrgangshütte der jungen Ardesenfrauen ihres Dorfes. Es war bereits heiß an diesem späten Vormittag, aber zumindest wehte kühle Luft vom Dorfsee herüber. Die Obair, die Lehre für die jungen unverheirateten Ardesinnen, war für sie beendet – für heute zumindest. Ihr Vater würde ihr am Abend sagen, was er davon hielt.

Die Ardesen gehörten zu den kleineren Tagwesen. Sie trugen außer ihrem Kopfhaar kein Fell und ihre Haut war hell. Obwohl sie klein waren, wirkten sie nicht stämmig, sondern zart und feingliedrig mit flinken und gewandten Bewegungen. Ihr Gesicht war flach und Aifes Augen waren, wie die der meisten Ardesenfrauen, tiefgrün. Im Augenblick funkelten sie angriffslustig, während sie mit energischem Schritt ihrem Ziel entgegenging.

Aife ging den Weg von der Obair-Hütte hinunter bis zum Hauptweg des Ardesendorfes. Die Sonne hatte bereits die Gipfel der umliegenden Gebirgskette erreicht und brannte unbarmherzig auf sie herunter. Als Kind hatte sie sich nicht vorstellen können, dass Ardesis ringsum von einer schier endlosen Wüste umgeben war. Ihre Vorfahren kamen einst aus der Richtung der untergehenden Sonne durch die Wüste und fanden hier die große fruchtbare Ebene umgeben von einer Gebirgskette. Cormac, der damalige Häuptling, fand schließlich den Zugang durch den schmalen Tunnel zu der Ebene. So viele waren auf der langen Wanderung durch die Wüste umgekommen, dass sie sich dazu entschlossen, zu bleiben. Und warum auch nicht? Es gab mehrere klare Seen, die von Wasser gespeist werden, das aus den Bergen kam, und der Boden in der Ebene war dunkel und fruchtbar. Es heißt, als die große Wüste entstand und sich ausbreitete, konnte sie nur diesen Ort nicht durchdringen. Hier blieb alles wie zuvor und er existierte als von einer Gebirgskette umgebende Insel inmitten der Wüste weiter. Niemand kannte diesen Ort und niemand suchte danach. Cormac nannte ihre neue Heimat Ardesis und gründete auf der Ebene die drei Dörfer, die es heute noch gab.

Ein kaum merkliches Lächeln huschte über Aifes Gesicht. All dies dürfte sie eigentlich gar nicht wissen, denn dies war Männerwissen. Das war nichts, um was eine Ardesenfrau sich kümmern müsste. Ardesenfrauen üben Liebe und Hingabe. Ohne besondere Eile ging Aife den Hauptweg durch das Dorf. Die alte Terca kam mit einigem Brennholz die Straße herauf, sonst war um diese Zeit kaum jemand unterwegs. Nun konnte sie auch die Cumha-Hütte der jungen Männer entdecken. Dort wurde all das Wissen weitergegeben, dass nur für die Männer bestimmt war. Hier erhielten die Männer einen Teil ihrer Ausbildung. Männer müssen mit Waffen umgehen, die Vergangenheit und die Zukunft der Welt und ihres Volkes kennenlernen und ihre Familien ernähren. Genau dieses Wissen war es, was Aife auch wollte. Und sie würde es bekommen.

Aife nahm denselben Weg wie immer. Sie schlich durch das hohe Gras bis an die Rückseite der Cumha-Hütte heran. Es war unmöglich, dass man sie dabei beobachten konnte. Die Hütte hatte einen stabilen Holzboden, der jedoch nicht auf dem Erdboden, sondern auf einem aus massiven Balken bestehenden Holzrahmen stand. Auf diese Weise konnte keine Feuchtigkeit aus der Erde in den Holzboden eindringen und ihn vermodern lassen. Die Hütte blieb trocken und ihr Boden lange haltbar. Viele Ardesenhütten waren in dieser Weise erbaut worden. Man konnte sie nur über eine kleine Treppe betreten. Die Cumha-Hütte hatte schon ein beträchtliches Alter. Viele Generationen von jungen Ardesenmännern waren hier ausgebildet worden. Inzwischen war der Holzrahmen schon selbst etwas morsch geworden und auf der Rückseite war bereits ein Stück herausgebrochen. Es war nur ein kleines Loch, das so an dieser Stelle entstand, und die Hütte würde noch viele weitere Generationen lang sicher stehen. Aber für Aife bestand nun die Möglichkeit, durch diese kleine Öffnung im Holzrahmen in den Hohlraum unter der Hütte zu kriechen. Schon oft war sie an diesem Ort und so wusste sie, was sie dort erwartete. Unter dem Holzboden der Hütte war es stockdunkel und neben dem feuchten Dreck, der sich dort befand, hatten auch zahlreiche Insekten und kleinere Tiere einen Unterschlupf gefunden. Der Hohlraum war wirklich sehr niedrig, ein erwachsener Mann hätte sich hier kaum bewegen können. Aife konnte das schon, wenn sie in Kauf nahm, dass sie sich über und über mit Dreck beschmierte und allerlei Insekten die Möglichkeit nutzten, in ihre Kleidung zu gelangen. Ihr war das alles recht, denn von diesem Ort alleine war es ihr möglich, der Stimme des Alten Weisen des Dorfes zu lauschen und all das zu erfahren, was nicht für die Ohren der Ardesenweiber bestimmt war.

Klar und deutlich hörte Aife die Worte des Alten Weisen, der an diesem Vormittag weit in der Zeit zurückgegangen war und von dem alten Ardesenreich berichtete. Das Reich Ardesien hatte einst eine vielfache Größe der Fläche von Ardesis mit seinen drei Dörfern. Es gab damals eine Vielzahl an Dörfern und die zahlreichen Ardesen waren der Schrecken ihrer Region. Obwohl nur gering an Körpergröße hatten sie die Kunst, gute Waffen anzufertigen, perfektioniert und sie waren roh und unbarmherzig, wenn sie die benachbarten Völker angriffen. Lange Zeit gab es niemanden, der sich ihnen entgegenstellen konnte, und unter ihrem König Teltros dehnte sich Ardesien noch einmal nach allen Seiten aus. In ihrer Not schlossen sich schließlich auch einst verfeindete Nachbarvölker zusammen, besorgte Herrscher aus weiter abgelegenen Reiche schickten ebenfalls ihre Krieger und schließlich wurde Ardesien in einer gewaltigen Schlacht vernichtend geschlagen. Groß war der Zorn der Feinde. König Teltros wurde getötet und seine drei Söhne wurden mit dem verbliebenen Volk in die Flucht geschlagen. Voll Entsetzen flohen sie aus ihrem zerfallenden Reich und als sie keine Verfolger mehr zu fürchten hatten, gerieten sie untereinander in Streit darüber, wer die Nachfolge ihres Vaters antreten sollte. Fast wäre es zu einem Kampf zwischen den Anhängern der drei Brüder gekommen, doch die Häuptlingssöhne waren klug genug, das Volk zu trennen und jeweils eigene Wege zu gehen. Teltor zog mit seinen Anhängern nach Westen und es ist nicht bekannt, was aus ihnen geworden ist. Belras zog mit seinem Teil des Volkes in den Süden, denn er wollte das große und mächtige Südreich aufsuchen und dessen König seine Vasallenschaft anbieten. Cormac aber zog mit seinen Kriegern und dem ihm verbliebenen Volk in den Osten und da er keine Ortskenntnisse dieser Lande besaß, geriet er in die große Wüste. Es heißt, dass ein Großteil seines Volkes in der großen Wüste umgekommen ist. Der Todesmarsch wird der Versuch Cormacs genannt, die große Wüste zu durchqueren. Aber Cormac fand nun eine von Bergen umgebene grüne Oase mitten in der Wüste und dort gründete er Ardesis. Was auch immer draußen in der übrigen Welt an Kriegen herrschen sollten, in Ardesis waren die Ardesen auf ewig in Sicherheit.

Aifes Herz schlug ihr bis zum Hals. So gab es in der Außenwelt noch immer andere Ardesen! Was für andere Völker es in dieser Welt geben mochte? Wie viel mehr musste es doch geben als in dieser beengten Welt zwischen den Bergen inmitten einer Wüste? Einer der Schüler fragte nun, ob es nicht möglich wäre, eines Tages in die Welt hinter der Wüste zurückzukehren. Das war Turas. Der Alte Weise schwieg offenbar kurz und musste dabei wohl eine Geste oder eine Grimasse gezeigt haben, die viele der übrigen Jungen zu einem wissenden Lachen animierte. Sie waren ja alle so gleich! Natürlich würde man so etwas nicht versuchen, hörte sie ihn schließlich antworten. Es sei kaum möglich, die Wüste zu durchqueren und lebendig zu der Außenwelt zu gelangen. Die Wüste war unerbittlich heiß und der Sand war tief und nur mit großer Anstrengung konnte man dort einige Zeit laufen, denn man sank immer wieder tief ein. Sollte man zur Außenwelt gelangen, würde man zunächst in ein karges Ödland gelangen, das man nun zu durchqueren hatte. Die anderen Völker waren den Ardesen nicht wohlgesonnen und in weitem Umkreis gab es keine Völker, die ein angenehmes Wesen hatten, sodass man ihnen gerne begegnen würde. Dort gab es nur blutrünstige und sehr kräftige Wesen, die in der Nacht aus ihren Erdlöchern gekrochen kamen, um auf die Jagd zu gehen. Es gibt in dieser Außenwelt nichts für einen Ardesen. In Ardesis war man an einem geschützten Ort, den

Cormac für sein Volk gefunden hatte, um es für alle Zeiten in Sicherheit zu bringen.

Der Alte Weise war für heute fertig. Den Göttern sei Dank, denn Aife juckte es bereits am ganzen Körper und sie hatte das Gefühl, dass im Dunkeln ganze Heerscharen kleiner Insekten sie als neue Hauptnahrungsquelle entdeckt hatten. Nichts wie raus an die Luft und raus aus diesem engen Loch. Noch ganz geblendet von der Sonne taumelte Aife in Richtung der Vorderseite der Hütte, als sie plötzlich einen Schrei hörte. „Wir sind verloren, ein finsteres Außenweltgeschöpf ist aus einem Erdloch gekrochen!", hörte sie Turas rufen. „Oder sollte es doch nur Dians Mädchen sein?" „Meine Güte, Aife", sagte nun Dian mit resigniertem Unterton. „Irgendwann erwischen sie dich noch unter der Hütte." Auch Turas Bruder Ethal war ihr zusammen mit den beiden anderen entgegengekommen. „Dian, verrate mir bitte – warum gerade sie?", fragte er. Dian umarmte Aife nun demonstrativ, wenn auch ein wenig zögerlich. „Sie ist mir zugedacht", sagte er. „Dian ist ein Junge zugedacht", sagte Turas bedauernd und erhielt von Aife sofort einen kräftigen Schlag in den Rücken. „Wir müssen noch auf das Feld, um das Bogenschießen zu üben", erklärte Dian. „Da bin ich dabei", sagte Aife entschieden. „Natürlich", sagte Turas.

Schon oft war Aife mit den drei Jungen hinaus auf den Übungsplatz auf dem Feld gegangen. Zuerst hatte sie Dian dazu überredet, ihr das Bogenschießen beizubringen. Ethal hatte sie dann überredet, ihr seinen alten Bogen zu schenken. Sie lagerte ihn gemeinsam mit den Bögen der Jungen in einer Kiste auf dem Übungsplatz. Das Bogenschießen war nach den Vorträgen meist die letzte Übung des Tages und einige der jungen Männer drückten sich regelmäßig darum. In Ardesis gab es kaum die Möglichkeit zu jagen und mit Feinden brauchte man auch nicht zu rechnen. Warum also Bogenschießen? Aife liebte das Bogenschießen. Im Dorf wurde bereits über sie geredet, weil man sie als junge Frau so oft auf dem Übungsplatz sah und ihr Vater hatte ihr das Bogenschießen inzwischen strikt verboten. In einiger Entfernung gab es einen Holzpfahl mit einem Haken, an den sie die leere hölzerne Hülle einer runden Kala-Frucht hängten. Der Wind wehte leicht über das Feld, sodass sich das Ziel gelegentlich bewegte. Zuerst versuchte es Turas etwas lustlos und traf den Pfahl. Dann war Dian an der Reihe und streifte die Schale mit dem Pfeil, sodass sie heftig hin- und herschwankte. Aife war ungeduldig. Es ging ihr nicht aus dem Kopf, was sie von dem Alten Weisen erfahren hatte. Mit einer fließenden Bewegung setze sie einen Pfeil in ihren Bogen, schoss ihn ab und sah wie er zitternd inmitten der Schale stecken blieb. In schneller Folge schoss sie zwei weitere Pfeile hinterher. Der erste Pfeil trennte die Schnur durch, mit der die Schale an dem Pfahl befestigt war. Der zweite Pfeil traf die Schale im Herunterfallen und ließ sie in zahlreiche Holzstücke zerspringen. „Na wunderbar!", rief Ethal überrascht. „Damit hat sich dann mein Versuch für heute erledigt."

Aife stellte sich energisch in die Blickrichtung der drei jungen Männer, sah sie der Reihe nach an und sagte: „Was denkt ihr? Genügt es uns hier auf dem Feld, Pfeile zu verschießen und den Rest unserer Tage in Ardesis im Kreis zu laufen? Oder wollen wir etwas versuchen, was vor uns noch keiner getan hat? Wollen wir etwas vollkommen Verrücktes machen?" „Sind wir das nicht schon mit dir gewohnt?", fragte Turas und sah sie mit seinen mohnroten Augen aufmerksam an. „Ich will etwas versuchen, was vor mir noch keiner getan hat", erklärte Aife und ignorierte Turas. „Ich werde die große Wüste durchqueren und nachsehen, was dahinter ist und wer dort lebt. Und ich will, dass ihr mich dabei begleitet." „Natürlich", sagte Ethal. „Etwas weniger verrückt wäre wohl nicht gegangen? Wie willst du das anstellen, Mädchen?" „Aber Aife", sagte nun Dian. „Du hast doch gehört, was der Alte Weise gesagt hat. Der Sand ist tief und schlecht zu durchqueren und die Wüste ist glühend heiß und tödlich. Wir werden alle sterben, wenn wir das versuchen." „Es gibt nur einen Ausgang aus Ardesis und das ist Cormacs Tunnel", sagte Turas. „Den Eingang zu dem Tunnel kennst du zufällig?"

„Wenn es einfach wäre, dann wäre es wohl nicht etwas, was noch niemand vor uns getan hat", sagte Aife. „Wir müssen viel in Erfahrung bringen und alles gut planen. Wollt ihr wirklich den Rest eures Lebens in diesem engen Tal verbringen und Dinge tun, die andere für euch vorausgeplant haben? Wenn wir es nur wollen, wird uns nichts aufhalten. Wir werden diesen Ort verlassen und alle Regeln hinter uns lassen. Ist es nicht Aufgabe der Männer, mutig zu sein und Gefahren zu meistern? Könnt ihr es nicht mit mir aufnehmen?" „Aber der Zugang zu Cormacs Tunnel?", sagte Dian. „Wie sollen wir den finden?" „Das ist Männerwissen", sagte Aife. „Der Alte Weise wird den Zugang kennen. Könnte er es aufgeschrieben haben?" „Es wurde aufgeschrieben", ließ Turas wissen. „Aber nicht von ihm. In der Cumha-Hütte gibt es den ruhigen Raum, der voll ist mit alten Schriftrollen und Büchern. Nur wenige dürfen diesen Raum betreten. Der Alte Weise ist oft dort. Ich bin sicher, dass es dort eine Beschreibung gibt, wo sich der Zugang befindet. Der Alte Weise spricht von einem Buch über den Todesmarsch durch die Wüste, das von Cormac selbst verfasst wurde. Dort wird es eine Beschreibung geben."

„Das ist es, was ich wissen wollte", sagte Aife. „Dann werde ich heute Nacht diesen Raum aufsuchen und nach der Beschreibung suchen." „Keine Frau hat diese Hütte zu betreten", raunte nun Ethal entschieden. „Für mich gibt es immer noch Grenzen und dies ist kein Ort, den eine Frau zu betreten hat." „Dann hindere mich daran", entgegnete Aife unbeeindruckt. „Aber nein, ich werde gehen", sagte nun Dian.

„Bitte, es gibt keinen Grund zur Aufregung. Ich werde gehen und dir dieses Wissen besorgen, Aife." „Morgen um diese Zeit sehen wir uns an diesem Ort wieder", sagte Aife energisch. „Dian, ich verlasse mich auf dich. Wenn ich den Ausgang morgen nicht kenne, werde ich mir dieses Wissen selbst verschaffen." Wortlos verließ Aife nun den Übungsplatz und vermied es, sich noch einmal umzusehen. Turas sah Dian nachdenklich an. „Das ist ja rührend", sagte er schließlich. „Sie ist dir also zugedacht, ja? Du wirst heute Nacht in die Cumha-Hütte gehen und den ruhigen Raum durchsuchen?" Für einen Moment schwieg Turas und sah zu Boden. „Nun gut", sagte er. „Ich gehe mit und werde dir helfen, Freund. Ich kann euch ja nicht alleine in euer Unglück laufen lassen." „Ich bin auch dabei", sagte Ethal.

Am nächsten Nachmittag stand Aife bereits auf dem Übungsplatz und hatte schon einige Zeit mit den Zielübungen verbracht, als sie von Weitem die Jungs kommen sah. „Na bitte", dachte sie. „Es geht doch." Dabei schoss sie konzentriert und ohne die Ankömmlinge zu beachten weitere Pfeile ab. „Aife!", hörte sie von Weitem Dian rufen. „Es ist unglaublich. Wir alle kennen diesen Ort." Betont langsam drehte sich Aife um und sah Dian fragend an. „Der Zugang liegt unmittelbar neben dem großen Wasserfall von Rheas", sagte er. Tatsächlich waren die drei jungen Männer in dieser Nacht in der Cumha-Hütte und hatten schließlich Cormacs Buch gefunden. „Der Alte Weise wird erkennen, dass der stille Raum betreten wurde", erklärte Ethal. „Wir wussten am Ende schon nicht mehr, von welchem Platz wir welches Buch genommen hatten."„Ihr kennt den Zugang zu Cormacs Tunnel?", erkundigte sich Aife unbeeindruckt. „Wisst ihr, was das heißt? Kennt ihr jemanden, der die Wüste betreten hat? Ich kenne niemanden. Lasst uns sofort aufbrechen. Noch heute Abend können wir hinaus in den Wüstensand treten." „Warum so eilig?", fragte Turas. „Der Tunnel wird dir schon nicht weglaufen." Aife sah ihn aus ihren tiefgrünen Augen herausfordernd an. „Man wird entdecken, dass jemand im stillen Raum war. Möglicherweise wird man auch herausfinden, wer es war. Wer weiß, was geschieht, wenn sie den Grund erfahren. Wir gehen jetzt, denn jetzt ist der Weg zum Tunnel frei."

Der Ort Rheas war ein beliebtes Ausflugziel in Ardesis. Eine unüberwindliche Steilwand schirmte hier das kleine Reich von der Wüste ab und zahlreiche bunte Vögel nisteten in der Wand. Etwa aus der Mitte der Steilwand schoss ein tosender Wasserfall herab und das auf dem Fels ankommende Wasser führte dauerhaft zu einem feinen feuchten Nieselregen in der Umgebung. Es gab bestimmte blühende Pflanzen, die nur hier anzutreffen waren, und die unzähligen Vögel flogen tief durch die Wassertropfen hindurch und benetzten ihr Gefieder mit dem kühlenden Nass. Zu jeder Tageszeit war ihr melodiöser Gesang zu hören. Jeder kannte die drei Holztüren in der Steilwand. Man sah sie verteilt in dem unteren Drittel der Wand und jeder kannte ihren Anblick und ihre Bedeutung. Überall in dem Gebirgsring, der Ardesis umgab, sah man diese verschlossenen Höhlenzugänge, denn hier wurde Nahrung kühl gelagert und nicht jeder hatte zu diesen Orten Zugang.

Es war die mittlere der drei Holztüren in der Steilwand von Rheas, hinter der sich der Zugang zu Cormacs Tunnel verbarg. Eine unscheinbare schmucklose Holztür, die kleinste dieser drei Türen, verbarg den einzigen Zugang zu diesem Tal. Natürlich war diese Tür verschlossen, aber mittels eines großen flachen Steins gelang es Aife und Dian, die Tür aufzuhebeln. Sie hatten an diesem Nachmittag kein Wasser und keine Nahrung dabei, aber Aife drängte sie dazu, den Tunnel zu betreten. Ob sie nun wussten, wie weit der Weg bis zu seinem Ausgang war oder nicht. Gleich am Eingang gab es einen Holzschrank, der Seile, Waffen, aber auch einen Vorrat an Fackeln enthielt. Daran hatte Aife gar nicht gedacht. Aber wie auch immer. Mit den Fackeln waren sie gut für ihren Marsch durch die Dunkelheit gerüstet.

Es war ein schlichter feuchter Gang, den sie nun betraten. Er war eng und schmal, die Wände waren uneben und man musste aufpassen, nicht gegen plötzlich in der Dunkelheit auftauchende Felsvorsprünge zu stoßen. Dies war tatsächlich der Weg, den ihre Vorfahren einst gegangen waren, um nach Ardesis zu gelangen. Aife spürte ihr Herz heftig schlagen. Dies war aber auch der Weg zurück in die Welt dort draußen. Sie ging voran und war letztlich froh, die drei jungen Männer dicht hinter sich zu wissen. Gefühlt war es eine lange Zeit, die sie durch den schmalen Gang liefen, aber dennoch war es ein überraschend kurzer Weg, der sie mit der Außenwelt verband. Schließlich war die Außenwelt von ihnen nur noch durch eine weitere alte Holztür getrennt. Sie kamen von innen und von dieser Seite aus war die Tür jedenfalls unverschlossen. Aife sah sich noch einmal nach ihren Freunden um, doch deren Augen waren gebannt auf ihre Hand gerichtet, die den Griff dieser Tür umfasst hielt. Dann öffnete Aife die Tür von Ardesis. Gleißende Helligkeit und enorme Hitze waren die ersten Eindrücke, die sie wahrnahmen.

In dem Tunnel gab es eine gleichbleibende Kühle und Feuchtigkeit. Als sie sich der Holztür genähert hatten, war ihnen die Luft tatsächlich ein wenig wärmer vorgekommen. Doch jetzt, wo die Tür offen stand, raubte ihnen die trockene heiße Luft fast den Atem. Eine unbarmherzige Hitze schlug ihnen entgegen, so als würde man eine Ofentür öffnen. Als sie langsam wieder etwas sehen konnten, war es ihnen, als ob sie auf ein nicht enden wollendes Meer aus Sand hinausblickten. Der Himmel war makellos blau und wie in erstarrten Wellen gefangen erstreckte sich der Sand nach allen Seiten bis zum Horizont. Eine völlige Stille umgab sie, denn wie es schien, gab es kein Leben in dieser Welt, die hier vor ihnen lag. Machtvoll und unbarmherzig lag die Wüste vor ihnen und sie waren wie winzige Insekten in dieser Welt und letztendlich noch weniger als das.

Aife wagte den ersten Schritt und trat aus dem Gang in den Wüstensand hinaus. Sogleich sank sie in dem feinen Sand bis weit über die Knöchel ein und es kostete überraschend viel Kraft, einige Schritte voranzugehen. Das Nächste, was sie hier erstaunte, war, dass diese enorme Hitze nicht alleine von der Sonne am Himmel kam. Der Sand selbst war von der Sonne seit dem Morgen aufgeheizt worden und strahlte diese gewaltige Hitze auch von unten zurück. Inzwischen stand Dian dicht hinter Aife und auch die anderen beiden Jungen waren aus dem Gang getreten. Aife sah sich um und für den Moment spürte sie tiefe Ehrfurcht bei dem Anblick der Wüste.

Schon nach kurzer Zeit bemerkten sie, wie schnell die Wüste ihre Kehlen austrocknete und sie hatten letztlich nichts dabei – weder Wasser noch Nahrung oder sonst ein Stück Ausrüstung. In dieser Welt, das war Aife klar, würden sie nur wenige Stunden überleben können. Schon nach kurzer Zeit zogen sie sich wieder in den Tunnel zurück und schlossen die Tür hinter sich. „Der Tod!", sagte Ethal. „Dort draußen gibt es nichts als den Tod."

Schweigend liefen sie den nun angenehm kühlen und feuchten Gang wieder zurück. Welch Genuss muss dies einst für Cormac und sein verbliebenes Volk gewesen sein. Sie wussten noch nichts von dem fruchtbaren Tal, das vor ihnen lag. Alleine diese Zuflucht aus der Gluthitze der Wüste muss für sie eine enorme Wohltat gewesen sein. Überraschend schnell standen sie schließlich wieder in Rheas neben der Steilwand und Aife verschloss die Holztür so gut es ging. Letztlich gelang es ihr, die alte Tür so zu verschließen, dass das gewaltsame Öffnen kaum zu erkennen war. Es war Turas, der auf dem Rückweg zuerst zu sprechen begann. „Das war beeindruckend", sagte er. „Ich habe noch niemals etwas Derartiges gesehen, Aife. Dennoch: Ich denke, dass wir alle erkannt haben, dass es nicht möglich ist, die Wüste zu durchqueren. Das wäre unser Tod. Wir haben genug gesehen und sollten es dabei bewenden lassen." „Ich brauche mehr Informationen", sagte Aife sehr leise. „Ich muss mehr wissen und ich brauche mehr Zeit." „Vergiss es!", mahnte Ethal. „Du gehst in dein Verderben. Niemand wird mit dir in den Tod gehen." Mit einem plötzlichen Ruck drehte sich Aife nun zu ihnen um und ihre grünen Augen funkelten, als sie Ethal ansah. „Cormac ist durch die Wüste gegangen", erwiderte sie. „Und er war nicht alleine. Alle waren unvorbereitet auf das, was vor ihnen lag, und es muss der Wille der Götter gewesen sein, dass es überhaupt Überlebende gab. Ich werde nicht unvorbereitet sein! Ich brauche mehr Informationen und ich brauche Zeit. Und ich werde gehen." „Ich werde mit dir gehen", sagte Dian. „auf keinen Fall wirst du in den Tod gehen."

Das Haus von Aifes Familie lag unmittelbar am Rand ihres Dorfes und war schon aus der Entfernung als Erstes zu sehen. Als sie noch ein wenig näher gekommen waren, konnte Aife sehen, dass Ceridwen, ihre Ausbilderin, gerade das Haus verließ und von ihrem Vater noch vor die Tür gebracht wurde. Sie tauschten sorgenvolle Blicke aus. „Geht schon einmal vor", sagte Aife mürrisch. „Ich werde noch ein wenig mit dem Bogen üben. Wir sehen uns dann zum Abendtreffen.

Das Abendtreffen der Ardesen fand zu später Stunde an einem großen Feuer vor dem Dorf statt. Dies war der Ort, an dem regelmäßig alle größeren Feste des Dorfes gefeiert wurden. An einem normalen Tag fand sich dort ein, wer nach der Abendmahlzeit zum Ende des Tages Gesellschaft wollte, und das waren die meisten der Bewohner des Dorfes. So kam es, dass Aife bald wieder mit Dian und seinen Freunden zusammensaß und hin und wieder finstere Blicke mit ihrem Vater austauschte. Wie an jedem Abend wurde einzeln oder gemeinsam gesungen oder es wurden Geschichten erzählt. Dabei ging es oft um lustige Begebenheiten, aber auch um traurige. An diesem Abend hatten drei Mitglieder ihrer Nachbarfamilie damit begonnen, ein ardesisches Eubost vorzutragen. Ein Eubost ist eine lustige Geschichte, die einen ganzen Abend ausfüllen kann. Ein ordentliches Eubost wurde oft von zwei oder drei Ardesen gemeinsam erzählt, wobei einige Teile der Geschichte meist gesungen wurden. Diese Familie war bekannt dafür, dass sie dies vortrefflich beherrschte, aber Aife hörte an diesem Abend kaum zu. Es war die Geschichte vom dicken Ungas und seiner dünnen Frau. Ab und zu wurde Aife aufmerksam, wenn besonders viel und heftig gelacht wurde. Auch ihrem Vater ging es schon wieder sichtlich besser. Ungas und seine Frau hatten eine sehr schöne kleine Tochter. Als die Zeit gekommen war und sie und ein Junge erkannten, dass sie einander zugedacht waren, war der Junge zunächst voller Zweifel. Immer musste er ihre Eltern ansehen – den dicken Ungas und die dürre Frau. Wem würde seine Freundin wohl ähneln, wenn sie erwachsen war? Nun fehlte Aife ein größerer Teil der Erzählung, denn in der Tat folgten die Einfälle in ihrem Kopf wie ein Regentropfen dem nächsten, wenn die Regenzeit ihren Höhepunkt erreicht hatte. Am liebsten würde sie gleich damit beginnen, ihre Einfälle umzusetzen. In der Erzählung waren Ungas Tochter und ihr Freund herangewachsen. Leider war sie sehr groß geraten und er hatte schon früh aufgehört zu wachsen. Es heißt, sie sei sehr energisch und lebhaft gewesen und er habe nicht viel zu sagen gehabt. Nun lag alles ganz klar vor Aife. Es würde keine Grenzen für sie geben. Sie hatte einen Plan und gleich morgen würde sie damit beginnen, den ersten Schritt umzusetzen. Inzwischen hatten

Ungas Tochter und ihr Mann sieben Kinder, die alle vollkommen unterschiedlich aussahen. Ein Sohn war klein, dick und äußerst energisch. Es heißt, er wurde später Häuptling seines Stammes. Was war das denn für ein seltsames Eubost?

Ihre Freundinnen, vor allem auch Sirona, bekamen Aife in den nächsten zehn Tagen kaum zu sehen und auch Dian sah sie nur wenig. An Ceridwen verschwendete Aife überhaupt keinen Gedanken und nur wenige wussten, wo sie tagsüber war. Hinter der Hütte, in der die alte Terca wohnte, gab es einen alten Schuppen, in dem ihr Mann, als er noch lebte, allerlei Holzarbeiten verrichtet hatte. Hier durfte Aife alles benutzen. Die alte Terca hatte nichts dagegen und freute sich immer über Besuch. Aber auch dort war Aife nicht immer zu finden, denn sie kannte nun den Weg hinaus in die Wüste und inzwischen brauchte sie keine Begleitung, wenn sie Ardesis verließ. Es heißt auch, dass man in dieser Zeit in der Nacht gelegentlich Licht in der Cumha-Hütte gesehen haben soll, aber dieses Mal gab es keinen Ärger mit dem Alten Weisen, denn am Morgen lag immer alles sorgsam so, wie er es am Abend verlassen hatte. Am Ende der zehn Tage hatte Dian zwei seltsame Begegnungen. Zunächst war es Ceridwen, die ihn aufsuchte und ihm erklärte, dass sie in sehr großer Sorge sei, weil Aife ihre Ausbildung nicht fortsetzte. Schließlich war sie Dian zugedacht und da muss es auch in seinem Interesse sein, wenn sie alles lernte, was eine Ardesenfrau wissen musste. Kaum war Ceridwen gegangen, da suchte ihn Sirona auf. Aife ließ ihm ausrichten, dass sie ihn und seine Freunde am nächsten Morgen in Rheas erwartete. Sie wollte sich von ihnen verabschieden.

Es war noch sehr früh am Morgen als Dian am nächsten Tag in Rheas eintraf und tatsächlich waren auch Ethal und Turas mit ihm gekommen. Sirona war bereits da und saß neben Aife auf einem großen Felsen unmittelbar unter den drei Holztüren, die weithin in der Steilwand zu erkennen waren. Nur sehr wenige der farbenfrohen Vögel waren zu dieser Zeit schon unterwegs. „Was heißt verabschieden?", fragte Dian hastig, ohne die beiden Mädchen zu begrüßen. „Ich sehe keine Vorräte und keine Ausrüstung, Aife." Aife stand auf und lächelte „Das habe ich alles schon längst im Tunnel untergebracht", sagte sie. „Sirona hat mir dabei geholfen." „Jetzt mal im Ernst, Aife", wollte Turas beginnen, aber ein energischer Blick von Aife ließ ihn verstummen. „Wenn ihr euch noch traut, kommt zunächst mit mir durch den Tunnel. Ich möchte euch zeigen, was ich vorbereitet habe. Für meinen Marsch durch die Wüste ist nun alles bereit."

Es dauerte eine Weile nach dem Marsch durch Cormacs Tunnel bis alle wieder ausreichend sehen konnten, denn der helle Sand, der weit bis zum Horizont zu sehen war, warf nicht nur unbarmherzige Hitze, sondern auch gleißendes Licht zurück. Die drei jungen Männer standen neben Sirona unschlüssig im Sand und die Hitze der Sonne legte sich wie ein schwerer Mantel um sie. „Ich habe viel Zeit hier draußen verbracht", hörten sie Aife erklären und dann sahen sie sie, wie sie direkt vor ihnen auf einem Hang stand und zu ihnen heruntersah. Es schien, als würde sie auf einer Art Holzbrett stehen. Neben ihr konnten sie eine unförmige braune Decke erkennen. „Ich habe alleine zwei Tagesmärsche unternommen und ich habe in der Wüste übernachtet. Ich bin mir sicher, dass ich bis zu ihrem Ende durchlaufen kann und ich werde sehr bald aufbrechen." Aife lief nun den Hang hinunter und kam auf sie zu. Jetzt erst war zu erkennen, dass sie nicht auf einem einzigen Brett stand. Unter jeden Fuß hatte sie sich ein langes Holzbrett mit festen Stoffbändern gebunden. Diese Bretter waren eine Art stark verlängerter Schuh und sie kam damit überraschend schnell voran. „Ein Problem bestand darin", erklärte Aife, „dass das Gehen im

Sand ungemein mühevoll und anstrengend ist, da man immer wieder einsinkt. Besser läuft man auf einem festen Weg. Ich habe mir gedacht, wenn es hier keinen Weg gibt, dann muss ich mir den Weg eben mitnehmen. Ich habe mir diese Laufbretter ausgedacht. Das sind einfache Bretter, von denen es jede Menge hinter Tercas Schuppen gibt. Wenn ich sie mir unter den Füßen festbinde, vergrößere ich die Trittfläche und sinke nicht mehr ein. Ich bin mit diesen Brettern einen Tag in die Wüste hineingelaufen und einen Tag wieder zurück. Ich denke, dass man seine Geschwindigkeit damit verdreifachen kann, da man nicht mehr einsinkt und sehr schnell vorankommt." Aife sah in verblüffte und aufmerksame Gesichter. Sie fuhr fort: „Das zweite Problem ist diese enorme Hitze, die einem beim Laufen zu schaffen macht. Es ist sehr einfach, ich laufe nachts. In den Nächten ist es erstaunlich kühl in der Wüste, man kann sich an den Sternen orientieren und kommt gut voran. Also schlafe ich tagsüber, denn dann ist es zum Laufen ohnehin viel zu heiß. Aber dann darf es nicht zu heiß sein, wenn man nicht zum Röstfisch werden möchte. Es gibt auch dafür eine Lösung." Aife ging nun zurück zu dem großen Tuch.

„Das ist ein großes Feldfruchtleder", erklärte sie. „Ihr wisst, dass die Bauern bei der Ernte diese großen zusammengenähten Ledertücher benutzen. Die Früchte werden von den Bäumen direkt darauf geworfen und anschließend wird alles zu einem großen Sack zusammengefügt und zu den Schuppen gezogen. Sie nehmen Leder, das leicht, aber besonders robust ist. Ich werde damit Wasserschläuche und Proviant einwickeln und alles an einem Strick hinter mir herziehen. Gleichzeitig ist das mein Schlaflager – ich habe es ausprobiert. Ich grabe im Morgengrauen eine Grube. Das geht ganz einfach in dem Sand. Ich habe mehrere leichte Schilfstäbe dabei, die ich dann in den Sand stecke. Darüber kommt das Ledertuch und alles wird mit einer leichten Sandschicht abgedeckt. Natürlich bleibt auf beiden Seiten eine Öffnung. Darunter ist mein Schlafplatz für den Tag. Es ist dort immer noch sehr warm, aber das ist nichts gegen diese brennende Sonne draußen. Unsere helle Haut ist nicht für die Wüste geschaffen. Unter dem Ledertuch habe ich recht gut geschlafen und in der Nacht könnte es dann weitergehen." Aife sah ihre Freunde der Reihe nach geradezu triumphierend an. „Natürlich war ich auch im stillen Raum und habe viel in Cormacs Buch gelesen. Es gibt versteckte Brunnen in der Wüste. Sie haben sie damals zufällig gefunden, sonst wären alle umgekommen. Er beschreibt ihre Standorte sehr genau. Ich nehme so viel Wasser mit, dass ich bis zu einem der Brunnen und zurückkomme. Hat der Brunnen kein Wasser mehr, kann ich noch umkehren und zurückkommen. Hat er Wasser, wandere ich bis ans Ende der Wüste."

Aife war fertig mit ihrem Bericht. Sie stand vor Sirona und den drei jungen Männern auf ihren Laufbrettern und sah sie der Reihe nach ruhig und zugleich erwartungsvoll an. „Aife", sagte Dian. „Du bist ein außergewöhnliches Mädchen und ich bin sehr stolz auf dich. Ganz sicher wird dich niemand aufhalten können. Ich habe es schon einmal gesagt. Ich lasse dich nicht alleine durch die Wüste gehen. Ich werde mit dir kommen, entweder wir kommen zusammen ans Ziel oder wir gehen zusammen in den Tod. Davon wirst du mich nicht abhalten können." „Also wirklich", sagte Turas. „Euch kann man nicht alleine lassen. Natürlich werde ich dann auch mitkommen. Ich werde schon dafür sorgen, dass Aife unseren Freund Dian nicht ins Verderben führt." „Dann bin ich auch dabei", sagte Ethal und seufzte. „Wie schön", sagte Aife und strahlte. „Übrigens habe ich im Tunnel noch weitere drei Paare von diesen Laufbrettern. Natürlich auch drei Feldfruchtleder. Ach ja, ausreichend Wasser und Proviant ist auch schon da. Wir können heute Nacht gleich losgehen.

Also?"

Das Erste, was den vier Wanderern nach ihrem Aufbruch auffiel, war die Stille, die in der Wüste herrschte. Es war, als ob man die Abwesenheit aller Geräusche fast greifen konnte. Über ihnen hing ein in diesen Tagen mondloser Sternenhimmel, der sich vom Himmel in Ardesis in einem Punkt unterschied. Ganz gleich, in welche Richtung man in Ardesis ging, die Dunkelheit des Gebirges war in der Nacht ringsum und die Sterne sah man nur direkt über sich hoch oben im Himmel. Hier draußen gab es keine Gebirge und keine Grenzen. Der Himmel reichte von Horizont zu Horizont und die Wanderer spürten eine nie gekannte Freiheit in ihren Herzen. Es war ein Hochgefühl, das sie in dieser Nacht erfasste. Sie waren jung und frei und sie wanderten entschlossen und schnellen Schrittes ihrem Ziel entgegen.

Allmählich wechselte die Wüste ihre Farbe. Die Sterne und der Mond verblassten an dem Himmel, der ein immer tieferes Blau annahm. Die Sonne warf nun schon lange ihren Schein voraus, wie eine brennende Fackel, die aus der Tiefe emporstieg. Dann begann sich der Horizont zu verfärben. Er wurde orange, dann gelb und schließlich erhob sich die Glut der Sonne über den Horizont. All dies vollzog sich immer noch in tiefer Stille und gerade diese Stille machte diesen Anblick so unwirklich und so machtvoll. Eine plötzliche Lichtfülle erweckte den Sand zum Leben und jedes Wellenmuster, das der Wind vielfach in den Sand modelliert hatte, warf einen Schatten. Wo Schatten war, da war auch Kontur, scharfkantig und eindrucksvoll. Es war nun höchste Zeit, die Gruben auszuheben. Anschließend erfolgte deren Abdeckung durch die Feldfruchtleder. Möglichst viel Sand gehörte darauf und dann spürten alle schon die stechend heiße Sonnenstrahlung niedergehen. Aife teilte sich mit Dian eine Grube und die beiden Brüder teilten sich die andere. Es war so warm in der Grube unter dem Leder, aber das war nichts gegen die Gluthölle, die draußen tobte. Sie waren alle so erschöpft und tatsächlich konnten sie dort schlafen.

Die Sonne war längst hinter dem Horizont verschwunden, als sie ihre Schlafstätten wieder verließen. Es wehte ein leichter Wind und welch eine Wohltat war die frische Luft, die sie nun umwehte. Es gab während der Wanderung nicht viel zu essen. Aife sagte, dass sie nicht zum Essen in die Wüste gegangen waren, dies könne man auch zu Hause. Aber sie mussten ein wenig essen und etwas trinken, um laufen zu können. Das bedeutete aber, dass man niemals herzhaft und mit tiefen Schlucken Wasser trinken konnte. Eine feste Menge musste für den ganzen Tag reichen. Zum Essen gab es gehaltvolle Nüsse und etwas Trockenobst. Das war leicht, platzsparend und gab viel Kraft. Schon am zweiten Tag begannen sie, die Wüste besser kennenzulernen. Der Sand in den Dünen war nicht überall gleich. Hier gab es immer eine dem Wind zugewandte Seite, auf der der Sand nicht weich und nachgiebig, sondern hart und fest war, sodass man noch besser vorankam. Auf dem Weg nach unten konnte man immer auch ein wenig auf den Laufbrettern herabgleiten. Das ging zwar nicht sehr schnell, denn der Sand setzte den Brettern Widerstand entgegen, aber es war kräftesparend nach dem Aufstieg. Sie waren zwölf Tage unterwegs, orientierten sich an dem Stand der Sterne und versuchten nach Kräften in dieser Zeit viel Strecke zurückzulegen. Dann wurde Aife langsam unruhig, denn es näherte sich der Tag, an dem sie dringend einen Brunnen finden mussten, wenn sie nicht umkehren wollten. Und das wollten sie auf keinen Fall.

Als sich die Nacht dem Ende neigte, die sie als Umkehrzeitpunkt festgelegt hatten, und noch immer kein Brunnen gefunden war, war es an der Zeit, sich zu beraten. „Nach all dem, was wir geschafft haben, können wir doch jetzt nicht umkehren", ermutigte Turas. „Es kann doch nicht alles vergebens gewesen sein." „Das sagt derjenige, der Dian vor meinem schlechten Einfluss und dem sicheren Tod bewahren wollte?", reagierte Aife und schmunzelte. „Ein Tag wird noch möglich sein", sagte Ethal. „Wir kürzen die Rationen, dann wird das schon gehen. Ein weiterer Tag wird uns nicht ins Verderben stürzen." „Cormac hat vage die Gegend beschrieben, in der wir den Brunnen finden", sagte Aife. „Das ist genau hier. Aber ich weiß nicht, wie er aussehen soll und nach was genau wir suchen."

Am nächsten Tag setzten sie ihren Weg und ihre Suche nach dem Brunnen fort und schließlich waren es genau vier Tage, um die sie den Umkehrzeitpunkt überschritten. Immer unruhiger wurden die vier Wanderer und seit zwei Tagen hatten sie zusätzlich das ungute Gefühl, als ob sie beobachtet würden.

„Diese Wanderung habe ich begonnen", sagte Aife als der nächste Morgen dämmerte und sie am Vortag immer noch keinen Erfolg gehabt hatten. „Ich habe sie begonnen und ich beende sie nun. Wir kehren um, denn alles andere würde uns ins Unglück führen." Ein seltsames Lachen einer hohen und zugleich rauen Stimme ließ sie zusammenfahren. Es hörte sich wie das Rascheln von trockenem Laub an. „Das wäre aber sehr schade, Kleine", hörten sie einen Fremden sprechen. Dann sahen sie das Wesen, das sich auf der Düne hinter ihnen wie ein dunkler Schatten abzeichnete. In diesem Moment überstieg die Sonne den Horizont.

Das Wesen war klein, hager und ohne jedes Haar oder Fell. Auch war es völlig unbekleidet und seine Haut hatte die Farbe des Sands, der sie umgab. Sie hätten nicht sagen können, wie lange es dort unweit von ihnen schon gesessen hatte, denn inmitten des Sands war es kaum zu erkennen. Dann sahen sie die Augen des Wesens an und diese waren von dem strahlenden hellen Blau des Wüstenhimmels und leuchteten ihnen hell und klar entgegen. „Wer seid Ihr?",

56

fragte Aife erschrocken. Der Fremde sah eindringlich von einem zum anderen und sagte schließlich: „Man nennt mich Tubu und ich bin der Wächter des Brunnens, den Ihr sucht." „Cormac hat nichts von einem Wächter berichtet", sagte Aife überrascht und zugleich auch ein wenig misstrauisch. „Darum hatte ich ihn gebeten", sagte Tubu und lächelte. Flink und behände glitt er plötzlich die Düne hinunter und stand nun dicht vor ihnen. „Wir sind die Turka", sagte er. „Die Sandleute dieser Wüste sind wir und die Brunnen, die es hier gibt, sind uns heilig. Ein Gott wohnt in jedem dieser Brunnen und wir können nicht zulassen, dass sie jeder entdecken kann. Ich bin der Wächter des Brunnens, den ihr hier sucht." „Herr", sagte Aife. „Wir gehören zu Cormacs Volk und kommen aus dem Inneren der Wüste. Ich bin hier, weil ich die Welt auf der anderen Seite der Wüste sehen möchte und den Weg hinaus finden will. Wir brauchen Wasser, wenn uns dies gelingen soll. Bitte, wir wollen Euren Göttern gegenüber nicht respektlos sein. Aber wir brauchen Wasser, wenn wir die Wüste durchqueren wollen." Tubu berührte Aifes Arm und sagte: „Du bist das Mädchen, das die Grenzen nicht halten kann – das Mädchen mit den grünen Augen. Wir haben dich erwartet."

Aife sah Tubu verwirrt an und fragte: „Wie kann das sein, dass Ihr mich erwartet habt? Was soll das bedeuten?" Tubu legte seinen Kopf schief und sah sie aus seinen leuchtend blauen Augen aufmerksam an. „Das weißt du nicht, habe ich Recht?", fragte er. „Wir wissen das schon sehr lange. Als Cormac diesen Ort damals verließ, da habe ich es das erste Mal gehört, dass du eines Tages kommen würdest. Aber deinen Namen weiß ich nicht. Wie heißt du, Kleine?" „Ich bin Aife aus Ardesis und bin unterwegs in die Welt außerhalb der Wüste. Für unseren Weg dorthin benötige ich dringend Wasser, Herr." „Dringend Wasser, ja", sagte Tubu und nickte dabei nachdenklich. „Es ist ganz eindeutig die Kraft, von der man mir berichtet hat, die von dir ausgeht, energisch und unaufhaltsam. Du sollst Wasser bekommen, Aife aus Ardesis, und die, die dir folgen natürlich auch." „Dann danke ich Euch von ganzen Herzen", sagte Aife erleichtert. „Ohne Eure Hilfe könnten wir unseren Weg nicht fortsetzen. Aber, wenn es gestattet ist, Herr, verratet mir bitte, wer Euch von meiner Ankunft erzählt hat. Wer hat gesagt, dass ich eines Tages komme?" Tubu strich sich über seinen kahlen Schädel und lächelte. „Es gibt einen unbekannten Pfad durch die Wüste, den nur die alten Wanderer beschreiten, die bis zu den Göttern sehen können. Von ihnen weiß ich es." Dann machte der Turka einen Schritt zurück und begann lächelnd mit seinen Händen Sand zur Seite zu schieben. Alles ging mit einem Mal sehr schnell und schon im nächsten Moment hatte Tubu eine massive Holzplatte freigelegt. Mit einem geübten Handgriff hob er die Platte beiseite und legte ein überraschend schmales und einfaches Loch im Wüstenboden frei. Dann griff er sich, wie zu einer Art Begrüßung, in einer schnellen Abfolge an die Stirn und an die Brust auf Herzhöhe, während er die Augen geschlossen hielt und sich verbeugte. Im nächsten Moment langte er hinunter in das Loch und zog einen unten im Loch an der Wand befestigten Strick hervor. Es dauerte einen überraschend langen Zeitraum, den Tubu nun benötigte, um an dem Strick einen gut mit Wasser gefüllten Holzeimer heraufzuziehen. Das Wasser befand sich in diesem Loch sehr tief unten. Was für ein Ort für einen Brunnen! Er befand sich unmittelbar neben ihnen, aber es wäre aussichtslos für sie gewesen, ihn zu suchen.

Die Zeit spielte von nun an plötzlich keine Rolle mehr, denn Aife und ihre Begleiter bekamen ihr Wasser. Es dauerte eine Weile, um ihre Wasservorräte vollständig aufzufüllen. Bald hatten sie wieder so viel, wie vor ihrem Aufbruch in die Wüste. Anschließend verschloss Tubu den Brunnen wieder sorgfältig und Aife erkannte sofort, dass sie den Brunnen später alleine nicht mehr wiederfinden würde. „Wir sind Euch zu großem Dank verpflichtet, Herr", sagte Aife. „Werden wir uns wiedersehen?" „Es ist mir eine Ehre den Willen der Götter zu erfüllen", sagte Tubu und lächelte. „Wir sehen uns wieder – sehr bald schon." Mit diesen Worten verbeugte er sich, legte seine Handfläche in die von Aife und war im nächsten Augenblick mit seinen seltsam flinken Bewegungen hinter der nächsten Düne verschwunden.

Die Wanderung wurde fortgesetzt. Sie hatten es alle nicht mehr für möglich gehalten, aber nun konnten sie den Punkt ihrer Reise überschreiten, den sie für die Mitte ihres Weges hielten. Es war ein gutes Gefühl, weiterzugehen, ein sehr gutes Gefühl sogar. Wer hätte gedacht, dass sie so weit kommen würden? Es war ein Gefühl von wilder Freiheit und von der Unabhängigkeit von allen Regeln, die bisher galten. Sie waren hier nicht in dem kleinen beengten Ardesis. Sie waren in der weiten und unbegrenzten Außenwelt und sie gingen den Weg, den sie selbst festgelegt hatten. Ganze sechzehn Tage setzten sie ihren Weg fort und mit der Zeit hatten sie das Gefühl, dass es fast unwichtig wurde, irgendwo anzukommen. Sie waren bereits an einem besonderen Ort, sie waren Wüstengänger und mit der richtigen Menge Wasser und Proviant hätten sie ihren Weg gerne noch lange fortgesetzt. Dann sah Aife es: Es war ein einfaches gelbgrünes Grasbüschel, das im Sand wuchs. Sie erschrak fast bei seinem Anblick.

In den nächsten zwei Tagen wurden die Grasbüschel nach und nach immer zahlreicher. Dann sahen sie aus der Entfernung eine Herde kleiner und sehr graziler Tiere, die sich springend fortbewegten und mit einer Art Rüssel das Gras abrupften. Sie waren äußerst scheu und hielten einen weiten Abstand. Dies war keine Wüste mehr. Das war eine Art Zwischenland, das sie durchquerten. Am dritten Tag fanden sie kleine Büsche, die zahlreiche orange Beeren trugen. Die Beeren waren sehr sauer, aber durchaus essbar. Sie hatten wieder Nahrung. Die Nächte wurden nun langsam kühler und es war der Zeitpunkt gekommen, an dem sie wieder bei Tag wanderten und in der Nacht schliefen. Dies fiel ihnen schwerer als die Umstellung zu Beginn ihrer Reise.

Waren sie nun schon im Außenland hinter der Wüste angekommen? Karg sollte es auch dort sein. Aber woran sollten sie es erkennen? Es waren zehn Tage seit dem Tag vergangen, an dem Aife den ersten trockenen Grasbüschel gesehen hatten, als sie staunend und ungläubig am Ufer eines kleinen Sees standen. Das Land ringsum war felsig und sandig, aber auch mit Gras und Sträuchern bewachsen. Wo ein See inmitten der ansonsten unveränderten Landschaft lag, da konnte keine Wüste mehr sein. Turas und Dian füllten die Wasservorräte wieder auf, während Ethal erst einmal vergeblich nach Fischen Ausschau hielt. Aife schaute hinüber zum anderen Ufer und dann ringsum nach allen Seiten in das schier endlose Land. Sie waren da! Sie hatten die Wüste durchquert. Sie waren die ersten aus ihrem Volk seit Cormacs Zug in die Wüste. Sie waren zurück.

Sie blieben drei Tage an dem kleinen See und waren unschlüssig, welche Richtung sie nun einschlagen sollten. Jeden Tag unternahmen sie Erkundungsgänge in die Umgebung, aber so weit sie auch liefen, es sah in jeder Richtung gleich aus. Dann sah Aife in der Ferne ein Feuer aufsteigen. So würden sie nun endlich auf weitere Bewohner der Außenwelt treffen. Ob sie ihnen freundlich gesonnen waren? Vorsicht wäre wohl auf jeden Fall ratsam. Die vier Ardesen folgten der Rauchsäule und was sie dann fanden, war grauenvoller als sie es für möglich gehalten hatten. Einst mochte dies ein quirliges Dorf gewesen sein. Wahrscheinlich war es recht ähnlich dem ihren. Die Hütten waren aus Lehm gebaut, aber sie waren viel größer als in Ardesis und sie

60

waren zahlreicher. Aber alle diese Hütten waren zerstört. Man konnte deutlich sehen, dass hier kein Feuer gewütet hatte, das von Hütte zu Hütte gesprungen war. Letztlich hätten die Bewohner einen Weg gefunden, das aufzuhalten. Hier ist etwas anderes geschehen. Dieses Dorf wurde überfallen. Man hat hier geplündert und zerstört und schließlich alles in Brand gesetzt. Alle Hütten waren zertrümmert, teils war alles zerschlagen und das, was übrig blieb, hatte man in Brand gesteckt. Was war nur mit den Bewohnern geschehen? Es war zu befürchten, dass man alle getötet hatte, die nicht fliehen konnten. Aife sah ihre Freunde entsetzt an. Alle holten nun langsam ihre Pfeile hervor und griffen vorsorglich nach ihren Bögen. In welche Welt waren sie hier geraten?

Vorsichtig liefen sie durch die zerstörten Straßen immer der Rauchsäule entgegen. Irgendwer lebte noch in diesem Dorf. Was hatte das zu bedeuten? Waren die Angreifer immer noch hier? Es war eine Hütte, deren Dach vollständig abgebrannt war, aus dem der Rauch aufstieg. Die Wände dieser Hütte waren noch leidlich fest und unversehrt, nur anstelle des Daches sah man verkohlte Holzbalken. Langsam und vorsichtig näherten sie sich der leeren Türöffnung und sahen in das Innere der Hütte. Auf dem nackten Fußboden brannte ein Feuer und ein Wesen, das ihnen den Rücken zuwandte, hatte sich davor gesetzt. Diese Spezies kannten sie nicht. Das Wesen war etwas größer als sie. Es hatte eine glatte, graue Haut und nur der Hinterkopf war behaart. Auf dem Kopf sahen sie zwei spitze aufrechte Ohren, die das Wesen bewegen und verstellen konnte. Es konnte offenbar damit sehr gut hören, denn sogleich hatte es sie bemerkt und fuhr mit einem Ruck zu ihnen herum. Es hatte einen länglichen Kopf, der in einer vorn gewölbten Schnauze endete. Diese hatte zwei Atemlöcher und auf dem Nasenrücken sah man zwei genau hintereinander liegende, kleine Hörner. Anstelle von Augenbrauen hatte es vier nebeneinander liegende, warzenförmige Gebilde und darunter starrten sie voller Schrecken zwei sehr kleine Augen an. Entsetzt schrie das Wesen auf, ließ etwas fallen und rannte augenblicklich davon. „Wir kommen in Freundschaft", entfuhr es Aife. „Keine Angst!" Aber es half nichts, das Wesen war bereits auf und davon.

Turas sah sich den Gegenstand an, den das Wesen fallen gelassen hatte. „Das ist eine Art Götzenfigur", sagte er. „Das Wesen wollte gerade einen Ritus beginnen." Aife sah sich die seltsame Figur ebenfalls an. Es sah wie eine kleine und sehr einfache Nachbildung von einer Person aus der Spezies des Fremden aus. Dann stutze sie und sagte: „Aber nein, es ist doch ganz einfach", sagte sie. „Das ist eine Puppe. Das fremde Wesen, das wir sahen, ist ein Kind. Diese Spezies ist nur sehr viel größer als wir es sind." Die vier Freunde sahen sich verstört an. „Wenn das ein Kind ist, dann muss es Furchtbares erlebt haben", meinte schließlich Dian. Sie setzten die Figur vorsichtig in gebührendem Abstand vom Feuer auf einen Stein und Aife legte ein kleines Säckchen mit Nüssen, das ihnen noch an Proviant geblieben war, daneben. Dann entfernten sie sich und bezogen die Ruine eines anderen Hauses, um dort ihr Lager aufzubauen. Sie würden dieses Kind wiedersehen und dann wollten sie versuchen, sein Vertrauen zu gewinnen. Sie würden nicht lange auf diesen Moment warten müssen.

Ein gellender Schrei hallte durch das zerstörte Dorf. Gerade hatten sie sich ihr Nachtlager bereitet und versuchten unter einem hellen Vollmond zur Nachtruhe zu finden. Noch einmal hörten sie diesen Schrei. Das war das Kind und es befand sich eindeutig nicht weit entfernt von ihnen, wahrscheinlich in dem Haus, in dem sie es gesehen hatten. Sofort griff Aife zu ihrem Bogen und sprang auf, während die anderen ihr folgten. Gerade war das Haus, zu dem sie nun

62

unterwegs waren, in Sichtweite, als sie das Kind auch schon erblickten. Es sprang aus der Türöffnung und rannte ihnen voll Entsetzen entgegen. Hatte es sie überhaupt schon gesehen? Ein tiefer durchdringender Ruf drang aus dem Inneren des Hauses und ließ sie sogleich voll Entsetzen erschauern. Dann erblickten sie den, der diesen Ruf ausgestoßen hatte, und etwas Derartiges hatten sie noch nicht gesehen.

Das Wesen war wahrscheinlich eine Echse, denn soweit man das erkennen konnte, war sein Körper über und über mit Schuppen bedeckt. Es trug einen Metallhelm sowie einen robusten Brustpanzer aus dickem Leder. Das Hemd darunter sowie die Hose waren aus Leinen. Das Wesen wirkte untersetzt und sehr schwerfällig, aber es war sofort zu erkennen, dass es sehr kräftig war. Die schuhlosen Füße waren breit, klobig und hatten vier Zehen. Einen seltsam schnarrenden Ruf stieß das Wesen bei ihrem Anblick aus und schwang einen gewaltigen Krummsäbel, während es das Kind verfolgte. Aife erinnerte sich gut, dass der Alte Weise erklärt hatte, dass in der Außenwelt blutrünstige und sehr kräftige Wesen in der Nacht aus ihren Erdlöchern gekrochen kamen, um auf die Jagd zu gehen. Dies war also so ein Wesen. Voll Wut stürmte es ihnen entgegen, während das Kind immer noch in ihre Richtung lief und sich immer wieder nach dem Verfolger umsah. Das Gesicht des Angreifers war völlig starr und ohne Mimik, die Augen schauten unter einem hornigen Wulst hervor und Ohren gab es keine. Über dem Mund hatten das Wesen zwei Atemlöcher. In diesem Moment geriet das Kind ins Straucheln und stürzte zu Boden.

Aife zögerte nicht länger. Im nächsten Augenblick hatte ein Pfeil ihren Bogen verlassen und blieb nach einem kräftigen Aufprall im Hals der Echse stecken. Auch Dian schoss einen Pfeil ab, der jedoch von dem ledernen Brustpanzer abprallte. Blitzschnell hatte Aife zwei weitere

Pfeile abgeschossen, die ebenfalls den Hals der Echse trafen. Während sich ein gewaltiger Schwall Blut auf den Boden ergoss, gab die Echse einen überraschten Laut von sich und fiel hart auf die Knie. Dann bäumte sie sich kurz auf und fasste nach den Pfeilen in ihrem Hals, um dann seitlich zu Boden zu fallen. Während die Echse nun die Augen verdrehte und wirre Bewegungen ausführte und sich immer mehr Blut auf den Boden ergoss, fasste Aife das Kind am Arm und führte es mit sanften Druck weg von diesem Ort. Noch wie betäubt von dem Schrecken liefen die vier Ardesen mit ihrem Schützling zu ihrem Nachtlager zurück. Sie konnten hinter sich sehen, dass sich die Echse inzwischen nicht mehr bewegte. Aife versuchte ein Zittern zu unterrücken. Noch nie hatte sie ein denkendes Wesen getötet. Sie hatte soeben einen Krieger erschossen. Aber was blieb ihr auch anderes übrig?

Bald darauf saßen sie zusammen im Dunkel der Häuserruine, in der sie ihr Nachtlager aufgeschlagen hatten, und das Kind war bei ihnen. Ethal hatte die Wache übernommen, denn es war unklar, ob sie nun wirklich alleine an diesem Ort waren. Das Kind, das etwa zwei Köpfe größer war als die Ardesen, saß vor Aife. Es sah schüchtern zu ihr hinunter und ließ sie nicht aus den Augen. Aife gab ihm etwas Wasser und sagte dann: „Ich bin Aife aus Ardesis im Inneren der Wüste und dies sind meine Freunde Dian, Turas und Ethal. Wir sind Ardesen." „Aife?", sagte das Kind fragend. „Ganz richtig. Ich bin Aife. Und wer bist du?", fragte Aife vorsichtig. „Ich bin Sal", sagte das Kind. „Sal ist ein Norn aus der Steppe. Ein Steppennorn, sagen andere." „Hallo Sal", sagte Aife. „Da haben wir aber alle einen großen Schreck bekommen, was?" „Aife ist aus der Wüste?", fragte Sal und sah sie verwirrt an. „Ja", bestätigte Aife. „Wir kommen aus dem Inneren der Wüste. Dort gibt es einen Ort, der nicht Wüste ist. Dort gibt es Wasser und Nahrung und es ist dort ganz grün." „Ganz grün", wiederholte Sal und lachte. „Es ist spät", sagte Aife. „Wir sollten nun versuchen etwas zu schlafen." „Das war ein Croake", sagte Sal ängstlich. „Andere Croaken werden ihn suchen." „Wir passen auf", sagte Aife. „Es gibt hier auch so viele zerstörte Häuser und Ethal wird wach bleiben und aufpassen. Wir wechseln uns dann ab." Dann legten sie sich schlafen, während Ethal die erste Schicht der Nachtwache übernahm. Sal bekam eine Decke, die ihm eigentlich viel zu klein war und auch während er versuchte einzuschlafen, ließ er Aife nicht aus den Augen.

Am nächsten Morgen lag feiner Nebel über dem Dorf und Sal war ganz ruhig, denn die Croaken, so wusste er, kamen nur in der Nacht. Aife lief zusammen mit Dian zu der Stelle, an der der Croake in der Nacht zusammengebrochen war und sie sahen, dass er tot war. Sie nahmen die Morgenmahlzeit gemeinsam mit Sal ein und dieser berichtete ihnen soweit er sie kannte von der Welt außerhalb der Wüste und von dem, was mit seinem Volk geschehen ist.

In der Welt gab es viele verschiedene Spezies wie die Ardesen und die Steppennorne, die friedlich in ihren Dörfern lebten und lange ein gutes Leben hatten. Im Süden gab es einst das mächtige Reich Fergardhon. Aife erinnerte sich, dass dies der Ort war, den der Ardesenführer Belras aufsuchen wollte. Dieses mächtige Reich war zerfallen und seine Überreste hatten ein Reich gebildet, das sich Südbund nennt. Aber es gab auch den mächtigen und grauenvollen Bund der drei Völker, den Dreierbund, der sich die Welt untertan machen wollte und die Croaken gehörten zu diesem Dreierbund. Schon immer kamen Croaken zwei- oder dreimal im Jahr in das Dorf der Steppennorne und holten mehrere Norne, die sie als Sklaven in ihre unterirdischen Städte verschleppten. Auch der Croake in der letzten Nacht war eigentlich gekommen, um Sal zu holen. Aber Aife war da und hatte auf Sal aufgepasst. Vor einigen Monden waren Krieger gekommen, die weit schrecklicher und grauenhafter waren als die Croaken. Ein großes Heer der Isben war durch die Croakenlande gezogen und sie hatten dabei alles zerstört, das sich in ihrem Weg befand. Die Isben zogen gegen den Südbund und sie verfolgten das feste Ziel, den Südbund zu zerstören, die alte Ordnung der Welt zu beenden und gemeinsam mit den anderen Völkern des Bundes der drei Völker die Welt unter sich aufzuteilen. Auch das Dorf der Steppennorne lag auf ihrem Weg und sie benötigten weniger als eine Stunde, um die Welt der Steppennorne zu zerstören.

Sal erzählte nicht viel von dem Tag, als die Isben kamen. Allein ihr Anblick war für ihn absolut grauenvoll und ihr Herr, Tar Con Tekh, der Schlächter, stand selbst in ihrem Dorf und ließ sich den Häuptling bringen, um ihn persönlich zu töten. Wer konnte, floh aus dem Dorf und es hieß, dass alle, die entkommen waren, draußen von den Croaken gefangen genommen und in ihre Städte unter der Erdoberfläche verschleppt wurden. Sal hatte sich die ganze Zeit unter einer umgestürzten Mauer versteckt. Er hatte alles gesehen und war erst nach vielen Tagen herausgekommen, da er sonst verhungert wäre. Seitdem lebte er alleine in den Trümmern seines Dorfes.

„Die Croaken werden kommen", sagte Sal ernst. „Sie werden viele sein und sie werden uns in ihre Städte unter der Erde bringen." Aife sah ihre Freunde an und sagte: „Es war falsch, was der Alte Weise gesagt hat. Die Welt hinter der Wüste ist nicht schlecht. Es gibt Völker wie die Steppennorne und es gibt andere Ardesen. Aber dies ist eine Zeit, die grauenvoll und unsicher ist. Wir sind nicht im rechten Zeitpunkt gekommen. Für dieses Mal müssen wir umkehren. Wir müssen nach Ardesis zurückkehren, denn hier sind wir nicht sicher. „Aife geht fort?", äußerte Sal erschrocken und griff nach ihrem Arm. „Hab keine Angst, Sal", sagte Aife freundlich. „Ich lasse dich nicht alleine. Du kommst mit zu mir.

Ich nehme dich mit an meinen sicheren Ort in der Wüste." Da griff Sal wieder nach Aifes Arm und drückte fest seine Stirn an sie, sodass sie durch seine Kraft und Größe fast den Halt verlor. „Ich lasse nicht zu, dass dich die Croaken holen", sagte Aife und streichelte Sals Kopf. „Niemand wird dir etwas tun."

Im Laufe des Tages begannen die Ardesen damit, ihre Rückkehr nach Ardesis zu planen. Sie brauchten Vorräte an Wasser und Nahrung – auch für Sal – und sie mussten den Weg zu Tubu, dem Brunnenwächter wiederfinden. Einige notwendige Dinge fanden sie noch in den Trümmern des Dorfes. Es gab dort noch einige Wasserschläuche, die sie mit sich nahmen und Sal hatte einige Vorratsräume entdeckt, in denen Nüsse gelagert wurden. Dort deckten sie sich reichhaltig ein. Auch gab es alle Arten von Holzmaterialien und so konnte sie bereits hier für Sal passende Laufbretter anfertigen, auch wenn Sal deren Nutzen noch nicht erkennen konnte und sehr verwundert darüber war, dass man bei der Anfertigung dieser seltsamen Gegenstände mit so viel Sorgfalt vorging. Anschließend wanderten sie bis zu dem See zurück, denn sie wollten dort ihre Wasservorräte auffüllen. Bereits auf diesem Weg erkannten sie, dass Sal auf seine unbeholfene Art doch sehr schnell und ausdauernd laufen konnte.

Sie hatten nicht viel Zeit zu verlieren, denn sie nahmen an, dass die Croaken bereits ihre Verfolgung aufgenommen hatten. Wie Sal wusste, würden Croaken niemals tief bis in die Wüste vorstoßen. Niemand tat das, denn es war allgemein bekannt, dass es im Inneren der Wüste nur den Tod gab. Mit den frischen Wasservorräten würden sie bis weit in die Wüste hinein auskommen. Dennoch war es notwendig, dass sie zwischendurch den Brunnen finden mussten. Bald hatten sie wieder die Zwischenlande vor der Wüste überwunden und Sal erwies sich als problemloser und hilfreicher Reisegefährte. Tatsächlich konnte er auch in den

Zwischenlanden noch Proviant finden, da er ihn offenbar riechen konnte. Dann waren sie wieder in der Wüste und es war so, als ob sie niemals fort gewesen waren. Die Welt außerhalb der Wüste war hier nicht von Bedeutung und die Croaken würden sie hier nicht erreichen. Aber Sal war nun bei ihnen und erinnerte sie durch seine bloße Anwesenheit jeden Tag daran, dass sie noch vor Kurzem in der Außenwelt waren. Eifrig schritt er auf seinen Laufbrettern voran und es war ihm ein Leichtes, ihr Reisetempo durchzustehen. Es war ein weiter Weg zurück nach Ardesis und dennoch hatten die Ardesen das Gefühl, dass diese Zeit sehr viel schneller verging als der Weg hinaus aus der Wüste. Vieles war ihnen bekannt und unproblematisch. Schon lange bevor sie den Brunnen erreicht hatten, kam ihnen Tubu entgegen. Der Brunnenwächter hatte gewusst, dass sie nicht in der Außenwelt bleiben würden und hatte sie schon viel früher erwartet. Nun war er in Sorge darüber, dass sie ihn und seinen Brunnen nicht finden würden. Schon bald konnten sie mit frisch aufgefüllten Wasservorräten ihren Weg fortsetzen. Tubu war sich sehr sicher, dass sie sich eines Tages wiedersehen würden.

Was für ein unwirklicher Augenblick war es, als sie in der Ferne das Gebirge sahen, das ihre Heimat Ardesis sicher umschloss. Genau so muss Cormac dieses Felsgebilde vor langer Zeit auch erblickt haben. Was wird er damals gedacht haben, was er dort vor sich hatte? An dieser Stelle banden sie Sal die Augen mit einem Tuch zu. Aife hatte es ihm vorher in Ruhe erklärt. Sal war kein Ardese. Das Tor zu Ardesis durfte aber auf jeden Fall nur einem Ardesen bekannt sein. Aife brachte einen Steppennorn mit nach Ardesis. Dies würde sie erklären und durchsetzen können. Aber die Sicherheit aller Ardesen hing von der Geheimhaltung des Tores ab –auch wenn Aife wusste, dass von Sal keine Gefahr ausging. Niemand hätte dafür Verständnis gehabt, wenn sie den

Zugang einem Norn verraten hätte und langfristig wäre dieses Wissen für Sal gefährlich geworden. Sal wollte den Zugang auch gar nicht kennen. Er vertraute Aife bedingungslos und ließ sich die Augen ohne Protest verbinden.

Das Tor zu dem Tunnel nach Ardesis fanden die Ardesen gründlich verschlossen und überarbeitet vor. So hatte man inzwischen entdeckt, dass jemand das Tor durchschritten hatte, um in den Tod zu gehen. Aber sie waren nicht so weit gekommen, um nun an dieser Stelle zu scheitern. Mit einem massiven Laufbrett als Hebel war es schließlich kein Problem, das Tor zu öffnen. Vielen Monde waren seit ihrem Aufbruch vergangen und es fühlte sich gleichzeitig vertraut und sehr fremd an, Cormacs Tunnel wieder zu betreten. Noch unwirklicher war es, als Aife die Tür nach Ardesis wieder öffnete und sie in das grüne Rheas hinaustraten. Wild toste der Wasserfall neben ihnen und die Luft war voll von den bunten Vögeln, die hier in der Steilwand lebten und nun erschrocken aufstoben und zu ihnen herübersahen. Die Ardesen waren wieder zuhause.

Groß war Sals Staunen, als Aife ihm das Tuch von den Augen nahm. Er kannte nichts als die Ödnis der Croakenlande und einen so grünen und pflanzenreichen Ort hatte er bisher noch nicht gesehen. Langsam liefen die Ardesen den Weg in Richtung ihres Heimatdorfes hinunter und waren zunächst unschlüssig, ob sie sich trennen und jeder für sich zu seiner Familie gehen sollte. Dann hatte Aife den Vorschlag, zunächst zu dem Haus der alten Terca zu gehen und dort zu beraten. Bald schon hatten sie die ersten Nachbarn entdeckt und freudig kam man ihnen entgegen, denn in der Tat hatte man schlimmste Befürchtungen, da sie seit so vielen Monden verschwunden waren. Sie erfuhren, dass die alte Terca inzwischen gestorben war. Aife war sehr betrübt, als sie das hörte. Sie war bereits kurz nach Aifes Verschwinden beerdigt worden und ihr Haus stand seitdem leer, denn niemand von Tercas Familie lebte noch. Aife überlegte nicht lange. Dann sollte dies so sein und die alte Terca hätte bestimmt nichts dagegen gehabt. Wortlos und bestimmt schlug sie nun den Weg zu Tercas Haus ein und Sal und auch die übrigen Ardesen folgten ihr.

Es vergingen einige Tage in Ardesis, in denen sich herumsprach, dass Aife, Dian und die beiden Brüder wieder aufgetaucht waren. Dann hieß es, dass sie das Haus der alten Terca bezogen haben sollen und dass sie dort nur wenige Mitglieder ihrer Familien sehen wollten. Angeblich sei ein seltsames Wesen bei ihnen, jedenfalls eine Person, die nicht aus dem Dorf stammte. Es waren sechs volle Tage vergangen, bis zu dem Ereignis, das Ardesis auf Dauer verändern sollte.

Ceridwen stand wie jeden Vormittag in der Obair-Hütte und sprach zu der Gruppe der jungen Ardesenfrauen, die vor ihr auf ihren Plätzen saßen. An der Wand hing wie immer ein großes weißes Stofftuch, auf dem die Bestandteile eines Kleides aufgezeichnet worden waren. Genau so war ein Stoff vorzubereiten und dann war es ein Leichtes, einfache Kleidung selbst anzufertigen. Ceridwen erfragte die genauen Bezeichnungen der Teile und die Vorgehensweise ab, als plötzlich unvermutet nach vielen Monden Aife in den Raum trat. Die Sonne schien strahlend und blendend hell zur nun offenen Tür herein und Ceridwen konnte Aife daher zunächst nur undeutlich erkennen. „Schön, dass du wieder zurück bist Aife", sagte sie überrascht. „Ich habe schon davon gehört. Setz dich auf einen freien Platz. Du hast viel verpasst und es wird nicht leicht für dich sein, das alles nachzuholen." Es war eine schnelle Bewegung, die Aife für einen Moment ausführte, ein Sirren war zu hören und im nächsten Augenblick steckte ein Pfeil zitternd inmitten des Kleider-Schaubildes. Aife ging einige Schritte den Gang entlang, hielt einen großen Bogen in der Hand und sagte: „Es gibt nichts hier, was ich von dir noch lernen kann, Ceridwen. Ich werde mich nicht auf einen freien Platz setzen. Ich bin durch die Wüste gegangen und habe das Land auf der anderen Seite gesehen. Ich habe mit einem fremden Krieger gekämpft und ich habe den Weg zurückgefunden. Nichts von alledem kannst du einer Frau beibringen und genau das ist der Grund, warum ich hier bin."

Schnell hatte Ceridwen sich wieder gefangen und sehr leise, aber auch sehr langsam und deutlich antwortete sie: „Aife, wir alle wissen, dass du das Bogenschießen gelernt hast und dass dies völlig überflüssig für eine Frau ist. Verlorene Zeit. Nun sollen wir dir glauben, dass du in den Monden, in denen du dich wohl sinnlos mit den jungen Männern herumgetrieben haben wirst, durch die Wüste gegangen bist? Das ist vollkommen unmöglich, mein Kind. Die Wüste ist heiß, unerbittlich und totbringend. Die Welt jenseits der Wüste aber ist dunkel und von grauenvollen Kreaturen bevölkert. Niemand kehrt von dort zurück." Mit bedenklichem Gesichtsausdruck wandte sie sich der Abbildung zu, in der der Pfeil mittlerweile zur Ruhe gekommen war. „Ich werde mit deinem Vater sprechen müssen", sagte Ceridwen „Mit deiner unnötigen Vorführung hast du das Tuch erheblich beschädigt. So können wir das dort nicht mehr hängenlassen."

Während Ceridwen sprach, war eine zweite Person in den Raum getreten und ein Raunen ging durch die Reihen der jungen Ardesenfrauen. Die Ausbilderin drehte sich erneut ungehalten um und erstarrte bei deren Anblick. Das fremde Wesen war gut zwei Köpfe größer als Aife. Sein länglicher Kopf endete in einer gewölbten Schnauze. Unter den warzenartigen Augen schauten sie zwei kleine Augen erwartungsvoll an. „Dies ist ein Wesen aus der Welt hinter der Wüste", stellte Aife Sal vor. „Ist das eine dunkle und grauenvolle Kreatur, die uns nun töten möchte? Nein, denn diese Geschichten sind Lügen. Hinter der Wüste gibt es furchterregende Feinde, aber es gibt auch Völker, die ähnlich wie wir sind, und es gibt andere Ardesen. Dies hier ist ein Steppennorn. Sein Name ist Sal und ich habe ihn als mein Kind angenommen, denn er hat keine Eltern mehr." Sal machte eine kleine Verbeugung und lächelte.

Aife hatte sich nun den anderen Ardesenfrauen zugewandt und sagte: „Es hat seinen Wert, was ihr hier bei Ceridwen lernen könnt, aber es ist nicht alles. Ihr habt aber ein Recht darauf, alles zu lernen. Ich habe viel gesehen, erfahren und gelernt, was hier keine Frau lernen darf. Ich habe Dinge erlebt, die kaum ein Mann kennt. Ich war in dem Land hinter der Wüste und ich werde in besseren Zeiten dorthin zurückkehren, denn ich kenne den Weg. Ardesis ist unsere Zuflucht, aber nicht unser Gefängnis. Das Obair ist wertvolles Wissen, aber nur ein kleiner Teil von dem, was ihr über die Welt wissen könnt. Gemeinsam mit Dian und Sal werde ich im Haus der alten Terca leben und dort jeden Nachmittag Unterricht geben. Lernt alles, was auch ich gelernt habe und gebt dies weiter. Wer immer auch zu mir kommen möchte, ist willkommen."

„Das ist Männerwissen", rief Ceridwen. „Das Wissen von der äußeren Welt ist Männerwissen!" „Das ist es", sagte Aife und sah Ceridwen lächelnd an. „Das ist Männerwissen. Und Frauenwissen ist es von nun an auch." Mit diesen Worten drehte sich Aife um und verließ langsam den Raum. Sal blickte sich eifrig nach allen Seiten um. „Aife ist sehr klug", sagte er und nickte. „Sie weiß alles." Dann lief auch er hinter ihr her. Sirona war die erste, die aufstand und Aife folgte. Dann standen auch die übrigen Ardesenfrauen auf und gingen schweigend eine nach der anderen aus dem Raum. Oisina ging als letzte und sie wagte nicht, noch einmal zu Ceridwen zurückzuschauen.

Beutemond

in kantiger Stein. Nicht sehr groß war dieser Stein, etwa so groß wie eine Ardesenfaust. In diesem Moment wirkte er fast weiß, denn ein runder Mond war hinter dem Hügel aufgegangen und warf sein helles weißes Licht hinunter auf die Steppe von Tarac-osk. So weit man sehen konnte, reichte dieses karge Land, wenn man in die Richtung sah, in der die Sonne untergegangen war. Dort, wo sie am Morgen aufgehen würde, ragte dunkel und mächtig der Carcara in die Höhe und der Himmel würde sich rot färben, lange bevor der Berg die Sonne freigeben würde. Dann aber würde man den Schnee sehen, der in großer Höhe seinen Gipfel bedeckte. Jetzt aber leuchtete der volle runde Mond auf das karge Steppenland. Kein einziger Baum wuchs in diesen Landen; nichts als gewaltige Felsen und Steinansammlungen erhoben sich regelmäßig, so weit man von diesem Hügel aus schauen konnte. Allein dieser eine Hügel erhob sich in einem weiten Umkreis und auf seiner höchsten Stelle lag, als sei er dort vor langer Zeit abgelegt worden, der Stein. Für den Moment war kein Laut zu hören. Nicht einmal der Wind, der in Tarac-osk niemals zur Ruhe kam, unterbrach diese Stille.

Rasch betrat das Wesen den Hügel und in dieser Bewegung begriffen stieß es mit dem rechten Fuß hart gegen den Stein. Ein tiefes wütendes Grollen war aus seiner Kehle zu vernehmen, während der Stein geräuschvoll den Hügel hinunterrollte. Das schwarze Hundswesen hatte sein Nackenfell aufgestellt und knurrte bedrohlich, derweil es vom Hügel hinab in die Steppe blickte. Es trug nur einen einfachen braunen Schurz, hielt einen Bogen in der Hand und hatte einen Pfeilköcher umgeschnallt. Hinab vom Hügel und weit in die Steppe hinein hörte man das grollende Knurren und das Hundswesen stand nun deutlich sichtbar vor dem Mond und zeigte sich in voller Größe. Entsetzt sprang der Grasfuchs am Fuß des Hügels davon, fort von dem in seine Richtung springenden Stein und fort vor dem grauenhaften schwarzen Hundswesen. Doch da war noch das zweite Hundswesen. Ein wesentlich kräftigeres schwarzes Hundswesen hatte vor ihm hinter einem Felsen gewartet und schoss einen Pfeil ab. Aber so einfach würde das nicht sein. Einen Bogen schlagend rannte der Grasfuchs in die entgegengesetzte Richtung, während hinter ihm die Pfeile auf die Erde prasselten. Knurren und Bellen aus zwei Kehlen war zu hören und der Grasfuchs rannte immer schneller um sein Leben. Dann war er fort und für den Moment kehrte wieder Ruhe rund um den Hügel ein.

„Das glaube ich nicht", sagte das kräftigere Hundswesen in die Stille hinein. „Zu früh! Du warst viel zu früh, Charl. Ich hatte doch längst noch nicht meine Position erreicht. Du solltest mein Zeichen abwarten. Nun ist er fort! Und er war so groß. Wäre ich ein Stück dichter gekommen und du hättest ihn zu mir getrieben, niemals hätte er meinem Pfeil entkommen können. Und der Stein? Was sollte der Stein? Warum rufst du nicht das nächste Mal: Achtung Beute. Blecc steht hinter dem Felsen, nicht in diese Richtung." „Vorsicht", knurrte der Angesprochene grimmig und lief langsam den Hügel hinunter. „Übertreib es nicht, mein Freund. Was kann ich dafür, wenn du zu langsam bist, weil du zu fett geworden bist? Immer frisst du diese Mengen von den süßen braunen Erdbohnen. Früher hättest du den Fuchs leicht bekommen." „Ich stand noch viel zu weit entfernt", rief Blecc empört. „Deine ewige Ungeduld! Na komm, wir haben ja noch die drei Steppenkaninchen vom Vormittag. Das wird reichen." „Steppenkaninchen", sagte Charl verächtlich. „Steppenkaninchen, schon wieder. So ein Prachtexemplar von Grasfuchs, aber nein ..." Leise grollend lief Charl an Blecc vorbei und ging voran.

Der Morgen war immer noch fern, als die Steppenkaninchen gegessen waren und die beiden Gefährten stimmten am Feuer mehrstimmige Lieder an. Die Bäuche waren gefüllt, das Feuer wärmte angenehm in der tiefen Nacht und der Grasfuchs war bald schon wieder vergessen. Charl hatte sich ein Graspfeifchen gestopft und versuchte immer wieder vergeblich, Rauchringe in die Luft zu blasen, während Blecc genüsslich schmatzend braune Erdbohnen zerkaute. „Mein Großvater konnte mit einmaligem Ausatmen mehrere Ringe aufsteigen lassen", sagte Charl müde. „Bei mir will das nicht klappen." „Was hältst du von Fisch?", fragte Blecc. „Warum versuchen wir es nicht einmal mit Fisch?" „Was", knurrte Charl. „Fisch, was willst du mit Fisch? So etwas wurde bei uns nie gegessen!" „Doch schon", antwortete Blecc. „Früher schon, Seefisch. Und erinnerst du dich an die Geschichten, die sie einem als Kind erzählt hatten? Unser Volk lebte nicht nur rund um den Callenad-See. Unser Volk war mächtig, sein Reich erstreckte sich bis in den Süden an das Meer und auch dort soll das alte große Reich noch nicht zu Ende gewesen sein." „Kindergeschichten", lachte Charl. „Ich erinnere mich. Die Seefahrer kannten einen Weg durch das große Riff hindurch und selbst dort soll es Länder gegeben haben, die zu unserem Reich gehörten. Glaubst du das etwa? Das sind alles Märchen." „Morgen fange ich eine Flussfisch", erklärte Blecc und begann mit tiefer kräftiger Stimme ein altes Jagdlied zu singen. Das Morgengrauen war nicht mehr fern, als sie langsam verstummten. Bald hörte man nichts anderes als Bleccs regelmäßigen leises Schnarchen.

Charl hatte schon tief geschlafen, als ihn ein seltsamer Laut weckte. Metall berührte Metall – irgendwo weit draußen in der Steppe. Das war beunruhigend. Er hörte den Laut noch einmal. Es gab keinen Zweifel. Metall auf Metall, das gab es nicht an diesem Ort. Hier war niemand außer ihnen. „Hast du das gehört?", fragte er und richtete sich langsam auf. „Nein", murmelte Blecc, drehte sich weg und Charl hörte, wie er auf eine Erdbohne biss. Da war es wieder – Metall auf Metall. Aber es war weit weg. Wie seltsam. Charl hatte ein Ohr aufgestellt, während das andere geknickt herunterzeigte. Niemand kam sonst in diese Lande. Die Straße hierher ist verschüttet und nicht weit entfernt treiben Einogs ihr Hexenunwesen. Morgen, er würde sich das morgen ansehen. Langsam legte er sich wieder zurück und schloss die Augen. Was hatte das zu bedeuten? Wer kam dort?

Ein trockener, kühler Tag war schon längst angebrochen, als die beiden Hundswesen die restlichen Kaninchenknochen vom Vorabend zerkaut hatten und sich wieder auf die Jagd machten. Der Grasfuchs hatte gestern eine deutliche Fährte hinterlassen. Es war ein männlicher Grasfuchs. Das konnte man deutlich riechen und er hatte gestern, nachdem er wieder zur Ruhe gekommen war, selbst noch einen Fang gemacht. Ein kleiner Erdwühler hatte seine Nase aus dem Bau gesteckt und damit einen schweren Fehler begangen. Von ihm gab es keine Knochen mehr, aber ein Stück Fell konnte Blecc entdecken und er wusste nun auch, in welche Richtung der Grasfuchs dann gelaufen war. „Er lief zurück", stellte Blecc fest. „Er muss hier seinen Bau haben." „Riechst du das?", fragte Charl. „Der Wind trägt es heran. Das ist nicht der Geruch des Grasfuchses. Da ist noch etwas anders?" „Das ist süßlich", stellte Blecc fest. „Süßlich und es kommt von keinem Fell." „Echse", sagte Charl und seine Nackenhaare stellten sich auf. „Das ist sehr kräftig und sehr deutlich. Eine Echsenfährte. Die Croaken sind hier." „Aber das ist unmöglich", sagte Blecc. „Die Straße ist verschüttet und die Croaken fürchten sich vor den Einogs, die durch unsere Gegend streifen. Croaken kommen niemals bis hierher." „Diese schon", knurrte Charl. „Du riechst es doch auch. Und gestern Nacht habe ich etwas gehört. Ich habe Metall gehört. Sie haben Säbel und Kettenhemden und wer soll sonst mit Metall durch diese Gegend laufen? Die Croaken haben die verschüttete Straße überwunden. Sie sind hier."

Der Grasfuchs zeigte sich an diesem Tag nicht, aber auf dem Weg entlang seiner Fährte fingen die Gefährten zwei Steppenkaninchen und drei Erdwühler und das genügte für diesen Tag. „Morgen", sagte Blecc. „Morgen holen wir uns den Grasfuchs. Er ist hier in unserer Nähe und morgen wird ihn der Hunger aus dem Bau treiben." Eine dunkle Nacht mit einem bedeckten Himmel kündigte sich an, als sie den Rückweg antraten. Es war nicht mehr weit bis zu ihrem Lager. Fast in Sichtweite lag ihr Lagerplatz, als sie den fremden Krieger vor sich sahen. Er hatte sie noch nicht entdeckt und sie sahen ihn, wie er eilig ihren Weg kreuzte. Dann brach der volle Mond durch die Wolkendecke und überdeutlich stand er nun vor ihnen. In der Tat war das eine Croakenkrieger. Er hatte etwa ihre Größe, aber sein Körper war massig und schwer und man sah an der Art seines Ganges, dass hier ein Wesen mit großer Körperkraft lief. Nach Art der Echsen hatte es keine Nase, sondern lediglich Atemlöcher und der Körper war dicht mit Schuppen bedeckt. Die Augen saßen unter einer schützenden Hornwulst, die dem Gesicht zusätzlich etwas Starres und Unbewegliches verlieh. Der Croake trug einen Brustpanzer aus einem gelben Metall und einfache derbe Kleidung in der Farbe der umliegenden Erde. Doch durch das helle Mondlicht hatte dieser Krieger auch sie in diesem Moment gesehen und als er sich zu ihnen umwandte, zog er einen mächtigen Krummsäbel hervor. Während er einen lauten schnarrenden Ruf ausstieß, hielt er den Krummsäbel in der ausgestreckten Hand und lief ihnen entgegen.

Rasch hatte Blecc seinen Bogen gezogen. Er hatte sich reichlich Pfeile für den Grasfuchs mitgenommen und voller

Schrecken begann er, so gut es ihm in diesem Moment möglich war, auf den Krieger zu schießen. Viele Pfeile gingen daneben, zwei prallten von dem Brustpanzer ab, aber einer blieb in der linken Schulter stecken. Der Croake gab einen zischenden Laut von sich und setzte seinen Weg fort. Charl hatte nur ein kurzes Messer dabei, das er gezogen hatte, als er dem Croaken entgegenlief. Seine Nackenhaare hatte er aufgestellt und er stieß ein dunkles drohendes Grollen aus. „Bist du von Sinnen?", rief Blecc erschrocken und zog ihn hinter sich her. „Immer dasselbe." Den widerstrebenden Charl hinter sich herziehend erreichte er eine Ansammlung von sechs Felsen, zwischen denen es einen kleinen höhlenartigen Hohlraum gab, den sie oft als Versteck für das Warten auf Beute nutzten. Rasch kletterten die beiden Gefährten in den Unterschlupf. Das war keinen Moment zu früh, denn der Croakenkrieger hatte seinen Schritt beschleunigt und sie in diesem Moment erreicht. Der Hohlraum war tief und während Blecc den knurrenden Charl weiter mit sich zog, blieb dem Croaken nur übrig, mit dem Säbel in der Dunkelheit der Felsen zu stochern. Sein Körper war zu massig. Alleine mit den Schultern würde ein Croake nicht durch die schmale Öffnung passen. Drei Pfeile schoss Blecc nun ab, bis sich der Krieger heftig zischend zurückzog.

„Er ist dort draußen und er ist verletzt", sagte Blecc leise. „Er wird dort jetzt nicht weggehen, sondern auf uns warten." „Ich mach ihn fertig", knurrte Charl und machte Anstalten, aufzustehen. „Du Hitzkopf", rief Blecc ärgerlich und hielt ihn fest. „Du elender und ewiger Hitzkopf, denk doch mal nach! Croaken fürchten die Sonne. Sie ertragen das grelle Licht nicht. Wir warten hier gemütlich bis zum Morgen und dann muss er gehen. Du willst mit deinem Messer diesem gepanzerten Koloss entgegentreten. Bei den Göttern, denk doch nach!" Immer wieder hörten sie es vor der Öffnung leise klingen und scheppern und einmal schoss Blecc

78

zur Warnung einen Pfeil in die Dunkelheit. Dann, als die Sonne den Horizont bereits überschritten hatte und die Dämmerung einem klaren Morgen wich, steckten sie vorsichtig die Köpfe hinaus. Und tatsächlich: Der Krieger war fort. Ausgiebig untersuchten sie Umgebung. Sie rochen es ganz deutlich. Voller Unruhe war der Croake in der Nacht immer wieder um die Felsen geschlichen und hatte nach Öffnungen gesucht. Er war tatsächlich verletzt, denn überall ringsum waren Blutspuren zu entdecken. Auch seine Fährte war problemlos zu erkennen. Sie wussten sehr genau, in welche Richtung der Krieger gegangen war. Es sollte nicht schwierig sein, ihm zu folgen.

Aber zunächst bereiteten sie sich über einem Feuer ihre Beute vom Vortag zu, denn bisher waren sie noch nicht zum Essen gekommen. Gut gestärkt, aber sehr müde, schlichen die beiden Kumpanen dann, immer der Fährte folgend, durch die Einöde. Es dauerte nicht lange, da vereinigte sich die Fährte mit einer weiteren. Es waren mehrere Croaken. Der Krieger war also nicht alleine in diese Region gekommen, die sonst von Croaken und vielen anderen Völkern ängstlich gemieden wurde. Immer stärker wurde der Echsengeruch. Es waren mehr als zwei Krieger – viel mehr. Schließlich – hinter einem großen, aufrecht stehenden Felsen – standen sie plötzlich inmitten des Croakenlagers und erstarrten für einen Moment vor Schrecken. Drei Zelte aus lichtundurchlässigem Croakenstoff waren dort aufgebaut worden. Ja, sie rochen und sie hörten es in diesem Augenblick. Wenigstens neun Croakenkrieger befanden sich in diesen Zelten und schliefen. Sollten sie sie im Schlaf töten? Es waren viel zu viele. Dies würde nicht gelingen. Auch wenn Croaken Sonnenlicht nicht ertrugen, sie würden erwachen und sich zur Wehr zu setzen wissen. Sie würden in der nächsten Zeit wachsam sein müssen. Neun Feinde waren in ihr Revier eingedrungen. Was, wenn sie bleiben würden?

Behutsam waren sie wieder fortgeschlichen und liefen hinaus in die weite Ebene, um den wunderbar sonnigen Tag zu nutzen. Die Sonne wärmte sogar ein wenig ihr dunkles Fell. Es schien, als wollte langsam das Frühjahr in Tarac-osk Einzug halten. Gleich vier Steppenkaninchen fingen sie in kurzer Zeit und so gönnten sie sich ein wenig Schlaf. Am frühen Nachmittag kreuzte ihr Weg die Fährte des Grasfuchses. Tatsächlich, er lebte ganz in ihrer Nähe und er konnte jetzt nicht mehr weit sein. Voller Aufmerksamkeit folgten sie seiner Fährte. War heute der Tag, an dem es gelingen sollte? Wie lange hatten sie keinen Grasfuchs mehr fangen können? Ein Hochgenuss war sein Fleisch. Ein noch junger Grasfuchs hatte das zarteste Muskelfleisch, das diese Gegend zu bieten hatte. Ein Steppenkaninchen war nichts dagegen. Charl sah ihn zuerst. Wie erstarrt blieb er stehen und stierte in die Ferne. Der Grasfuchs war offenbar selbst auf der Suche nach Beute. Aufgeregt lief er um einen Felsen herum, schnupperte mal hier und mal da oder scharrte mit den Pfoten auf der Erde. Er hatte sie nicht bemerkt. Vorsichtig schlichen sie voran, immer näher und noch ein Stück näher. Langsam spannte Blecc den Bogen. Ja, er war in Schussweite. Es konnte gelingen. Nur noch ein kurzes Stück. Doch ach, der Wind drehte. Würde er sie bemerken? Blitzschnell hielt der Grasfuchs inne und hielt seine spitze, heftig schnuppernde Nase in die Höhe. Blecc begann zu zielen, richtete sich auf und schoss. Er war zu schnell. Der Grasfuchs war gewarnt, denn er hatte sie bereits gerochen. Rasch schlug der einen Haken und war auf und davon. „Hinterher!", rief Charl. „Wir müssen an ihm dranbleiben. Er kann noch nicht weit sein." Vom Jagdfieber gepackt liefen die beiden Gefährten rasch den Spuren des Grasfuchses hinterher. Er rannte in Richtung des kleinen Sees. Dort war er möglicherweise in der Falle. Wenn er die kleine Landzunge hinauflaufen würde, dann könnten sie ihn in die Enge treiben. Tatsächlich, es sah gut aus. Er lief geradewegs in diese Richtung. In rasender Eile hasteten sie hinter ihrer Beute her. Der Grasfuchs schlug mehrere Haken, lief aber in Richtung des Sees und direkt die Landzunge hinauf. Mit wild klopfenden Herzen liefen Charl und Blecc hinterher. Von hier aus gab es keinen Ausweg. Die Landzunge war von Wasser umgeben und wer an Land wollte, musste an ihnen vorbei. Der Grasfuchs lief nun direkt vor ihnen. Es war nicht mehr weit bis zur Spitze der Landzunge. Ihre Beute saß in der Falle. Noch einmal beschleunigte er seine Geschwindigkeit. Geradewegs hielt er auf die Spitze der Landzunge zu, er lief und lief und verschwand in einem Erdloch.

Fassungslos kamen die Gefährten zum Halten und rochen den Grasfuchs noch ganz deutlich dort, wo er eben in dem Erdloch verschwunden war. Das durfte nicht sein. Sie hatten ihn doch schon fast. Aufgeregt liefen sie neben dem Erdloch auf und ab. Er wusste, dass er sich in diesem Loch in Sicherheit bringen konnte. Er wusste das die ganze Zeit und allein deshalb lief er auf die Landzunge. Immer noch voller Aufregung sah Blecc auf den See hinaus. Die Sonne ging gerade rot über dem See unter. Die Sonne ging unter? „Charl!", rief Blecc. „Wir haben die Zeit vergessen. Wir müssen sofort zurück in unser Versteck. Die Croaken werden uns suchen und hier sitzen wir in der Falle." „Werden sie uns riechen?", fragte Charl. „Ich weiß es nicht", antwortete Blecc. „Möglicherweise sind es Wesen, die durch den Geruch erkennen. Aber auf jeden Fall sehen sie in der Dunkelheit, wie andere Spezies am Tage. Wir haben einen der ihren verletzt. Sie werden bald beginnen, uns zu suchen."

Hastig eilten die beiden Gefährten in der Abenddämmerung über die Landzunge zurück auf den Weg, den sie gekommen waren. Den Grasfuchs würden sie an einem anderen Tag fangen und ihre heutige Beute würden sie erst wieder am Morgen zubereiten können. Hier gab es weit und breit kein Versteck. Nur die Steinansammlung mit dem Hohlraum war hier der sicherste Unterschlupf. Bald passierten sie den Ort, in dessen Nähe sich das Croakenlager befand. Leise und jede Deckung nutzend schlichen sie voran. Sie hörten, dass sich einige der Croaken in dem Lager in ihrer seltsamen Sprache miteinander unterhielten. Es waren nur einzelne Laute, die der Wind bis zu ihnen trug. Es waren abgehackt klingende, schnarrende Laute und ihre Stimmen waren heiser und mitunter klangen sie wie ein trockenes Zischen. Das waren nicht alles Croaken. Waren die anderen noch in den Zelten und schliefen? Oder waren sie irgendwo hier draußen in der Dunkelheit? Beide hatten ihre Ohren aufgestellt und lauschten mit äußerster Aufmerksamkeit nach verdächtigen Lauten in ihrer Umgebung. Nichts. Es war nichts zu hören. Der Weg zu ihrem Lager war offenbar frei.

Ihr Unterschlupf war nun nicht mehr weit. Die Abenddämmerung war jetzt vollends der Dunkelheit der Nacht gewichen. Dann hörten sie das Geräusch. Es war ein Klirren von Metall und der Laut sollte nicht vor ihnen verborgen werden. Der Krieger hatte hier bereits auf sie gewartet. Es war der Croake, dem sie bereits gestern begegnet waren, und er war allein. Langsam war er hinter einem massiven Fels hervorgetreten und obwohl er nicht zu lächeln vermochte, konnten sie in seinen Augen sehen, wie sehr er ihre Überraschung auskostete. Seinen blitzenden Krummsäbel hatte er bereits gezogen und er ließ ihn nun drohend durch die Luft fahren, sodass er ein deutlich sirrendes Geräusch verursachte. Rasch hatte Blecc seinen Bogen gezogen und war darin begriffen, einen Pfeil einzuspannen, doch sein Gegner war bereits zu nah. Krachend fuhr er mit seinem Säbel durch den Bogen, der in zahlreiche Holzsplitter zerbarst, zog ihn dann zurück und versetzte Blecc in dieser Bewegung mit der stumpfen

Rückseite des Säbels einen heftigen Schlag gegen den Schädel. Sofort ging Blecc zu Boden und rührte sich nicht mehr. Fauchend machte der Croake einen Schritt zurück und fasste den Säbel nun mit beiden Händen. Ganz sicher würde er jetzt zu einem weiteren Schlag ausholen, aber mit einem Mal war ein tiefes bedrohliches Grollen zu hören. Charl trat zwischen den Krieger und seinen am Boden liegenden Freund. Er hatte sein Messer gezogen und fixierte den Croaken aus seinen leicht ungeraden Augen. Knurrend legte er sein Gebiss frei und seine Fangzähne waren in dem Licht des großen runden Mondes deutlich zu erkennen. Für einen Moment schaute der Krieger sich das dürre Hundswesen irritiert an, dann schwang er seinen Säbel und schlug zu.

Geschickt tauchte Charl unter dem Hieb hinweg und auch ein zweiter traf nicht. Der Croake hatte den Säbel fest in die Erde gerammt und war dabei, ihn aus dieser herauszuziehen. Knurrend sprang ihm nun Charl entgegen und stach ihm das Messer tief in die freie Fläche unter dessen rechten Arm, die nicht von dem Brustpanzer geschützt war. Zischend fuhr der Croake zurück und ließ dabei den Säbel los, den er eben noch mit der rechten Hand hinausziehen wollte. Mit einem wütenden Fauchen schlug er nun mit der linken Faust zu. Charl wurde von dem Aufprall zu Boden geschleudert, richtete sich aber sogleich wieder auf. Wütend und ohne jede Deckung sprang er den Croaken an und riss ihn zu Boden. Immer wieder versuchte der Krieger das Hundswesen durch seine Körpermasse unter Kontrolle zu bekommen oder den Säbel einzusetzen. Doch Charl gelang ein weiterer Stich mit dem Messer in das Gesicht des Angreifers und er biss nach Art der Hundswesen in dessen rechte Hand und zerfetzte sie. Fauchend griff der Croake nach ihm und packte ihn im Nacken. Charl hörte bereits das Knacken seiner Knochen, als ihm ein weiterer Messerstich gelang. Tief steckte die Klinge nun im Hals des Croaken, der sogleich losließ und sich voll Schrecken an die Einstichstelle fasste. Charl ließ sein Messer stecken und sprang nun abermals auf die Füße. Von diesem Krieger würde nun keine Gefahr mehr drohen. Ein zischender Laut – fast wie ein Ruf – entfuhr dem Croaken noch und Charl wusste in diesem Moment, dass er nach seinen Kameraden rief. Und sie würden ihn hören.

Schnell begann er Blecc aufzurichten. Zu seiner Erleichterung war er bei Bewusstsein. Benommen taumelte Blecc hinter ihm her. Er hatte einen dicken, harten Schädel, dachte Charl. Den hatte er schon immer. Während er Blecc halb stützend, halb ziehend bewegte, waren bereits deutlich Rufe der übrigen Croaken zu hören. Sie hatten erkannt, dass ihr Kamerad in höchster Gefahr schwebte und eilten so rasch es ging herbei. Charl hatte Blecc in die Öffnung des Verstecks geschoben, als er sich noch einmal umsah. Sie waren alle gekommen. Drei hatten bereits den sterbenden Croaken erreicht und sahen nun schweigend zu ihm herüber. Weitere fünf Krieger trafen gerade ein. Sie alle waren mit Säbeln bewaffnet, einige trugen einen Helm und sie hatten eine ähnliche Art Brustpanzer. Kräftig waren sie und den beiden Hundswesen an Kampfkraft weit überlegen. Eilig verschwand Charl nun auch in der Öffnung und gemeinsam mit Blecc zog er sich in das hinterste Ende des Hohlraums zurück. Dann kamen die Croaken.

Wie ihr Gegner in der Nacht zuvor versuchten auch seine Kameraden mit den Säbeln möglichst weit in das Innere zu stechen. Doch der Hohlraum zwischen den Felsen war tief und sie würden die beiden Gefährten nicht erreichen. Gleich mehrere Arme waren im hellen Licht des Mondes am Eingang zu erkennen, die blindlings mit den Säbeln in der Luft herumfuhren. Dieses Mal hatten sie keinen Bogen mehr zur Verfügung und Charls Messer steckte im Hals ihres Angreifers. Also blieben sie im hinteren Bereich des Hohlraums sitzen und hörten die wütenden Rufe und das Geschepper der Waffen und Brustpanzer draußen vor der Öffnung. Sie hörten, wie die Croaken die Felsansammlung immer wieder umkreisten und mal diesen und mal jenen Fels prüften. Es musste doch noch einen weiteren Zugang geben, einen durch den ein ausgewachsener Croake passte. Immer aufgeregter und wütender wurden die Rufe in ihrer seltsamen Sprache. Charl vermutete, dass ihr Gefährte inzwischen gestorben war, denn die Krieger waren außer sich vor Wut, weil sie sie nicht erreichten. Dann begannen sie gemeinsam an den Felsen zu ziehen. In der Tat – sie waren kräftig und eine Gruppe von vier bis fünf Croaken konnte einen der großen Felsen ein gutes Stück bewegen. Immer wieder schien das Mondlicht bis auf ihre Gesichter. Aber die Croaken konnten die Felsen immer nur ein kleines Stück anheben, dann fielen sie krachend wieder zurück. Es wollte ihnen nicht gelingen, sie umzuwerfen.

Unablässig mühten sie sie sich an verschiedenen Stellen. Der Sonnenaufgang – wie sehr sehnten sich die beiden Gefährten den Sonnenaufgang herbei. Die Croaken würden ihr Vorhaben aufgeben und sich zurückziehen müssen. Irgendetwas geschah. Die Krieger ließen von ihrem Vorhaben ab und berieten sich. Etwas wurde geholt. Dann begriff Charl und seine Nackenhaare richteten sich augenblicklich auf. Ein Hebel – sie hatten einen kräftigen Holzstab geholt. Wahrscheinlich war es einer der Stäbe, der ihren schweren Zeltstoff hielt. An verschiedenen Stellen wurden dieser angesetzt und mehrere Krieger versuchten damit die Felsen hochzuheben. Dies gelang auch weit besser als vorher, aber immer wieder fielen die Felsen an ihre ursprüngliche Stelle zurück. Die Sonne – wenn sie doch nur endlich den Carcara übersteigen würde. Wieder rührte sich ein großer Felsen ganz in ihrer Nähe und sie hörten aufgeregtes Rufen und anfeuernde Schreie. Das helle

Mondlicht drang durch eine breiteren Spalt als zuvor herein. So weit hatten sie den Hohlraum bisher nicht öffnen können. Voll Entsetzen sahen die Gefährten ein Echsengesicht in jenem Spalt auftauchen. Die Öffnung vergrößerte sich. Der Croake hatte sie schon gesehen; mehrere Croaken sahen sie. Ein gewaltiges Krachen, ein heftiges Knirschen und über ihnen war der Sternenhimmel und der große runde Mond, der nun sein silbernes Licht hinunter zu ihnen schickte. Der Felsen über ihnen war fort. Mit der Kraft mehrerer Croakenkrieger war er mit einem großen Holzhebel zur Seite bewegt worden und lag nun inmitten zerbrochener Steine und Kies. Sie saßen frei und ungeschützt inmitten aufrecht ragender Felsen. Acht gut bewaffnete Croakenkrieger hatten sich rund um sie versammelt und der Geruch der Echsen wehte zu ihnen hinüber. Charl hatte sein Nackenfell aufgestellt und sein drohendes Knurren erfüllte den Ort.

Später hätten die beiden Freunde schwören können, dass sie einen Blitz gesehen hatten, der den Himmel in diesem Augenblick erleuchtete, aber es gab kein Gewitter und auch Regen setzte in diesem Moment nicht ein. Die Croaken, die ihnen gerade noch triumphierend und voller Wut entgegengesehen hatten, fuhren zusammen und sahen voll Schrecken auf das, was sich ihnen nun näherte. Charl und Blecc wussten, was für ein Wesen nun gekommen war, und sie ließen jede Hoffnung fahren und beteten zu ihren Göttern. Drei der Croaken sanken nun auf die Knie und ließen ihre Waffen fallen, die andern traten mehrere Schritte zurück. Das Wesen, das gekommen war, war weit größer als jeder Croake. Es hatte zwei gewaltige Stoßzähne und zog einen Schwanz hinter sich her. Auch dieses Wesen war eine Echse, so viel konnte Charl erkennen. Es stütze sich auf einen großen Holzstab mit einem Emblem an der Spitze und rief mit dunkler, kehliger Stimme Befehle in der Sprache der Croaken zu ihnen hinüber. Derartige Wesen hatten die beiden

Gefährten bisher nur aus der Ferne gesehen. Sie wohnten in der Gegend hinter dem Felsentor, die sie niemals betreten würden. Es war ein Einog, ein schrecklicher Einog war zu ihnen gekommen. Dann trat einer der Croaken hervor und sah den Einog mit loderndem Blick aus seinen Echsenaugen an. Mit beiden Händen hielt er seinen Säbel und trat dem Einog entgegen. Voller Staunen sahen die beiden Hundswesen, welche Wirkung die Präsenz des Einogs hatte und wie ruhig dieses Wesen blieb. Der Einog blickte unbewegt auf den Krieger, der sich ihm nun mit gezücktem Säbel näherte. Voller Wissen war sein Blick und er sah auf seinen Angreifer, als hätte er seine Handlung schon sehr lange vorhergesehen. Der Croake schritt dem Einog ohne Zögern entgegen, aber doch mit großem Respekt. Es war so, als würde ein Schüler seinem Meister begegnen und als würde nun jeder weitere Schritt Zweifel an seinem Ziel bereiten. Mit beiden Händen hob der Croake den Säbel empor und der Einog blieb ruhig an seinem Platz stehen.

Ein lauter Ruf in der Sprache der Croaken entfuhr plötzlich dem Einog, und den beiden Gefährten schien es so, als würde er mit der rechten Hand eine Art feinen Staub in die Luft werfen. Viel mehr geschah zunächst nicht, doch dann hielt der Angreifer inne, ging einen Schritt zurück und begann voller Furcht nach Atem zu ringen. Die Luft vibrierte geradezu von der dunklen, kehligen Stimme, mit der der Einog zu dem Croaken sprach. Was war das für ein Zauber? Der Krieger, der soeben noch mit dem Säbel in der Hand vorwärts schritt, taumelte und versuchte entsetzt zu fliehen. Schließlich fiel er mit einer seltsam ungelenken Bewegung zu Boden. Gewaltig und wie ein mächtiger dunkler Schatten stand der Einog nun über ihm und beugte sich zu ihm hinunter. Mit der linken Hand stützte er sich immer noch auf seinen Holzstab, während er die rechte Hand zu dem Croaken ausstreckte. Wie klein diese Arme im Vergleich zu seinem übrigen Körper mit den stämmigen Beinen waren. Zitternd übergab der Croake dem Einog nun seinen Säbel. Dabei stieß er immer wieder heftig atmend wimmernde Wortfetzen aus. Der Einog hatte sich wieder aufgerichtet und war an dem Croaken vorbei auf dessen Kameraden zugeschritten. Während er den Säbel in Richtung Boden hielt, hatte er nun seinen Stab am ausgestreckten Arm in dem Himmel gestreckt. Mit lauter Stimme rief er nun Worte, die die Croaken in schieres Entsetzen versetzten. Sie hatten zum größten Teil ihre Waffen abgelegt oder fallen gelassen und nun, obwohl die Sonne bereits erste Strahlen über den Carcara schickte, flüchteten sie voller Furcht in Richtung der verschütteten alten Straße, die in den alten Zeiten in dieses Gebiet führte. All ihre Sachen ließen sie in ihrem Lager zurück, denn die blanke Angst hatte jeden anderen Gedanken vertrieben. Der Einog sah ihnen nach, wie sie wie flüchtende Beute davonstürzten – so schnell es ihnen möglich war. Dann drehte er sich um und seine pupillenlosen dunklen Augen ruhten auf den beiden Hundswesen und sie erkannten, dass der Einog bis in ihr Innerstes sehen konnte und es nichts gab, das ihm verborgen blieb.

Langsam schritt der Einog auf sie zu und während Charl damit begann, grollend zu knurren, blieb er vor der Felsansammlung stehen, die nun auf einer Seite weit offen stand. „Ihr beide braucht keine Furcht zu haben", sagte der Einog mit seiner kehligen Stimme in einem völlig ruhigen und sanften Ton. „Ihr habt nichts zu befürchten. Ich bin hier, weil ich euch danken möchte." „Danken?", wiederholte Blecc verwirrt. „Wofür wollt ihr euch bedanken, Herr?" „Ja, wisst ihr", sagte der Einog, „mein Volk wünscht keine Eindringlinge. Überall in der Welt haben wir verborgene Orte. Mitunter bestehen diese Orte nur aus einzelnen Behausungen. Es können aber auch Unterkünfte für viele sein. Aber es gibt auch ganze Städte, die seit vielen Zeitaltern vor den Augen der übrigen erwachten Spezies geschützt sind. Nur durch Einogpfade sind sie letztlich erreichbar. Damit diese Orte nicht entdeckt werden, haben wir viele Vorkehrungen getroffen. Hier in diesen Landen ist bekannt, dass Blendwerk und Zauberkraft hinter dem Felsentor drohen und ihre unheilvolle Wirkung reicht bis hierher – in diese unwegsame Gegend am Ende der alten Straße. Wir Einogs wissen, solange Wesen wie ihr hier an diesem Ort unbehelligt leben können, solange wirkt auch noch der Schutz dieser alten Sagen und Legenden. Wenn dies aber nicht mehr so ist, wenn ihr hier in Bedrängnis geratet, dann ist es für uns Zeit zu handeln, denn dann beginnt unser Schutz seine Wirkung zu verlieren." Der Einog sah sich noch einmal zu den Croaken um, doch für die beiden Hundswesen waren sie in der Ferne schon nicht mehr zu erkennen. „Junge Leute", sagte der Einog. „Das waren alles junge Burschen, die die Warnungen der Älteren verlacht haben und ihren Mut erproben wollten. Sie haben gerade dem Tod ins Angesicht gesehen und mit Sicherheit werden sie nicht mehr wiederkommen. Auch werden sie ihren Freunden berichten müssen, warum sie so rasch wieder zurückgekehrt sind. Und sie werden ihnen keine geringen Gründe für ihre frühe Rückkehr nennen. Niemand wird diesen Ort noch einmal aufsuchen. Durch euch wussten wir, dass wir schnell handeln mussten. Für uns seid ihr die Wächter des Felsentores. Vielen Dank dafür."

„Wir haben für unsere Rettung zu danken, Herr", sagte Blecc und verbeugte sich. „Wir werden Eurem Volk stets gerne zu Diensten sein." „Das weiß ich", sagte der Einog und sah sie aus seinen tiefschwarzen Augen aufmerksam an. „Aber ihr seid frei, zu gehen, wohin ihr wollt, und zu tun, was euch beliebt. Einogs mögen sich verteidigen. Aber darüber hinaus greifen wir nur in großen Ausnahmen in die Geschicke anderer Wesen ein. Nur wenn ihr ohnehin in diesen Landen verweilen wollt, dann würde uns das sehr helfen. Seid gewiss, dass ihr hier unter dem Schutz der Einogs steht." „Wir leben gerne hier, Herr", sagte nun Charl. „Sehr gerne werden wir in diesen Landen bleiben und sie noch lange als Jäger durchstreifen." Langsam erhoben sich die beiden Hundswesen und stiegen aus den Trümmern ihres Verstecks. „Dann beginnt ein Einogpfad zu euren Behausungen direkt hinter dem Felsentor?", fragte Blecc vorsichtig. „Einogpfade durchziehen die Welt überall", antwortete der Einog. „Man erkennt sie meist daran, dass in der Landschaft etwas anders ist oder eine kleine Abweichung vom normalen Geschehen zu erkennen ist. Man muss wie ein Einog sehen können, um das zu bemerken." „Es ist nur so, Herr", sagte Blecc zögernd. „Ihr sagtet, wir seien die Wächter des Felsentores. Ich fürchte, einen Wanderer haben wir jedoch zu Euch gelassen. Es ist noch keinen vollen Mond her. Er sagte, er wurde von den Einogs gerufen." „Ihr meint den Fleischesser, der nicht jagen konnte? Das kleine bleiche Wesen von weit her? Seid unbesorgt, wir haben dieses Wesen tatsächlich zu uns gerufen. Es hätte uns nicht erreicht, wenn wir dies nicht gewollt hätten. Ja, er sollte zu uns kommen und er ist auch bei uns eingetroffen." „Er war sehr freundlich", sagte Charl. „Etwas seltsam, aber wir hatten ihn gerne bei uns. Es ist gut zu wissen, dass er sicher bei Euch angekommen ist. Aber warum habt Ihr gerade ihn zu Euch gerufen?" „Dort draußen breitet sich der Dreierbund in der Welt aus", sagte der Einog. „Es sind dunkle Zeiten angebrochen. Die Croaken und ihre Verbündeten bringen die Welt aus dem Gleichgewicht. Euer Freund wird den Dreierbund vernichten und das Gleichgewicht wieder herstellen." „Was wird er?", rief Charl über die Maßen erstaunt. „Dieses dünne, blasse Wesen, das noch nicht einmal einen Bogen anständig halten kann?" „Ja", sagte der Einog. „Dieses dünne und blasse Wesen, das trotz der starken Verletzung, die ihr gesehen habt, den Carcara durch Eis und Schnee hindurch überquert hat. Er hat noch viel mehr getan als das, um zu uns zu kommen – erheblich mehr. Er wird dies vollbringen und er wird die Einogs hinter sich haben. Wir alle werden ihm zu großem Dank verpflichtet sein." Der Einog war auf die Hundswesen zugetreten und legte ihnen nun nacheinander seine rechte Hand auf den Kopf. Dann drehte er sich wortlos um und ging.

Wie betäubt standen die beiden Gefährten für einen Moment da und sahen, wie sich der Einog langsam und mit seinem eigentümlichen Gang von ihnen entfernte. Je weiter er lief, umso mehr nahm er die Farbe der Umgebung an, bis es so schien, als würde er vollends damit verschmelzen. „Ich bin so müde", sagte nun Blecc. „Lass uns zu unserem Lager gehen", sagte Charl. „Wir werden noch ein paar Steppenkaninchen essen und dann werden wir endlich in Ruhe schlafen können." Unendlich müde fühlten sich die beiden Freunde nun und äußerst lang erschien ihnen der Weg zurück zu ihrem Lager. Als sie den Hügel passierten, an dem sie noch vor kurzer Zeit den Grasfuchs jagten, meinte Blecc aus den Augenwinkeln noch einmal den Einog zu sehen. Hatte er sich das eingebildet? Er war so erschöpft, es war zum Glück nicht mehr weit bis zu ihrem Lager. War das ein Trugbild? Wie in feinem Nebel sah er den Einog auf dem Hügel stehen. Er bückte sich und sehr sorgsam legte er dort einen nicht sehr großen, kantigen Stein ab. „Der Grasfuchs", murmelte Charl. „Heute kriegen wir ihn."

Der Clan der Kascad

Schmerz durchströmte die Kriegerin und für einen kurzen Augenblick sah sie, wie große Mengen Blut unterhalb ihrer Schulter aus dem linken Oberarm schossen. Der Schwerthieb hatte die Klinge bis auf ihren Knochen in den Arm getrieben. Ihre Aufmerksamkeit galt aber ihrem Gegner direkt vor ihr. Voller Zorn fixierte sie ihn aus ihren ziegenartig geschlitzten Augen. Während sie mit ihrem zweiten linken Arm immer noch das Schwert schwang, hatte sie im nächsten Moment mit dem oberen rechten Arm das Wurfbeil geschleudert und mit einem dumpfen Aufprall traf es sein Ziel. Das Beil hatte den silbernen Brustpanzer des Kriegers aus dem Heer Nesonktons durchdrungen und steckte nun fest in seiner Brust. Noch in dem Aufprall des Beils begriffen, wurde der Oberkörper nach hinten gerissen und der Gegner fiel mit aller Wucht zu Boden. Augenblicklich war die Graudin aus dem Thansheer über ihm. Mit aller Kraft stieß sie ihrem Gegner den Speer, den sie in der unteren rechten Hand hielt, in den Hals. Es war vorbei. Die Kriegerin sah über das Schlachtfeld hinweg vor ihr bereits das Meer in der Ferne leuchten. Bis hierher – in das Gebiet des alten Caldesseas östlich des Sirendoln – hatten sie ihre Gegner vor sich her getrieben und das gegnerische Heer stand kurz vor der endgültigen Vernichtung. Ihr Gegner zuckte nun nicht mehr und während sie den Speer mit einem Ruck löste und auch sein Helm zur Seite glitt, konnte sie das Gesicht dieses Grauden genauer betrachten. Wie seltsam, dass sie erst jetzt bemerkte, dass ihr dieses Gesicht sehr bekannt vorkam. Wie ein unerwarteter heftiger Schlag durchfuhr sie diese Erkenntnis. Sie kannte ihn sehr gut. Dieser Graude hieß Terresos. Er war ihr Bruder.

Heftig schlug Sarisas Herz, als sie erwachte und voll Schrecken in die Dunkelheit starrte. Wo war sie? Was war das für ein Geräusch? Ein Kind weinte in der Dunkelheit. Sofort war sie hellwach und erhob sich von ihrem Nachtlager. Natürlich, ihr Kind war aufgewacht. Sie holte die kleine Tila zu sich und legte sich mit ihr wieder hin. Tila war hungrig und Sarisa gab ihr von ihrer Milch. Während Tila ruhig und gleichmäßig trank, hatte sich ihre Mutter wieder beruhigt. Der Krieg war längst vorbei, der Than hatte mit seinen Kriegern die alte Welt zerschlagen und aus den Trümmern eine neue Welt geschaffen, so wie es die alten Prophezeiungen vorausgesagt hatten. Dann war er zu den Göttern zurückgekehrt. Sarisa lag mit ihrer kleinen Tochter in der Dunkelheit auf ihrem Nachtlager und es herrschte tiefer Frieden. Ihr Bruder Terressos und auch ihre anderen beiden Brüder waren tatsächlich gefallen, aber keiner von ihrer Hand – auch Tilas Vater – hatte den Krieg nicht überlebt. Nur Sarisas Mutter Desdre war noch am Leben und nun hatte sie vor wenigen Wochen die kleine Tila zur Welt gebracht. Tila hatte genug getrunken und als Sarisa die zufriedenen Schlafgeräusche ihrer Tochter hörte, erfasste sie eine große und tiefe Ruhe. Es gab wenig, was sie jetzt noch schrecken konnte, aber gewiss wusste sie, dass sie alles dafür tun wollte, dass die Welt, in der ihre Tochter leben würde, eine gute und friedliche Welt sein würde.

Wieder einmal hatte Sarisa am nächsten Morgen verschlafen. Bei allen Göttern, sie musste doch zu diesem Treffen gehen! Auf einem Arm die kleine Tila haltend, um sie mit einem weiteren Arm anzuziehen, wühlte Sarisa mit den übrigen beiden Armen in ihrer großen Kleidertruhe. Wo war das Festgewand? Sie hatte es doch in diese Truhe gelegt und wo sollte es auch sonst sein. Tila fing an laut zu weinen, denn ihr Hemd wollte einfach nicht über den Kopf rutschen. Vier Arme zu haben, sollte vorteilhaft sein. Viele Völker beneiden die Grauden um ihre zwei Armpaare. Aber was nutzen vier Arme, wenn man dennoch nur einen Kopf hat! Wo blieb überhaupt ihre Mutter? Sie konnte Tila doch nicht in ihren Räumen alleine lassen.

Sarisa wollte zum Neugründungstreffen ihres Kascad-Clans. Es war ihr Clan, in den sie hineingeboren worden war, und der alte Clanführer, ihr Vater, war mit dem Großteil der Mitglieder bei der Zerstörung der alten Welt umgekommen. Der Kascad-Clan hatte die meisten seiner großen Pferdegehöfte und sein gesamtes Herrschaftsgebiet im Ostteil des alten Reiches. All dies war zerschlagen worden und dann untergegangen. Nur wenige Gehöfte hatten sie noch in Tuarest, im verbliebenen neuen Graudenreich. Sarisa und ihre Mutter hatten Räume in der neu erstandenen Hauptstadt Silvatron erhalten, denn auch ihr einst mächtiges Gehöft war verloren. Sarisa gab es nicht gerne zu, aber inzwischen genoss sie ihr neues Leben in der großen Stadt. Alles war neu und anders, half ihr zu vergessen und alles in diesem frischen neuen Gebäude zeigte ihr, dass sie nun wahrhaftig ein zweites Leben lebte. Aus allen Teilen des Landes strömten die verbliebenen Mitglieder ihres Clans nach Silvatron. Ein neuer Clanführer sollte bestimmt werden und der Clan sollte neu erstehen. Auf keinen Fall durfte Sarisa, Tochter des alten Clanführers Cerresos, dabei fehlen. Aber nur, wenn sie jetzt bald ihr Festgewand fand. Es war nicht in der großen Truhe. Tila war inzwischen angezogen, saß auf dem Boden und sah ihr aufmerksam zu. Aber ja! Ja, ja, ja, das war es! Tila zog sich doch immer wieder ihre Kleider aus der Truhe, Decken aus der alten Holzkiste und Töpfe aus dem Regal und verteilte alles in den Räumen. Immer wieder musste Sarisa die Dinge wieder an ihren Platz bringen und das Festtagskleid hatte sie doch vor einiger Zeit in Tilas Nachtlager gesehen. Tatsächlich! Dahinter, zwischen dem großen Kissen und der Wand war es, allerdings in einem wenig festlichen Zustand. Rasch zog sie sich das Festtagsgewand an. Es war keine Zeit mehr, daran etwas zu ändern. Ein Klopfen an der Tür, endlich! Sarisa ließ ihre Mutter eintreten, die sie und das Festtagsgewand fassungslos und wortlos betrachtete. Rasch hob sie Tila hoch, um sich von ihr zu verabschieden und sie ihrer Mutter in die Arme zu drücken. Da erkannte sie, dass sie ihrer Tochter das lange Hemd, nicht jedoch die Hose angezogen hatte. Tila hatte so viel getrunken in dieser Nacht und nun musste das auch wieder raus aus dem kleinen Mädchen. Sarisa sah ihre Mutter für einen Moment entsetzt an und wusste, dass sie heute nicht pünktlich zum Neugründungstreffen kommen würde.

Hastig ritt sie schließlich die Hauptstraße entlang. Sarisa hatte ihre Kriegerinnenkleidung angezogen, einschließlich des silbernen Brutspanzers. Was blieb ihr übrig? Was außer dem Festtagsgewand wäre sonst angemessen gewesen? Auch ihr Schwert hatte sie der Vollständigkeit halber umgeschnallt und sie merkte, dass sie auf der Hauptstraße erstaunte Blicke auf sich zog. War es nun schon so lange Frieden, dass der Anblick einer bewaffneten Kriegerin erstaunte? Mit der Morgensonne im Rücken ritt Sarisa die Hauptstraße in Richtung des Stadttores der untergehenden Sonne und passierte den großen zentralen Pferdeauslaufplatz mit seinen wehenden Fahnen und der großen Tribüne, kam bei der große Bibliothek und den Tempeln der Künste vorbei. Viel Volk war unterwegs. Die neuen Wohngebäude der Stadt waren alle bezogen, aber immer mehr Grauden kamen in ihre neu errichtete Hauptstadt. Die Baumeister aus Fergardhon hatten eine weitläufige, große Stadt entworfen. Die Ruinen des alten Silvatrons, das der Than zerstört hatte, waren unverändert geblieben. Sarisa hatte diesen verfluchten Ort nicht wieder aufgesucht, obwohl viele aus ihrer Familie unter den

Trümmern begraben lagen. Es war nun eine neue Zeit angebrochen. Der Wille der Götter hatte sich vollzogen und die Vergangenheit sollte für sie ohne Bedeutung sein. Sie bog nun rechts ab und erreichte die ersten Stallungen des Königspalastes, in dem die Neugründung vollzogen werden sollte. Hier herrschte König Fillingas vom Cartan-Clan mit seiner Frau Taire. Sein Clan hatte die Macht im neuen Graudenreich vom Than selbst erhalten und der Tendral-Clan seines Vorgängers hatte alle seine Befugnisse im Reich verloren.

Endlich, nachdem sie ihr Pferd in den königlichen Stallungen untergebracht hatte, erreichte Sarisa die Eingangspforte des Palastes. Aus robustem Isbenfell gebaut und dennoch leicht und erhaben nach Art der fergardhonischen Baumeister erhob sich die Fassade vor ihr in die Höhe, aber Sarisa hatte dafür heute keinen Sinn. Warum dauerte das so lange, bis die Pforte geöffnet wurde? Eine zweite Frau hatte sich inzwischen neben Sarisa gestellt und wartete ebenfalls auf Einlass. Zu Sarisas Überraschung trug auch sie die Kleidung einer Kriegerin, nur war diese kostbar und ihr Brustpanzer glänzte golden in der Sonne. Es war eine sehr schöne Frau mit stolzem und ebenso neugierigem Blick. „Seid Ihr auch auf dem Weg zum Gründungstreffen des Kascad-Clans?", fragte Sarisa, aber die Frau schüttelte den Kopf. „Ich bin zu spät, bei den Göttern", sagte Sarisa. „Mein Kind. Ich konnte nicht los. Mit einem Kind kann immer etwas dazwischenkommen." „Wem sagt Ihr das", antwortete die Frau mit einem Lächeln, als sich im nächsten Augenblick die Pforte öffnete. „Nach Euch", sagte sie und ließ Sarisa den Vortritt. Die Wache übergab sie sogleich an einen Kiri, der sie ohne weitere Erklärungen auf dem kürzesten Weg durch lange Gänge bis zu dem vorgesehenen Saal führte. Mit einem Ruck riss Sarisa die Tür auf und wurde sogleich von spöttischen Blicken und ungehaltenem Gemurmel begrüßt.

96

Bei den Göttern! So wenige waren tatsächlich nur gekommen.

In der Mitte des Raums hatte man ein Podest errichtet, um das herum die Mitglieder des Clans auf einfachen Holzstühlen saßen. Etwa ein Drittel dieser Stühle war unbesetzt. Sarisa schätzte, dass etwa zweihundert gekommen waren. Sie erkannte, wer sich dort auf dem Podest eingefunden hatte. Dort saß in der Mitte der alte Sintoros, einst ein Gefährte ihres Vaters. Sie kannte ihn seit ihrer Kindheit. Er hatte also überlebt. Neben ihm saß Ceringas, einst ein Schüler ihres Vaters und wie sie war er inzwischen auch ein wenig in die Jahre gekommen. Schließlich erkannte sie auch Terengas, den jüngsten Sprössling einer alten und hochgestellten Familie des Clans. Alle hatten sich in feinstes Tuch gekleidet, in der Art, wie graudische Würdenträger dies in den alten Zeiten trugen. Dem jungen Terengas verlieh das tatsächlich eine gewisse Reife und das sah gar nicht so schlecht aus, wie Sarisa fand.

Mit schepperndem Brustpanzer und am Gürtel klirrendem Schwert erreichte Sarisa einen der mittleren Stühle und setzte sich. „So, es freut es mich, dass nun auch die Tochter unseres großen Clanführers Cerresos den Weg zu uns gefunden hat", sagte der alte Sintoros und sah dabei jedoch nicht erfreut aus. „Würde und Größe soll dieser Tag für uns haben und so hoffe ich, dass wir die Zeremonie nicht nochmals unterbrechen müssen. Immerhin, so wurde mir zugetragen, können wir heute noch mit der Anwesenheit eines Mitgliedes des Königshauses rechnen. Unsere Abstimmung wird von höchster Stelle in Augenschein genommen. Wollen wir dieser Geste mit gebührendem Respekt begegnen." Für einen Moment sprach Sintoros nicht weiter, sondern sah zu Boden, bis Ceringas neben ihm unvermittelt einen sehr hohen Ton von sich gab. Sarisa stutzte und bemerkte, dass sie nicht die Einzige war, der das so ging. War Ceringas in diesem Augenblick von Rührung übermannt worden? Doch sogleich wurde deutlich, dass der große, etwas rundliche Graude damit begonnen hatte, mit sehr hoher Stimme zu singen. Sarisa glaubte fast Erleichterung in dem Saal zu spüren. Aber natürlich, wie konnte sie das vergessen: die Ballade der Kascad – meist von einer Frau vorgetragen! Vor dem Beginn bedeutender Zusammenkünfte des Clans erklang dieses Lied. Wie hoch Ceringas doch singen konnte. Sie hätte dies nicht vermutet. Es war ein Lied mit sehr vielen Strophen und zahlreichen tragischen Wendungen. Der alte Sintoros und Terengas sahen ernst zu Boden, während Sarisa jetzt erst die aufwendigen Deckenmalereien bemerkte. Wundervolle Malereien, die Pferde im vollen Lauf darstellten, konnte sie sehen und an den Wänden des Saales hingen Gemälde, die den fergardhonischen König Celthach und natürlich auch den Than zeigten.

Schließlich endete die Ballade und nach einem Augenblick der Sammlung begann Sintoros erneut zu sprechen. „Es ist keine geringe Aufgabe die Nachfolge des großen Cerresos anzutreten; erst recht nicht angesichts der neuen Aufgaben, vor die uns die Götter und der Than gestellt haben. Unser Clan liegt am Boden, wir haben unsere Heimat verlassen und wollen unsere frühere Stärke wieder erlangen. Es ist kein Geheimnis, wenn ich sage, dass ich dazu bereit bin, diese Bürde auf mich zu nehmen. Auch die beiden jungen Männer hier an meiner Seite sind es." „Wir haben uns darauf verständigt", sagte nun Ceringas, „dass wir nach alter Tradition nacheinander dem Clan berichten, welchen Weg wir beschreiten wollen. Jeder von uns hat seine eigene Vorstellung." „Aber dies sind keine Ansprachen", fuhr nun Terengas fort und lächelte dabei in einnehmender Weise, „wie in den alten Zeiten führen wir ein Gespräch mit unserem Clan. Wir wollen, dass man uns fragt, ergänzt oder auch widerspricht, denn am Ende steht die Abstimmung." „Warum sind es nur drei Bewerber?", hörte sich Sarisa plötzlich fragen. „Wer hat das so bestimmt?" „Das", antwortete Ceringas und lächelte dünn, „liegt daran, dass nur drei Bewerber gefunden werden konnten. Aber wenn sich hier heute noch jemand im Saal befindet, ist er aufgerufen, jetzt oder auch später nach vorne zu treten. Zunächst aber wollen wir nun beginnen und es gebührt dem ältesten Bewerber das erste Wort. Sintoros wird nun zu uns sprechen."

Sintoros begann mit einem Rückblick, in dem er sehr kenntnisreich beschrieb, welche Größe und welchen Einfluss der Clan in den östlichen Gebieten vor dem Krieg hatte. Immer war er in der Vergangenheit an der Seite des großen Cerresos, seines Freundes. Viel habe er von seiner Weisheit und Weitsicht gelernt und mit viel Erfahrung wolle er nun in dessen Sinne den Clan wieder zu neuer Stärke führen. Mit großem Ernst berichtete er über die Besonderheiten und die Tradition der Pferdezucht seines Clans, die es nun fortzuführen galt, aber Sarisa hörte schon nicht mehr so genau hin. Der alte Mann wollte also die neue Zeit allein mit den Methoden aus ihrer alten Heimat gestalten. Sintoros endete mit einem Verweis auf das Erbe ihres Vaters und sein Name wurde laut von den Zuhörenden gerufen – von einigen der Älteren zumindest. Seine Worte hatten offenbar Gehör gefunden. Nun war Cerengas an der Reihe. Auch er hob sehr ernst die Tradition hervor, die es zu bewahren galt. Er betonte immer wieder, dass er Schüler Cerresos war und seinen Meister stets bewundert habe. Häufig setzte er Spitzen gegen die anderen Clans und stellte sich als ein Anführer mit Kraft und Durchsetzungsvermögen dar. Schließlich beschrieb er eine Besonderheit bei der Pferdezucht, die er fördern wollte, aber diese Ausführungen schienen nur wenige in dem Raum zu verstehen. Ein Schüler ihres Vaters? Bei den Göttern, er hatte wohl nur wenig davon verstanden. Während auch Cerengas Anhänger jetzt seinen Namen riefen, vielleicht etwas energischer als es die Anhänger Sintoros taten, wurde die Saaltür geöffnet und ein bewaffneter Krieger trag ein. Er sah sich für einen Moment in dem Saal um und verkündete dann mit lauter Stimme: „Die Königin von Tuarest, Herrscherin der Grauden!" Dann trat Königin Taire ein und Sarisa erstarrte.

Es war die Frau mit dem goldenen Brustpanzer, die sie bereits an der Pforte gesprochen hatte. Es war ihre Königin, die ihr den Vortritt in den Palast gewährt hatte. Sofort erhoben sich alle im Saal Anwesenden und Königin Taire, ganz im Kriegerinnengewand gekleidet, ging durch den Saal. So wie Sarisa hatte auch sie in dem großen Krieg gekämpft, erst an der Seite Nesonktons und später im Heer des Thans. Taire hatte inzwischen Sarisa erblickt und tatsächlich, die Königin lächelte und nickte ihr zu und nicht wenige im Saal hatten dies bemerkt. „Bitte, fahrt fort", sagte sie und setzte sich auf einen freien Platz unweit des Podestes. Nachdem sich alle Anwesenden wieder gesetzt hatten, war Terengas an der Reihe. Mit etwas unsicheren Blicken in Richtung der Königin begann er seine Rede. Er sei der Ansicht, dass eine Neugründung immer auch die Chance für eine Erneuerung hätte. Aus diesem Grunde wollte er nicht allein an das in der alten Heimat Bewährte anknüpfen. Das hörte sich doch gut an! Sarisa war sehr gespannt, was Terengas sich dazu überlegt hatte. Terengas erklärte ausführlich die Zucht einer neu eingeführten Pferderasse. Wenn die übrigen Clans in dieser Region bereits so stark Fuß gefasst hatten, dann müssten die Kascad etwas anderes versuchen. Sie müssten etwas versuchen, das die anderen Clans nicht hatte. Eine neue Rasse mit anderen Eigenschaften. Sarisa schloss die Augen. Eine andere Pferderasse: Es konnte doch nicht wahr sein. Als Terengas endete, wurde sein Namen von den jüngeren Grauden gerufen. Inzwischen war Cerengas aufgestanden. „Grauden aus dem Kascad-Clan", sagte er. „Wir haben nun zu Euch gesprochen. Was ist es, das Ihr noch von uns wissen möchtet?" Für einen Moment herrschte Stille im Saal. Sarisa bemerkte, dass sie nicht anders konnte. Es war nicht anders möglich, es hielt sie nichts auf ihrem Stuhl, sie stand auf und ihr Schwert klirrte an ihrem Gürtel.

„Wir haben gehört, dass an den Traditionen der alten Heimat festgehalten werden soll", sagte sie mit mühsam beherrschter Stimme. „Ein wenig möchte man sich von den anderen Clans absetzen und der neuen Zeit vielleicht mit einer neuen Pferderasse begegnen. Ich kann nicht glauben, dass dies alles ist, was von den Führern unseres Clans hervorgebracht wird. Ich kann nicht erkennen, was dies mit der Zeit zu tun hat, die nun angebrochen ist. Ihr alle beruft Euch auf meinen Vater und seine Lehren. Ich kann Euch sagen, dass Ihr nicht das Geringste verstanden habt. Mein Vater hat mich stets gelehrt, dass man an jede neue Aufgabe, an jede neue Situation mit neu durchdachten Methoden herangehen muss. Dabei kann einem die Tradition und die Erfahrung eine große Hilfe sein. Eine völlig andere Situation kann aber auch völlig andere Methoden erfordern. Man kann nicht alles unverändert lassen; man entscheidet jedes Mal erneut. Was hat das, was hier gesagt wurde, damit zu tun? Immerhin höre ich von einer neuen Pferderasse. Sonst fällt Euch nichts zu der neuen Zeit ein?"

Für einen Augenblick herrschte völlige Stille in dem Saal. Während draußen die Sonne hinter einer Wolke hervortrat und mehr Licht durch die Fenster drang, konnte man das Unbehagen, das sich nun ausbreitete, fast greifen. Schließlich ergriff der alte Sintoros das Wort. Er sprach sehr langsam und seine dunkle Altherrenstimme durchdrang den Raum bis in die hinteren Stuhlreihen. „Mein liebes Kind", sagte er. „Wir kennen uns schon sehr lange und wie ich hörte, seid Ihr vor Kurzem Mutter geworden. Das freut mich sehr. Das ist eine sehr besondere Zeit, die große Verantwortung mit sich bringt. Es scheint mir auch so, dass Ihr ein wenig aufgeregt seid. Das ist mehr als verständlich. Wenn es aber um die Zukunft unseres Clans geht, dann muss mit Ruhe und Bedacht gehandelt werden. Es ist schon so, dass wir uns das, was wir gesagt haben, gut überlegt haben. Unser Clan hat sich stets mit der Pferdezucht beschäftigt. Das Pferd steht im Mittelpunkt der graudischen Kultur. Woran soll also auch sonst gearbeitet werden?"

Wie seltsam, Sarisa konnte sich nicht erinnern, wann sie das letzte Mal seit dem Ende des Krieges gespürt hatte, wie in ihrem Hals das Blut in den Adern pochte. „Wir sind hier in Silvatron", sagte sie. „Wir sind nicht in unseren alten Landen im Osten. Dies hier ist das Land des Cartan- und des Tendral-Clans, die hier seit Generationen starke Gehöfte halten. Dem wollt Ihr alleine mit der Pferdezucht begegnen und habt dafür kaum Mittel, Gehöfte und Weideland? Das habt Ihr also wohl durchdacht?" „Wie wollt Ihr es denn machen?", hörte Sarisa eine Stimme aus den hinteren Stuhlreihen. Sarisa sah zu den Zuhörern im Saal und bemühte sich mit ruhiger Stimme zu sprechen. „Unsere alte Tradition und die Pferdezucht sind von großer Bedeutung für uns", sagte sie. „Aber das allein wird uns nicht genügen, um unseren Clan wieder groß und einflussreich zu machen. Andere sind auf diesen Gebieten hier bereits stärker als wir. Wir müssen den Handel und die Erbringung von Diensten hinzunehmen. Wir haben viel Wissen über die Pferde, das uns hier nützen wird. Wir können Transporte und Unterbringungen anbieten und besonderes Futter zu den Gehöften liefern. Wir können Ställe bauen und kranke Tiere heilen. All dies kann uns viel Gold und Wohlstand einbringen. Ich war nach dem Krieg in Cybolis und habe gesehen, welche Macht der Handel und welchen Einfluss das Gold haben kann. Wir müssen auf jedem dieser Gebiete arbeiten, dann kann unser Clan seine Bedeutung zurückerhalten."

102

Wieder war es zunächst ruhig in dem Saal. Dann begannen einzelne Grauden Sarisas Namen zu rufen. Erst waren es wenige und schließlich schwoll das Rufen an, bis es so schien, als wäre es lauter und eindringlicher als bei den drei Bewerbern. Es war Cerengas, der mit kräftiger, lauter Stimme versuchte, den von ihm ungeplanten Entwicklungen Einhalt zu gebieten. „Nun wird wohl niemand ernsthaft ein Weib als Anwärter auf die Führung unseres Clans vorschlagen wollen", sagte er. „Kein Weib wird die Kascad führen können." „So werde auch ich nicht fähig sein, die Grauden zu führen?", hörte man nun eine andere Stimme und plötzlich sahen alle, dass die Königin aufgestanden war. „Aber Hoheit", beeilte sich Cerengas zu sagen. „Dies ist natürlich etwas völlig anderes und immerhin regiert Ihr gemeinsam mit Eurem Mann, dem König." „Mein Mann", sagte Taire, „ist in diesen Tagen bei König Celthach in Cybolis. Was glaubt Ihr, wer das Reich in dieser Zeit regiert?" Die Königin drehte sich nun zu Sarisa um. „Diese junge Frau dort", sagte sie, „gehört auf das Podest zu den Anwärtern." „Hoheit", sagte nun Sarisa verwirrt. „Es war mir allein ein Bedürfnis auf all das hinzuweisen." „Sarisa", sagte Taire nun und lächelte. „Schaut auf die drei Anwärter dort auf dem Podest. Seht Ihr dort jemanden, der das umsetzen kann?" Es wurde wieder damit begonnen, Sarisas Namen zu rufen, und unter Jubel und dem Rufen ihres Namens betrat Sarisa das Podest. Sintoros verkündete noch rasch, dass die Abstimmung am nächsten Morgen stattfinden würde, dann endete die Versammlung. Die Anwärter verbeugten sich vor ihrem Clan und während Sintoros, Cerengas und Terengas dabei auf ihren Stühlen saßen, stand Sarisa direkt vor ihnen und sah erstaunt und ein wenig verlegen in die Menge.

Die kleine Tila wollte gar nicht wieder herunter von Sarisas Schoß. Fast den ganzen Tag war ihre Mutter fort gewesen. „Süßkornbrei mit Rotbeerensirup und warmer

Sahne", berichtete Sarisas Mutter. „Sie konnte nicht genug davon bekommen. Dann war sie so müde, dass sie mir schon bald eingeschlafen ist. Heute hat sie ordentlich geschlafen und ist eben erst aufgewacht." „Und wird mich daher die halbe Nacht wachhalten", tuschelte Sarisa für sich. „Ob sie morgen auch etwas essen wird, was man nicht derart heftig gesüßt hatte?" Aber sie wollte nicht undankbar sein. Ohne ihre Mutter hätte sie wohl nicht zu dem Treffen gehen können. „Mutter, ich bin Anwärterin auf die Clanführung", sagte sie. „Ich hatte das nicht vor, aber die Königin selbst hat mich vorgeschlagen. Morgen will man Vaters Nachfolger wählen." „Du liebe Güte", sagte Desdre. „Das war aber sehr freundlich von der Königin. Aber eine Frau als Clanführer. Na, das wird wohl nicht gehen. Ach ja, ich vergaß zu erzählen, dass deine Tante Sirde so krank geworden ist. Du weißt doch, Papas Schwester. Ich habe ihr ausrichten lassen, dass ich schon morgen zu ihr aufbrechen werde. Ich fürchte, ich werde für einen Mond nicht hier in Silvatron sein." „Aber die Abstimmung", sagte Sarisa. „Ich muss doch morgen zu der Abstimmung in den Palast. Ich bin Anwärterin." „Aber Kind", sagte Desdre. „Es ist doch deine Tante. Sie ist ganz allein in ihrem Haus. Sie ist alt und krank und das in der heutigen Zeit. Du glaubst doch nicht wirklich, dass man dich zur Clanführerin wählt. Glaube mir, ich habe mitbekommen, wie schwer diese Bürde war, die dein Vater zu tragen hatte. Lass das mal die Männer machen." Desdre küsste ihre Tochter und ihre Enkelin und war kurz darauf zur Tür heraus. Sarisa stand noch für einen Moment mit Tila in den Armen an der Tür. Sie war mit einem Mal so unglaublich müde und die kleine Tila war so unglaublich fröhlich und so unglaublich wach.

Fast hätte sie den Anblick vergessen, aber voll Schrecken stellte sie fest, dass sie wieder an diesem Ort war. Sie war niemals fort gewesen von hier; sie hatte dies nur so sehr gehofft. Er war da und sehr langsam kam er aus der

Dunkelheit des Raumes auf sie zu. Wusste er von ihren Zweifeln? Er wusste sehr viel und er sah mehr, als die meisten es vermochten. Jetzt hatte der Lichtschein des Feuers sein Gesicht erfasst und mit diesen durchdringenden und spöttisch blickenden Augen sah er sie sehr intensiv an. Dieses Gesicht und diese Augen würde sie niemals vergessen. Nesonkton war da und er trug wie immer seinen schwarzen Brustpanzer. Unaufhaltsam war er und er würde die Macht ergreifen, die ihm nach seiner Ansicht selbstverständlich zustand. Dann erwachte sie mit heftig schlagendem Herzen und fand sich quer und vollständig angezogen auf ihrem Nachtlager wieder. Nur ihren silbernen Brustpanzer hatte sie gestern noch ablegen können. Sie sah ihn in der Dunkelheit schimmern. Das Fenster stand offen und es drang kühle und frische Nachtluft herein. Der Mond hatte seine Hälfte erreicht und leuchtete sanft in den Raum. Ein Nachtvogel hatte begonnen sein Lied zu singen. Nesonkton, den mächtigen Heerführer des alten graudischen Heeres, kannte sie besser, als es ihr lieb war. Der Than hatte sie alle erlöst. Wie sehr hatte sie lange an die natürliche Überlegenheit der graudischen Spezies geglaubt, aber welch eine Erlösung war es dann, unter Fillingas Führung in das Heer des Thans zu wechseln. Mit großem Zorn hatte sie gekämpft und in der Tat handelte sie in dieser Zeit unerbittlich und ohne Gnade. An ihrer Seite schlief die kleine Tila und voll Dankbarkeit und Glück hörte sie ihre kleinen, regelmäßigen Schlafgeräusche. Nur dies, allein dies, machte es ihr möglich, nun selbst wieder einzuschlafen.

Am Morgen der Abstimmung über den Nachfolger des großen Cerresos, über den neuen Anführer des Kascad-Clans, hatte man bereits in dem großen Saal des Königspalastes Platz genommen. Neben den Angehörigen des Clans, die den Saal füllten, waren die Anwärter Sintoros, Cerengas und Terengas auf dem Podest und man hatte neben ihnen bereits einen vierten Stuhl gestellt. Die Königin war gekommen und hatte wie am Vortag an derselben Stelle Platz genommen. Der alte Sintoros wollte gerade die Eröffnungsrede halten, als doch noch die Anwärterin Sarisa den Raum betrat. Wie am Vortag trug sie ihre Kriegerinnenkleidung und das Schwert klirrte an ihrer Seite. In ihren Armen trug sie aber auch ihre kleine Tochter, als sie entschlossen auf das Podest trat. Die kleine Tila war noch müde und wollte quengelnd heruntergelassen werden. „Aber", sagte der alte Sintoros ungehalten. „Wie soll das denn gehen? Dies hier ist die Abstimmung über den Führer unseres Clans und keine Kinderstube. Wie soll das denn gehen?" „Ich nehme das Kind", sagte die Königin da ohne zu zögern. „Mein Sohn ist im selben Alter. Die Kleine kann gerne für einen Weile bei mir sitzen und zusehen." Lächelnd ging Taire zu Sarisa nahm die kleine Tila, küsste sie und ging langsam zurück zu ihrem Platz, während sie unablässig leise zu dem Mädchen sprach.

Sintoros begann mit seiner Ansprache. Es ging in sehr kenntnisreicher Weise um die lange Geschichte des Clans, der manche Umbrüche überstanden hatte. Dank seiner alten Werte ist es doch immer wieder weitergegangen. Der alte Herr sprach sehr langsam und mit väterlicher und beruhigender Stimmlage. Weiterhin lobte er die beiden männlichen Mitbewerber und hatte schließlich gute Wünsche für die junge Mutter. Auch die beiden Mitanwärter kamen zu Wort und lobten sich gegenseitig mit freundlichen Worten. Sarisa verstand. Während sie gestern zu Tila und ihrer Mutter geeilt war, hatten sie sich noch zusammengesetzt. Das Treffen war ihnen gestern entglitten, dies sollte nicht mehr vorkommen. Sarisa spürte wieder, wie an ihrem Hals das Blut pochte, und ergriff das Wort.

„Wir können nicht mehr zurück in unsere alten Lande", sagte sie ruhig. „Wir haben den großen Krieg überstanden und sind ein Volk des Thans. Wir haben ihn erkannt, den

Herold der Götter. Sehen wir weit in die Zukunft: Sie ist friedlich, denn so hat er die Welt nun gestaltet. Wir werden nun immer an den Plätzen bleiben, an die uns der Than nun befohlen hat. Sollen wir wirklich ernsthaft annehmen, dass man jetzt die neue Zeit allein mit den Methoden der Vergangenheit bewältigen kann? Wenn wir für unsere Kinder und Nachkommen einen sicheren Halt in einem starken und mächtigen Clan wollen, dann dürfen wir uns in der Wahl der Mittel nicht beschränken. Unsere großartige Pferdezucht ist ein gutes Mittel, dies zu erreichen. Aber es gibt noch ungezählte weitere. Lasst uns alle ergreifen." Die Anwesenden riefen nun die Namen ihrer Favoriten in den Raum und es schien, als wäre Sarisas Name recht laut zu hören.

Dann betrat der Zähler das Podest und die Auszählung begann. Nacheinander wurden die Namen der Anwärter genannt und die Abstimmung erfolgte per Handzeichen. Der Zähler zählte sorgfältig ab und die Königin hatte sich erhoben, um dies nachzuvollziehen. Es gab keinen Sieger, der mehr als die Hälfte der Stimmen erhielt, aber schnell zeigte sich, dass Terengas die meisten Stimmen erhielt, dicht gefolgt von Sarisa. Dann folgte in weitem Abstand der alte Sintoros und abgeschlagen musste Cerengas sich mit wenigen Anhängern zufrieden geben. Nachdem sich die erste Unruhe gelegt hatte, wurde verkündet, dass es eine Stichwahl geben würde. Zur Wahl standen nun Terengas und Sarisa. Nun hielt es die Königin nicht mehr an ihrem Platz. Während Terengas und Sarisa vortraten, ging auch die Königin auf das Podest, denn sie selbst wollte die Auszählung durchführen. Aber zuerst setzte sie die kleine Tila bei dem alten Sintoros auf den Schoß, der ein ebenso überraschtes, wie bedenkliches Gesicht machte. Tila war das einerlei. Sie strahlte den alten Herrn gleich an und machte sich daran, ausgiebig seinen grauen Bart zu untersuchen.

Es war ein knappes, aber dennoch eindeutiges Ergebnis. Nicht jeder alte Gefolgsmann Cerresos hatte sich für den jungen Mann entscheiden können. Viele der Jungen entschieden sich letztlich für einen völlig neuen Beginn. Der Zähler und die Königin zählten die Reihen dreimal durch. „Eine neue Zeit ist angebrochen", verkündete schließlich Taire. „Sarisa, die Tochter Cerresos, führt den Clan der Kascad." Dann umarmte die Königin Sarisa und schob sie nach vorne an den Rand des Podestes. Sarisa konnte nichts sagen, denn die Kascad hatten sich in diesem Moment von den Stühlen erhoben und der Saal war von ohrenbetäubendem Jubel erfüllt. Während Taire nun den Saal verließ und es langsam ruhiger wurde, erhob sich der alte Sintoros und sagte: „Dies ist ein großer Tag, denn der Clan hat sich für einen neuen Anführer entschieden. Eine Anführerin ist es nun geworden. Clanführerin Sarisa. Ich gelobe dir hiermit meine Treue und verspreche meine volle Unterstützung. Ich bin sicher, dass ich hier für alle spreche." Damit verbeugte er sich tief, soweit ihm dies mit der kleinen Tila auf den Armen möglich war und Terengas und Cerengas taten es ihm gleich. „Dann ist es nun an der Zeit, die Wünsche der anderen Clans entgegenzunehmen", sagte Sintoros. Rasch überreichte er Tila wieder ihrer Mutter und während von allen Anwesenden die Ballade der Kascad gesungen wurde, verließen sie den Saal und mit der neuen Clanführerin an der Spitze durchschritten sie die Gänge des Palastes bis zum Ausgang. Die Pforte wurde sogleich von zwei Kiris geöffnet und als sie hinaus an das Tageslicht traten, sah Sarisa, dass sich Führer und Vertreter der vier größten Clans der Grauden vor dem Palast versammelt hatten.

Taire vertrat ihren Mann, den König, der zugleich auch Clanführer des Cartan-Clans war und sprach: „Die Kascad haben heute eine Clanführerin gewählt. Sarisa! Für den Cartan-Clan biete ich dir Freundschaft. Nach alter Sitte

108

überreiche ich dir unser Brot der Freundschaft." Auch die Clanführer des Tendral-Clans, des Docan-Clans und des Pardan-Clans waren gekommen. Sie alle brachten der neuen Clanführerin ihre Ehrerbietung dar und boten ihre Freundschaft an. Nach alter Sitte wurden ihr als Sinnbild der Freundschaft ein Brot, ein Trunk, ein Krug und ein Schwert angeboten. „Ich nehme Freundschaft und ich gebe sie", antwortete Sarisa gemäß der alten Formel und schritt zunächst auf Taire zu. Ein Gedanke ließ sie im letzten Moment zögern. Ein Brot, der Trunk und all das, dazu noch Tila. Das alles würde sie mit ihren vier Händen halten und schließlich noch ein Pferd reiten müssen. „Meine Güte! Es wird sich schon lösen lassen", dachte sie sich. Da hörte sie hinter sich eine Stimme. „Kann ich helfen?", hörte sie sehr leise Terengas fragen. Sarisa drehte sich langsam um und sah sogleich in seine hübschen Augen. „Aber ja doch", sagte sie und reichte Tila für den Moment an ihn weiter. Sarisa trat nun vor und ging den Führern der anderen Clans strahlend entgegen.

Quat Trest

Der Aufschrei war gewaltig. Wie aus einer einzigen Kehle klang das und doch waren es Tausende, die zeitgleich ihre Stimme erhoben hatten. Große Erregung lag in diesen Stimmen. Es war eine Mischung aus Vorfreude, Ehrerbietung und Gier; einer Gier nach Blut und nach Kampf. Ther Re Bros kannte das. Er hatte die Arena des großen Kampfplatzes betreten und zeitgleich mit seinem Erscheinen hallten die Stimmen der Zuschauer über den Platz.

Jemand hatte den Karthac herausgefordert, den

Meister der Ausbilder des Heeres der Isben, den höchsten der Lehrmeister, der mehrere Generationen von Kriegern geprägt hat und der den Generalbefehlshaber des isbischen Heeres ausgebildet hatte. Er war der Karthac und die Zuschauerreihen des großen Kampfplatzes waren übervoll. Ther Re Bros trug keinen Helm. Er hatte seine immer noch tiefschwarzen langen Haare mit einer groben Metallkette zu einem Zopf gebunden, sodass sein vernarbtes Gesicht vollständig zu sehen war. Wie bei vielen Isben war seine Stirn flach und wurde von dem Hinterkopf grotesk überragt. Seine ausgeprägten Wangenknochen waren uneinheitlich, was dazu führte, dass sein Kiefer auf der rechten Seite stärker ausgeprägt war. Auch wenn sein Gebiss nicht mehr vollständig war, konnte er seinen Mund nicht schließen, denn die grau und bräunlich schimmernden Zähne waren zu groß und zahlreich. Das Muster der Adern, das seine bleiche Gesichtshaut durchzog, war ungewöhnlich gleichmäßig und es schien, als verliefen die Adern in zackigen Linien, an Blitze erinnernd, über das Gesicht vom Schopf bis zum Kiefer. Ther Re Bros trug einen silbernen Brustpanzer über seinem Kettenhemd. Langbeil und Schild waren für den Kampf bestimmt und beides trug er bereits bei sich.

Kalt und zugleich mit höchster Aufmerksamkeit suchten seine Augen die Arena ab. Sein Gegner hatte den Platz noch nicht betreten. Einer von so vielen Kämpfen, die er in seinem Leben bestritten hatte. Keiner der zahllosen Gegner hatte dies überlebt. Ein Isbenkampf kennt keinen Überlebenden. Den Verlierer eines Zweikampfes überleben zu lassen, wäre eine Demütigung, die weit über dessen Lebensspanne hinausreichen würde. Wer es wagte, gegen den Karthac zu kämpfen, hatte eine derartige Erniedrigung nicht verdient. Von der Hand des Karthac zu sterben, heißt ehrvoll zu sterben. Erneut ging ein Aufschrei durch das Publikum, da sein Gegner die Arena betreten hatte. Ther Re

110

Bros reckte seinen Kopf in die Höhe und ließ mit tiefer dröhnender Stimme einen Kampfruf ertönen, der bis in die entferntesten Reihen des Kampfplatzes zu hören war. Während er seine Zähne fletschte und mit dem Langbeil scheppernd gegen seinen Schild schlug, sah er seinem Gegner ruhig und mit hoher Wachsamkeit entgegen.

Che Ro Kan war der Herausforderer. Er hatte gewusst, dass dieser Tag unabwendbar bevorstehen würde. Wie schade, dass der junge Krieger damit nicht gewartet hatte. Er war ein machtvoller Kämpfer – weit besser als alle jungen Männer seiner Generation. Er hatte einen Namen, der seine Gegner mit Furcht erfüllte und jeder hier in den Zuschauerreihen kannte ihn. Aber er war noch nicht so weit. Es war noch zu früh. Der junge Krieger würde an diesem Abend sterben – hier in der Arena des großen Kampfplatzes. Dabei hatte er die volle Stärke seines Könnens noch längst nicht erreicht. Nur noch wenige Jahre und niemand hätte sich ihm mehr entgegenstellen können. Dies würde er nun nicht mehr erreichen.

So viele Krieger hatte Ther Re Bros in all den Jahren ausgebildet. Von jedem kannte er nicht nur alle Stärken und Schwächen, er kannte ihr Innerstes, ihre Art zu denken und zu fühlen und zu reagieren. Hatte er nicht jeden der jungen Männer, der zu einem Karthacschüler wurde, persönlich ausgesucht, dann geformt und zum Krieger herangebildet? Alle anderen Schüler des Heeres mochten von den zahlreichen Ausbildern unterwiesen werden, die unter seiner Leitung standen. Diese besonderen Schüler aber? Die überließ der Karthac niemanden sonst. Zahlreich sprachen die Knaben bei ihm vor. Viele Väter hofften darauf, dass ihren Söhnen diese hohe Ehre zuteilwurde. Die grobe Auswahl erfolgte schnell. Ther Re Bros sprach mit diesen jungen Knaben nicht. Es genügte, wenn er ihnen in die Augen sah. Wenn er in all den Jahren in deren Augen erkannte, dass sie über einen eigenen steinernen Willen, die Bereitschaft zu äußerster Anstrengung und Schmerz und etwas, das er den dunklen Kern nannte, verfügten, dann wählte er sie aus, um sie noch näher zu betrachten. Der dunkle Kern war wichtig, denn er bedeutete das Selbstverständnis und den unbedingten Drang zu verletzen und zu töten, um ein Ziel zu erreichen. Es bedeutete aber auch brennenden Zorn darüber, dass man vorerst den Weg dorthin nicht kannte. Unter den so ausgewählten jungen Schülern ließ Ther Re Bros nun Kämpfe stattfinden und traf seine Wahl dann aufgrund seiner Beobachtungen. Es gab viele Unterscheidungen und Wettkämpfe zu beachten und am Ende schafften es in einem Jahr von meist zehn Dutzend Schüler zwei oder drei, von ihm aufgenommen zu werden. Nur ein einziges Mal gab es einen Schüler, den er sich schon bei der ersten Inaugenscheinnahme wünschte und den er auf keinen Fall gehen lassen konnte. Mühelos gelang es diesem Schüler, alle Wettkämpfe für sich zu entscheiden. Er sah das erste Mal in die Augen dieses kleinen Jungen und erkannte, dass er mit großer Wahrscheinlichkeit einst von dessen Hand sterben würde.

Der Kampf hatte begonnen. Der Herausforderer griff forsch an. Che Ro Kan hatte inzwischen seine Möglichkeiten ausgelotet. Er hatte verschiedene Situationen im Gedanken durchgespielt und sich für die entschieden, die ihm am effektivsten und besonders überraschend erschien. So hatte er das gelernt. So hatte er das von seinem Meister Ther Re Bros gelernt. Der Karthac lächelt unmerklich und wehrte diese direkte und aggressive Abfolge von Langbeilschlägen rasch ab, vollführte eine Drehung und setzte mit seinem Beil einen Hieb, den der Angreifer nur mit äußerster Not und großem Geschick im letzten Moment abwehren konnte. Che Ro Kan stand nun seitlich und in einem äußerst ungünstigen Winkel und so blieb ihm nichts übrig, als vor den weiteren

Schlägen rasch zurückzuweichen. Mit großer Kraft schlug Ther Re Bros zu und traf nicht nur den Schild, sondern durchschlug in Schulterhöhe den schwarzen Brustpanzer und drang ein gutes Stück in den Oberarm seines Gegners ein. Die Menge auf der Tribüne tobte und tausendfach wurde sein Name über den Kampfplatz gerufen.

Blut ergoss sich in den Sand des Kampfplatzes und Che Ro Kan gelang es mit einer geschickten Schrittfolge sich außerhalb der Reichweite seines Langbeils zu befinden. Viele andere Spezies hätten durch den Schmerz der Verwundung diesen Arm nicht mehr einsetzen können. Ein Isbe hatte ein weit geringeres Schmerzempfinden und ein kämpfender Isbenkrieger spürte derartige Verwundungen nicht. Che Ro Kans Gesichtsknochen waren so gestaltet, dass sie eine kräftige Stirnwulst bildeten, sodass seine Augen darunter wie aus dem Gesichtsfeld abgedrängt erschienen. Man konnte sie nicht aus jedem Winkel deutlich erkennen, aber wenn man sie betrachtete, dann erkannte man den blanken Hass eines Kriegers, der sich einem nahezu übermächtigen Gegner gegenübersah. Der Karthac wusste, dass er noch nichts erreicht hatte. Dies hier diente nur der Eröffnung des Kampfes – sein Gegner konnte noch sehr viel mehr.

Che Ro Kan trug sein Haar im Kampf in der Sherpac-Form, wie sie unter den jungen Kriegern sehr verbreitet war. Das lange Haar wurde nicht zusammengebunden, sondern mit einem weißen Kalkbrei so geformt, dass es starr nach allen Seiten abstand, gleichzeitig aber nicht in das Sichtfeld gelangen konnten. Seine Zähne hatte er spitz zugefeilt und mit einem Pflanzensaft blutrot gefärbt. Die Herzen der jungen Krieger und natürlich der jungen Weiber hatte er auf seiner Seite. Nützen würde ihm das aber nichts.

Ther Re Bros begann nun die Bilder des Khortas zu sehen. Er kannte das schon. In der hohen Konzentration des Kampfes sahen Isbenkrieger nicht mehr die äußeren

Zusammenhänge, die sie umgaben. Ther Re Bros war nicht weiter inmitten des großen Kampfplatzes und er hörte auch nicht mehr, wie mehrere tausend Zuschauer seinen Namen riefen. Er war nicht an diesem Ort. Er sah nur noch seinen Gegner – überdeutlich – und er spürte, wie dieser nun vorgehen würde. Das war kein Denken mehr. Er selbst war der Kampf, der seinen Verlauf nahm, und sein Gegner war das auch. In diesen Momenten sehen die Kämpfer die Khortas-Bilder. Blitzschnell ging das, so als würde man die Abfolge von Jahren in den Augenblicken eines Wimpernschlages durchleben. Meist sahen die Krieger ihr bisheriges Leben oder wichtige Teile aus ihrem Dasein. Dies geschah gleichzeitig mit dem Kampf und es geschah so schnell und war so anders als jedes tägliche Erleben, dass es vom Kampf nicht ablenken konnte. Es geschah gleichzeitig oder gerade weil ein Kampf stattfand.

Wenn man so oft gekämpft hatte wie Ther Re Bros, dann sah man nicht mehr die Abfolge des bisherigen Lebens, man sah auch nicht mehr die wichtigsten Stationen des eigenen Daseins. Dies alles hatte man bereits erlebt, immer und immer wieder. Was man nun sah, war etwas, das mit dem, was gerade geschah, zu tun hatte. Der Karthac sah, wie er einst den fähigsten seiner Schüler in seine Lehrhalle geholt hatte. Das, was er in seinen Augen erkannt hatte, war ungezügelt. Es war eine erwachende Bestie, eine Naturgewalt, die sich nicht beherrschen lassen wollte. Nur dann würde er dem isbischen Heer und dem isbischen Volk nutzen, wenn er Gehorsam lernen würde, wenn er bereit wäre zu lernen. Ther Re Bros zeigte ihm seine Macht. Er zeigte ihm das, was er ihn zu lehren vermochte, und er forderte, dass der Knabe dafür unbedingten Gehorsam leisten musste. Er würde ihn ebenso hassen, wie er ihn bewundern würde. Keine der Aufgaben, die er ihm zuerst stellte, hatte etwas mit dem Erlernen von Kampftechniken zu

114

tun. Sie hatten allein mit Erniedrigung und mit Gehorsam zu tun.

Der Schüler hatte die niedrigste Arbeit zu verrichten: Kiriarbeit. Tag und Nacht musste er die Aborte in der Lehrhalle säubern. Er musste nach den Kämpfen der älteren Schüler die Böden von Blut reinigen und er musste in der Küche die Tiere ausweiden, waschen und für den Ofen vorbereiten. Ein Knabe war er noch – und für lange Zeit durfte er in der Nacht nur zweimal zwei Stunden am Stück schlafen. In der ersten Zeit war Ther Re Bros mit den Arbeiten nur selten zufrieden. Der Schüler musste sie ein zweites oder auch ein drittes Mal oder noch öfter ausführen, auch in der Nacht. Unbändige Wut loderte in den Augen des Jungen und immer wieder brüllte der Karthac ihm entgegen, dass er seine Hallen jederzeit verlassen könne, wenn er sich weigerte, diese Arbeit ordentlich auszuführen. Der Schüler zitterte vor Erschöpfung und Wut, aber immer wieder begann er von Neuem. Er wiederholte wortlos jede Arbeit, bis der Meister mit dem Ergebnis zufrieden war. Es verging ein voller Mond, bis der Karthac erwähnte, dass er ihn vielleicht als seinen persönlichen Schüler behalten würde.

Geschickt hatte der Angreifer das gemacht. Es war keine Unachtsamkeit, die Ther Re Bros plötzlich gezeigt hatte. Es war die Abfolge eines sehr effektiven Schlagaustauschs, die unweigerlich dazu führte, dass der Angreifer ihn zu einem Schlag zwang, dessen Ausführung ihn aus der Deckung brachte. Natürlich kannte Ther Re Bros diese Technik, denn er übte das mit seinen Schülern zu gegebener Zeit immer und immer wieder. Gerade noch rechtzeitig hatte er mit der allein möglichen Drehung reagiert und konnte seinen Schild einsetzen. Mit gewaltiger Wucht schlug das Langbeil Che Ro Kans in den Schild und hinterließ dort eine kräftige Kerbe. Nun setzte der Karthac eine Schlagabfolge und drängte seinen Angreifer mehrere Schritte rückwärts. Doch Che Ro

115

Kan hielt dem stand und beendete den Gegenangriff. Dies konnte nur er. Jeder andere seiner ehemaligen Schüler wäre bereits jetzt gescheitert. Che Ro Kan verfügte über gewaltige Willenskraft und ein unvergleichbares Geschick. Aber das hatte Ther Re Bros von Beginn an in ihm gesehen. Wie schade, dass sein begabtester Schüler an diesem Abend sterben würde.

Che Ro Kan war es, an den er sich erinnerte und dessen Khortasbilder er jetzt sah. Seit er ihn als Knaben das erste Mal sah, hatte er ihn für den Kampf begeistert. Nicht ansatzweise hatten die meisten seiner Schüler solches Potenzial in sich. Als er seine eigentliche Ausbildung begann, spürte er, welche unbändige Bereitschaft in ihm steckte. Er wollte wissen, er wollte all die Techniken erlernen und ausführen, er wollte dies nicht nur, er musste. Bereits in den ersten Monden schritt er mit ihm in einem unwahrscheinlichen Tempo voran. Er konnte es kaum glauben, wie schnell der Knabe begriff, lernte und anwendete und er immer weiter vorangehen musste. Zeigte er ihm deutlich seine Grenzen, war dies für ihn Ansporn, diese zu durchstoßen, und meist gelang ihm dies schon nach kurzer Zeit. Die Grundlagen der Ausbildung eines Isbenkriegers lernen die Schüler in drei vollen Jahren. Che Ro Kan beherrschte sie nach einem halben Jahr und er verlangte nach mehr.

Krachend schlug das Langbeil des Angreifers in Ther Re Bros Schild ein. Ein zweites Mal traf er und ein drittes Mal. Der Holzschild zersprang in zwei Teile, von denen eines weit in die Arena geschleudert wurde. Che Ro Kan war noch nicht fertig und dem Karthac blieb nur ein rascher Sprung außer Reichweite des Langbeils. Er war ohne jede Deckung und spürte bereits beim Absprung, dass er nicht schnell genug sein würde. Blut und Knochensplitter trafen auf seinen Hinterkopf, während das Langebeil seine linke Schulter zertrümmerte. Er hätte nicht für möglich gehalten, dass er in

116

diesem Kampf eine so schwere Verletzung erhalten würde. Sehr wahrscheinlich würde er diesen Arm niemals mehr einsetzen können. Weit verteilte sich sein Blut um die Kämpfenden und schoss immer weiter aus der Wunde. Dies würde einer der großen Kämpfe seines Lebens werden, der in der Ehrenhalle von den Ahnen erwähnt werden würde. Ein tiefer Kampfschrei entfuhr seiner Kehle, denn er würde seinem Gegner nun zeigen, was ein Karthac vermag. Mit einem weiteren Sprung und einer Drehung veränderte er seine Angriffsfläche und mit seit Jahrzehnten geübten Bewegungsfolgen schlug er seinem ehemaligen Schüler das Langbeil aus der Hand und versetzte ihm einen tiefen Schlag in den Rücken.

In den Jahren seiner Ausbildung war Che Ro Kan nicht der einzige Schüler mit großem Potenzial. Der Karthac bildete in dieser Zeit fünf Schüler selbst aus und Sha Ar Tan war Che Ro Kan nahezu ebenbürtig. Er hatte ebenfalls diese außergewöhnliche Auffassungsgabe und sein Geschick im Kampf war fast noch größer. Viele andere Ausbilder sahen in ihm das größere Talent, aber Ther Re Bros war anderer Ansicht. Er hatte Che Ro Kan in die Augen gesehen und er hatte seinen dunklen Kern gesehen. Dieser junge Krieger war ganz anders als Sha Ar Tan, denn sehr viel mehr kämpfte die Bestie in ihm, die hinaus in den Kampf drängte. Beide Schüler verband eine enge Freundschaft und sie beide absolvierten ihre Jungkriegerprüfung, die Qizzat, überlegen und weit vor den anderen Schülern ihrer Generation. Sha Ar Tan überragte dabei alle und war erfolgreicher als jeder Jungkrieger, an den man sich erinnern konnte.

Che Ro Kan taumelte. Es war ihm mit einer kühnen Seitwärtsrolle gelungen, sein Beil aufzuheben, aber der Hieb, den er in den Rücken erhalten hatte, schien ihn zu schwächen. Das sollte er auch, denn Ther Re Bros hatte diese Stelle wohl gewählt. Nochmals griff er jetzt an und schlug, wobei er für den Kampf nur noch den Schwertarm nutzen konnte, mit großer Kraft zu. Sein Herausforderer brauchte Zeit, um wieder Kraft zu schöpfen, und für den Moment wich er immer weiter zurück, während nun auch sein Schild immer tiefere Kerben erhielt. Fast zaghaft versuchte er einen Beilschlag, der deutlich ins Leere ging, während Ther Re Bros sein Langbeil nun mit aller Kraft herabfahren ließ. Che Ro Kan wurde zu Boden gerissen, sein Schild zerbarst krachend in mehrere Teile und nur eine rasche Seitwärtsrolle bewahrte ihn davor, von einem weiteren Schlag zerschmettert zu werden. Fahrig kam er wieder auf die Beine und wirkte inmitten der Arena für einen Moment erschrocken und hilflos wie ein Jungkrieger, der von seinem Meister in die Schranken verwiesen wird.

Die Endprüfung ihrer Ausbildung, den Trasc, legten die Jungkrieger nicht vor dem Karthac alleine ab. Bevor sie dem König die Treue schwören durften und somit vollwertige Krieger wurden, mussten sie sich vor den Trasc Kedar beweisen: vor den Prüfern, denen neben dem Karthac auch Priester und ein Heerführer angehörten. Eine Reihe von Aufgaben musste erfüllt werden und am Ende stand der Trasc-Kampf, der einzige isbische Zweikampf, der nicht mit dem Tod des Verlierers enden musste. Che Ro Kan und Sha Ar Tan bereiteten sich wie alle anderen Jungkrieger hart auf diese Prüfungen vor und immer wieder zeigte sich, dass Sha Ar Tan überdeutlich der Favorit in allen Bereichen war. Jeden freien Augenblick verbrachte er jedoch mit Che Ro Kan, denn keinen anderen Jungkriegern gebührte nach der Ansicht der beiden jungen Männer ihre Aufmerksamkeit.

Ther Re Bros hatte den Sprung nicht vorhergesehen. Che Ro Kan hatte sich seitwärts weggedreht und stand nun unerwartet mit großem Selbstverständnis und voller Aufmerksamkeit neben ihm. Der Karthac drehte sich blitzschnell aus der Reichweite des Langbeils seines Gegners, aber er konnte damit nicht verhindern, dass das Beil seinen rechten Oberschenkel erreichte und in voller Breite aufriss. Der Angreifer hatte in diesem Moment viel riskiert und war völlig aus seiner Deckung getreten. Innerhalb des nächsten Augenblicks hieb Ther Re Bros sein Langbeil in den linken Oberarm Che Ro Kans und warf ihn damit zu Boden. Was war das? War der Sieg nicht gerade noch in greifbarer Nähe? Che Ro Kan stand bereits wieder und war bereit, einen erneuten Angriff zu wagen. Natürlich, durchfuhr es Ther Re Bros, all das Taumeln und Zurückweichen zuvor, es war nur eine List. Sein Gegner wollte ihn in Sicherheit wiegen. Keinesfalls war er so geschwächt. Beide Gegner hatten sich inzwischen beträchtliche Wunden zugefügt. Der Platz um sie herum war voll von Blut. Für den Moment standen beide voreinander und suchten nach der bestmöglichen Strategie. Ther Re Bros hatte seine Meinung über diesen Kampf geändert. Es gab mehr als nur einen möglichen Ausgang. Sein Gegner war ebenbürtig. Dann begann er von außen etwas zu hören. Die Gegenwart innerhalb des Kampfplatzes war für die beiden Krieger nahezu verschwunden. Aber jetzt hatte sich etwas verändert. Es war eine Stimmung, eine deutliche Veränderung und nun konnte er es auch hören. Es waren die Zuschauer. Überdeutlich riefen sie einen Namen. Sie riefen: „Che Ro Kan!"

Als der Tag des Trasc gekommen war, zogen sich die Mitglieder des Trasc Kedar wie immer in den frühen Morgenstunden zurück, um die Abfolgen zu besprechen und Wissenswertes zu den Prüflingen zu hören. Alle hatten bereits von den beiden besonderen Jungkriegern gehört und alle kannten den Namen Sha Ar Tan. Insbesondere der Heerführer fragte Ther Re Bros unablässig nach allen Stufen seiner Entwicklung und nach den Einzelheiten seines Könnens. Zahlreiche Jungkrieger wurden nun geprüft, immer gruppenweise. Einige bestanden ihre Prüfungen, andere waren noch nicht gut genug oder wurden beim Trasc-Kampf getötet. Erst am späten Nachmittag wurden die persönlichen Schüler des Karthac geprüft und dieses Mal traten vier dieser besonders begabten Jungkrieger an. Sha Ar Tan und Che Ro Kan waren erst am Ende an der Reihe. Große Aufmerksamkeit und Spannung herrschte nun im Trasc Kedar. Beide erfüllten die Abfolge von Aufgaben überragend und in der Tat war es nun Che Ro Kan, der überraschte. Er war ebenbürtig und am Ende lachten sich die beiden Freunde zu, denn vor dem Trasc-Kampf hatte mal der eine, mal der andere besonders überzeugt. Es gab keinen Favoriten mehr. Dann begann der Kampf und alle, die auch hier eine Gleichrangigkeit vermutet hatten, wurden überrascht. Allein Ther Re Bros hatte diesen Verlauf vermutet, denn er kannte den dunklen Kern Che Ro Kans. Mit dem Beginn des Kampfes war in ihm die Bestie erwacht und es war einerlei, ob der Gegner ein Gefühl der Freundschaft empfand. Diese Zuneigung war eine Schwäche und jedes Detail dieses Kampfes war schon lange geplant worden. Sha Ar Tan hatte von Beginn an keine Möglichkeit zu reagieren oder zu überlegen. Che Ro Kan begann den Kampf ohne Zögern und er setzte sein Schwert ohne jeden Skrupel ein. Überrascht wich Sha Ar Tan zurück und der Karthac sah, dass er Che Ro Kan in die Augen gesehen und ihn Entsetzen gepackt hatte. Der Kampf dauerte nicht lange. Weit überlegen hieb Che Ro Kan auf seinen Gegner ein und schon nach kurzer Zeit verlor dieser seine rechte Hand mit dem Schwert und ohne jeden Halt und ohne Erbarmen brachte er diesen Kampf zu Ende. Es sollte keinen Zweifel darüber geben, wer der Sieger dieses Kampfes war. Immer wieder hieb er auf Sha Ar Tan ein und als er von dessen Überresten abließ, reckte er sein blutiges Schwert in den Himmel. Laut und triumphierend hallte sein Siegesruf über den Platz. Damit hatte allein Ther Re Bros gerechnet. Dies würde ein Krieger werden, wie es ihn nicht in jeder Generation gab.

Che Ro Kans Augen waren für den Karthac für einen Moment unter der Stirnwulst zu erkennen und er sah in ihnen deutlich den Triumpf und die unbedingte Entschlossenheit, die er bereits damals bei seinem Trasc gesehen hatte. Auch sah er, wie wach und frisch sein junger Herausforderer noch war. Jede Schwäche war entweder vorgetäuscht oder sie war in diesem Augenblick überwunden. Dann folgte der Angriff seines ehemaligen Schülers und mit einem Mal wusste Ther Re Bros, dass dieser nun die Höhe seines Könnens erreichen würde. Es gab solche Augenblicke, in denen man spürte, dass das lange Unerreichbare zum Greifen nah war und dass man genau jetzt bereit war, eine Schwelle zu überschreiten. So ein Augenblick war nun für Che Ro Kan gekommen. Er wusste es und sein Lehrmeister Ther Re Bros wusste es auch. Wie effektiv und kraftvoll er seinen Angriff ausführte! Wie meisterhaft und aus einem präzisen Gespür heraus er Richtung und Art des Schlages bestimmte. Es war dem Karthac nicht mehr möglich, zu verhindern, dass das Langbeil seines Gegners seinen Hals streifte und dabei Sehnen und Adern aufriss. Unmengen an Blut ergossen sich auf den Sand. Keine Spur von Schmerz oder Schwäche zeigte Ther Re Bros in diesem Augenblick. Er nahm sofort die naheliegende Verteidigungshaltung ein und trat aus der Reichweite des Langbeils. Mit großer Erfahrung und Zielsicherheit führte er blitzschnell einen Gegenschlag aus, der seinen Gegner zurückdrängte. Aber alle wussten, was geschehen war und auch was dies bedeutete.

Eine solche Verletzung und ein so starker Blutverlust würden auch bei einem Isben Folgen haben. Es war nicht sehr wahrscheinlich, dass es Ther Re Bros gelingen würde, den Kampf so schnell zu beenden, dass es einem Heiler noch gelingen konnte, diese Blutung zu stoppen. Che Ro Kan stand voller Kraft vor ihm und ein Ende des Kampfes war so schnell nicht in Sicht. Ther Re Bros spürte, wie große Freude sein Herz ergriff. Dieser junge Krieger würde an diesem Abend den Kampfplatz lebend verlassen. Er würde Großes vollbracht haben und es gab noch viele großartige Taten, die dieser folgen würden. Ther Re Bros selbst aber kämpfte seinen Quat Trest, den Ehrenkampf am Ende des Lebens eines Isbenkriegers. Auch er würde heute eine Schwelle überschreiten und er war bereit, dies so groß und ehrenvoll zu vollbringen, wie es seinem langen Kriegerleben gebührte. Er würde mit erhobenem Haupt und geradem Blick vor seine Ahnen treten und an ihrem Tisch willkommen sein. Fest umfasste er sein Langbeil und frei von dem Erfordernis, für eine Deckung zu sorgen, begann er seinen Angriff. Noch lange wurde in den Häusern der Isben und in der Lehrhalle von diesem Kampf gesprochen, denn Ther Re Bros setzte seine gesamte Erfahrung und seine ihm verbliebene Kraft in diesen Angriff. Che Ro Kan konnte dem nichts entgegensetzten, als immer weiter in die Arena zurückzuweichen, denn Schwäche ließ der Karthac lange Zeit nicht erkennen. Jeder Zuschauer, der den Kampfplatz jetzt erst betreten hatte, hätte vermutet, dass hier der weit überlegene und erfahrene Kämpfer gegen seinen hoffnungslosen Herausforderer kämpfte. Meisterhaft und von vollendeter Klarheit waren diese Angriffe und immer wieder fügte sein Beil dem Herausforderer weitere Verwundungen zu. Aber in seinem Inneren spürte Ther Re Bros, dass ein warmes helles Licht aufgegangen war und ihn erfüllte. Mit der Zeit spürte er in seinen Beinen eine Spur von Schwäche, die sich unaufhaltsam ausbreitete und auch den übrigen Körper ergreifen wollte.

Che Ro Kan hatte seine Ausbildung beendet und seinem König die Treue geschworen. An dieser Zeremonie nahmen Hunderte junger Isbenkrieger teil, die nach einem festen Ritual den Treueschwur ablegten. Sodann trat auch der König hervor und stellvertretend für all diese jungen

Krieger hatte einer von ihnen die Ehre des Kethors. Er trat vor, fuhr mit der Hand an der Klinge des Königsschwertes vom Griff bis zu dessen Spitze entlang, sodass er sich die Handfläche aufschnitt. Dann berührte er mit der blutigen Hand kurz die Hand seines Königs und brachte ihm so stellvertretend das Blut seiner neuen Krieger als Zeichen ihrer unabänderlichen Treue dar. Der König berührte nun für einen Moment den Kopf des vor ihm knienden Kriegers und nahm ihn und damit alle übrigen Krieger in sein Heer auf. Che Ro Kan war der Krieger, der in jenem Jahr den Kethor ausführte und Ther Re Bros sah, mit welchem Stolz ihn das erfüllte. Auch ihn erfüllte dies mit Stolz und er war voller Wohlwollen und Freude, denn diesen Anblick hatte er genauso vorhergesehen. Schon am nächsten Morgen verließ sein Schüler die Lehrhalle. Neue Bewerber würden an diesem Nachmittag eintreffen und Ther Re Bros wusste schon jetzt, dass keiner von ihnen an Che Ro Kan heranreichen würde. Der Karthac verabschiedete seine ehemaligen Schüler in dieser frühen Morgenstunde stets persönlich und dieses Mal war der Heerführer aus dem Trasc Kedar gekommen, denn er selbst würde sich nun Che Ro Kans annehmen. Drei Schüler entließ er an diesem frühen Morgen und Che Ro Kan war der Letzte, mit dem er sprach. Es war üblich, dass die Schüler ihrem Meister zuletzt noch einmal dankten. Che Ro Kan tat dies nicht. „Meister, eines Tages werde ich Euch wieder aufsuchen", sagte er und sah Ther Re Bros unter seiner Stirnwulst mit kalt glänzenden Augen an. „Es liegt noch ein gutes Stück Weg vor mir", fuhr er fort. „Aber wenn ich zurückkehre, dann werde ich kommen, um Euch zu töten." Ther Re Bros spürte erneut wie ein Gefühl großen Stolzes in ihm aufkam. „Das weiß ich", sagte er. „Ich werde auf diesen Tag warten."

Dieses vielfache Klingen war wie ein eigenartiger Gesang, der die Luft erfüllte. Er konnte es in dieser Form nicht mehr hören, aber er wusste, was das war. Es waren die Zuschauer in den Gängen des großen Kampfplatzes, die alle von ihren Plätzen aufgestanden waren und schrien, denn Großes geschah in diesen Augenblicken und es war ein Kampf im Gange, über den man noch viele Generationen später sprechen würde. Che Ro Kan war der Sieger dieses Zweikampfes. Er hatte seinen alten Lehrmeister, den Karthac, besiegt und dennoch stand nicht fest, ob der Sieger diesen Abend überleben wurde. Viel Blut hatte Ther Re Bros verloren, aber auch sein Herausforderer war am Ende seiner Kräfte. Die Arena war voll des Bluts beider Krieger und der Sieger Che Ro Kan war vielfach verwundet, taumelte und konnte den Angriffen Ther Re Bros nur mühevoll begegnen. Der Karthac kämpfte seinen Quat Trest und er würde nicht von ihm ablassen, solange seine Kräfte ihn nicht verließen. Warm war das Gefühl, das Ther Re Bros in sich spürte. Ein wunderbares, warmes Gefühl und was für eine Freude. Er konnte sich nicht erinnern, wann er das letzte Mal so eine Freude verspürt hatte. Er hatte schon jetzt mehr vollbracht, als viele seiner Ahnen, die den Quat Trest gekämpft hatten, und er wusste, dass seine Ahnen ihn nun längst bei den Göttern erwähnt hatten. Der Weg war nicht mehr weit. Ther Re Bros sah einen leuchtenden Lichterregen vor sich niedergehen. Das war das Blut seines Gegners, denn er hatte ihm eben einen weiteren Hieb auf die rechte Schulter gegeben. Nicht tief drang das Langbeil in die Schulter ein, denn seine Kraft reichte nicht mehr für einen vollen Schlag aus, aber er würde ihn für den Rest seines Lebens an ihn erinnern. Die Deckung – für diesen Schlag hatte er erneut jede Sicherheit aufgegeben. Nun schien die Zeit für ihn still zu stehen. Viel war es nicht mehr, was er noch sehen konnte. Er fühlte in diesem Augenblick vor allem immer noch diese unbändige Freude. Dann sah er immer noch ein Lichtermeer aus den Perlen des Bluts seines Gegners. Schließlich – es war

124

wie eine Selbstverständlichkeit, die man vernachlässigen konnte – sah er das Beil seines Gegners, das sich seiner Kehle näherte. Natürlich würde er nun nicht mehr handeln können. Jede Schnelligkeit hatte ihn verlassen. Überdeutlich war dies und das Beil war nun nicht mehr fern. Freude. Unbeschreibliche Freude. Dann war da das Licht. Ein so schönes, helles Licht. Der Weg war nun offen.

Fremde Früchte

Was für ein Tumult bot sich ihren Augen, was für eine staubtrockene Hitze gab es an diesem Ort und was für einen ohrenbetäubenden Lärm? Es war schon drei Tage her, dass sie Cybolis durch das große Tor betreten und die gewaltige die Stadtmauer hinter sich gelassen hatten. Aber an so etwas konnten sich die beiden jungen Elumantis nicht gewöhnen. Sie hatten den Schatten einer großen Mauer aufgesucht, die das Anwesen eines Palastes umgab und gönnten sich dort eine fremdartige Mahlzeit. Paitan und Betai stammten aus einem der Elumanti-Dörfer im Wald von Telporas. Und wann kam ein Elumanti schon einmal in eine so große Stadt, noch dazu im brütend heißen Sommer dieser südlichen Lande? Elumantis waren eine sehr kleine Spezies, wesentlich kleiner als die Katzenwesen Fergardhons, die einst diese Stadt errichtet hatten. Aber das war weniger problematisch, als sie es sich vorgestellt hatten. Cybolis, die Hauptstadt Fergardhons, war in diesen Tagen voll von Spezies anderer Regionen, denn dies war die Zeit König Konchobaars des Großen. Kein Reich überstrahlte mehr Fergardhon, kein Herrscher konnte sich mit diesem messen. Schon lange gab es in dieser Region keine Kriege und Eroberungen mehr, andere Reiche traten diesem bei, andere Herrscher unterwarfen sich seinem König und wurden in dessen Schutz und Obhut aufgenommen. Cybolis war in diesen Tagen das Zentrum der bekannten Welt.

Paitan und Betai kauten an ihrer Mahlzeit und schauten dabei schweigsam dem Schauspiel zu, das sich ihnen bot. Elumantis hatten ein kurzes, braunes Fell, das dennoch dafür vorgesehen war, in harten Wintern ausreichend zu wärmen. An den Seiten des Kopfes hoben sich, gemessen an ihrer Körpergröße, recht große Ohren ab und ebenso ausgeprägt waren ihre beiden großen Vorderzähne, die aus dem Mund herausragten. An ihren großen Händen waren die auffallend dunklen Krallen weithin zu erkennen. Wer Elumantis kannte, wusste, dass dies ein friedfertiges Gärtnervolk war, das nicht auf die Jagd ging und schon gar keine Kriege führte. Die beiden Freunde waren für ihre Mission von ihrem Häuptling großzügig mit fergardhonischen Münzen in Kupfer, Silber, aber auch in Gold ausgestattet worden und sie waren fest entschlossen, ihren Besuch in dieser großen Stadt zu nutzen. Überall in der Stadt waren Händler unterwegs, die ihre Speisen jedermann anboten. Bei einem der Händler hatten sie gefüllte Brote gekauft, wie sie hier im Süden beliebt waren. Es war ein warmes, knuspriges Brot, gefüllt mit verschiedenen Gemüsen und einer unvergleichlichen gelben, sehr scharfen, gleichzeitig aber auch säuerlichen Soße. Das war gar nicht so einfach zu essen, schon gar nicht mit den Vorderzähnen und das Fell war schon ein wenig verklebt. Aber es war köstlich.

Von ihrem Platz aus hatten sie einen guten Blick hinunter auf eine der großen Hauptstraßen der Stadt. In der Mitte zog sich zu beiden Seiten eine Parade der unterschiedlichsten Transportwagen entlang. Heute war wieder Markttag und die Kaufleute brachten Unmengen an Waren in die Stadt. Andere Kaufleute hatten bereits auf dem Markt ausreichend eingekauft und fuhren die Waren hinaus,

126

um sie in die abgelegenen Regionen und Dörfer zu bringen, wo man ihnen ein Vielfaches des Preises zahlen würde, den sie ausgegeben hatten. Gewaltige, massige Lastpferde zogen diese Wagen. Daneben gab es Wagen, die die Bewohner der Stadt zu ihren jeweiligen Zielen brachte. Übervoll waren die Wagen oft und sie fuhren schneller und rücksichtsloser als die Wagen der Kaufleute. Schließlich waren da noch die die eleganten Wagen der wohlhabenden Stadtbewohner, der Adligen, hohen Angehörigen der Handwerksgilden und reichen Kaufmannsfamilien. Hier fuhr meist nur eine Person, vielleicht noch eine weitere, in dem Wagen und edle und wunderschöne Pferde zogen das Gefährt. Diese Wagen waren meist am schnellsten und wie selbstverständlich, forderten sie für sich ein, vorgelassen zu werden. Dann war da noch das Fußvolk und von dem wimmelte die Straße wie in einem Insektenbau. Überwiegend waren Fergardhonier unterwegs, einige in edelste Gewänder gekleidet, andere mit der Bettelschale in der Hand. Es gab aber auch eine vielfältige Mischung anderer Völker. Die beiden Freunde sahen die auffallend großen Grauden, ein Reitervolk aus dem Westen, mit ihren beiden Armpaaren, einige Isben mit ihrer grauenerregenden Gestalt, aber auch die wie kleine Vögel umherhuschenden Kiris, die für ihre Herren eifrig Besorgungen und Botengänge ausführten. Alles lief in großer Eile durcheinander und aneinander vorbei, so als gelte es, die jeweiligen Aufgaben in großer Geschwindigkeit zu erledigen, da es bald zu spät dafür sein würde.

Was Paitan und Betai neben den gewaltigen, hohen Gebäuden, die es hier gab und die sie in dieser Art noch nicht gesehen hatten, zunächst am meisten beschäftigte, war der Geruch dieser Stadt. Als Waldbewohner hatten sie einen sehr feinen Geruchssinn. Sie bemerkten in ihrer Heimat sehr genau, welche Pflanzen und Tiere sich in ihrer Nähe befanden. Mit geschlossenen Augen hätten sie so erkannt, an welcher Stelle im Wald sie sich befanden. Überall wuchs etwas anderes: Hier war ein Teich, dort war eine Lichtung oder dichtes stickiges Unterholz. Der Geruch dieser Stadt war ein Inferno. Es gab ungute, faulige Gerüche von Unrat, der in dunklen Ecken in der Sommerhitze verweste und immer wieder neu aufgeschüttet wurde. Gleichzeitig gab es die Gerüche vielfältiger Speisen und nicht alle waren in dieser Mischung und Stärke angenehm. Insbesondere die Gerüche der vielen Fleischgerichte waren eine Qual für die beiden Elumantis, denn so etwas würden sie auf keinen Fall zu sich nehmen. Schließlich gab es die seltsamen und brachial kräftigen Wohlgerüche, die sie so noch nie kennengelernt hatten. Feine Damen, aber auch die Herren umgaben sich mit etwas, das an den Geruch von Blumen erinnerte, aber solche Blumen gab es meist nicht und er war so kräftig, als würden sie auf den Besuch besonders vieler Insekten hoffen. Diese Mischung all dieser Düfte hatte die beiden Elumantis nach ihrem Eintreffen fast verzweifeln lassen. Wie sollten sie das nur aushalten? Aber sie hielten es aus. Sie würden den Geruch mit der Zeit nicht vergessen, aber sie lernten ihn für den Moment zu ertragen.

Genau so erging es ihnen mit dem ohrenbetäubenden, brüllenden Lärm der Stadt. Die Wagen, die Passanten, die Tiere, alles, was sich bewegte, gab Laute von sich und alles war scheinbar darauf bedacht, anderes zu übertönen, um gehört zu werden. Auch im Wald war immer etwas zu hören, ein Elumanti hörte, welche Insekten an welchen Orten besonders zahlreich vertreten waren oder wo ein Insektenvolk seine Behausung hatte. Auch in der Nacht schlief der Wald nicht. Die Bewohner wechselten sich ab und andere Spezies begannen ihr Werk. So war es auch hier, auch die Stadt ruhte nicht. Aber so wie die Spezies am Tag waren auch die Nachtspezies der Stadt sehr viel lauter. Es gab immer einen Grundton, der erhalten blieb, und die beiden Freunde

128

waren fast außerstande, hier zu schlafen. Sie hatten nach ihrer Ankunft einen einfachen Gasthof für Reisende mit geringen Ansprüchen gefunden und dort ein einfaches Zimmer bezogen. Der Wirt und seine Familie verkauften in ihren Gasträumen vor allem Getränke und nur wenige Speisen, aber es war dort auch eine sehr einfache und wenig erfreuliche Küche zu haben. Obst und Gemüse, das man in ihrer Heimat längst als unfrisch weggetan hätte, kam hier noch auf den Tisch. Allerlei seltsames Volk hielt sich in diesen Räumen auf und Paitan und Betai zogen es vor, dort nicht lange zu verweilen.

Markttag! Endlich war es so weit und sie würden heute der Erfüllung ihrer Mission eine gutes Stück näher kommen. Wo, wenn nicht auf dem großen Markt von Cybolis hatte ihr Häuptling gesagt, würden sie es bekommen? Wie verzweifelt er an diesem Abend wirkte? Er hatte sie sehr plötzlich zu sich gerufen und sie mussten versprechen, über diese wichtige und überaus heikle Mission zu schweigen. Niemand im Dorf sollte über diese Reise erfahren. Umso großzügiger war er auch mit ihren Reisespesen. Weit entfernt von Telporas in Trestas, dem umschlossenen Tal, in einem Ausläufer des Westgebirges östlich des Carcara, hatten die dortigen Elumantis große Erfolge in der Zucht der Grün- und Gelbfleischlinge mit und ohne Haare oder Stacheln. Nirgendwo gab es so zahlreiche Arten und selbst seltenste Unterarten waren dort noch vertreten. Dies bescherte ihnen einen hohen Status im Gärtnervolk der Elumantis. Die ältere Schwester des Häuptlings war mit einem der dortigen Häuptlinge vermählt. Bei einem der gelegentlichen Besuche hatte der Schwager dem Häuptling in Telporas ein großzügiges und wertvolles Geschenk gemacht – gleich drei Exemplare des rotstacheligen Grünfleischlings aus dem Westen der großen Wüste, also der westlichen Spezies. Seine Samen galten in manchen Völkern als äußerst wertvolles und seltenes Gewürz. Seine Verbreitung war aus diesem Grunde bereits nur noch sehr gering und ging stark zurück, weswegen seine Zucht und Erhaltung durch die Elumantis unbedingt erforderlich war. Der Schwager hatte noch genaueste Pflege- und Zuchthinweise hinterlassen; der Häuptling erinnerte sich sehr genau. Wenn man diese genau befolgen würde, dann war man auf der sicheren Seite und jeder würde schnell die Erfolge sehen können. Aber war es das Klima in Telporas? Hatte er doch zu viel Wasser gegeben? Jedenfalls waren alle Fleischlinge schon nach kurzer Zeit eingegangen und das, bevor sie auch nur einmal geblüht und Samen gegeben hatten. Der Häuptling war vollkommen ratlos und verzweifelt und das, wo seine Schwester schon im kommenden Herbst ihren erneuten Besuch angesagt hatte. Und der Schwager war auch wieder dabei. Was für ein Unglück. Wenn nun schon die geschenkten Pflanzen nicht mehr vorhanden waren, so musste der Häuptling doch wenigstens eine kleine Zucht und frische Sprösslinge vorweisen können. Was würde seine Schwester sonst sagen? Und vor allem: Der Schwager hatte auch so eine bestimmte, unangenehme Art. Er war ja so wunderbar erfolgreich mit all seinen Züchtungen.

Paitan und Betai saßen im Schatten der Mauer, kauten an den letzten Resten ihrer Mahlzeit und spürten das Gewicht der prall gefüllten Geldbeutel unter ihren Umhängen. Nur noch schnell den Markt aufsuchen. Hier im Zentrum des Handels der bekannten Welt musste es irgendwo die Samen des rotstacheligen Grünfleischlings aus dem Westen der großen Wüste, die Samen der westlichen Spezies, geben. Sie wären schnell gekauft und dann würde sich zeigen, was die große Stadt den beiden jungen Männern noch zu bieten hatte.

Der Markt war tatsächlich gewaltig und übervoll mit den verschiedensten Spezies. Alles, was die beiden Elumantis über Geruch, Lärm und Geschwindigkeit der Stadt kannten, war hier noch einmal um ein Vielfaches gesteigert. Sie konnten mit ihrer geringen Körpergröße kaum nach den Waren an den Ständen sehen, ohne Gefahr zu laufen, umgestoßen zu werden. Wie machten die Kiris das nur? Dann war wieder einer der Bettler da, der ihnen seinen wunden Armstumpf entgegenhielt, eine Wahrsagerin, ein Verkäufer von gefüllten Broten und warum gab es ringsum nur Töpfe und Pfannen? Langsam begriffen sie die Anordnung der Stände. Tatsächlich fand man ähnliche Ware dicht beieinander. Kleidung neben Kleidung, Töpfe und Pfannen neben Töpfen und Pfannen, Schwerter neben Schwertern und dann auch wieder nicht. Hier gab es Stoffe, dort gab es Krüge, dann Fisch, dann Armreife und schließlich Tiegel mit Wohlgerüchen und Fellpflegeölen. „Ihr werdet etwas erlangen, das niemand in Eurem Volk je gesehen hat", sagte eine Wahrsagerin. „Deine Zukunft für eine Kupfermünze. Ich sehe Euren Tod noch in weiter Ferne, aber Ihr müsst wachsam sein." Dann wurde Betai zu Boden gerissen, denn der kräftige Isbe, der ihnen mit einem gehäuteten Tier über der Schulter entgegenkam, musste ihnen nicht ausweichen.

Blaurüben, Saftbeeren, eine Kiste mit süßen Schwarz- und Braunlingen – hier gab es Obst, Gemüse, endlich. „Probiert von meinen zuckersüßen Erdknollen", sagte der dicke fergardhonische Händler. „So saftig und so aromatisch gibt es sie hier nur bei mir. Sie sind gerade heute Morgen erst aus Ost-Belkant geliefert worden. Probiert doch!" „Herr Händler", sagte Paitan atemlos. „Wir suchen etwas Besonderes, etwas sehr Spezielles auf diesem Markt. Wir brauchen Samen des rotstacheligen Grünfleischlings aus dem Westen der großen Wüste, die Samen der westlichen Spezies. Habt Ihr so etwas?" Der Händler glotzte sie für einen Moment verständnislos an. „Das sind Gewürze, die führe ich nicht. Aber meine Rotnüsse sind ganz besonders scharf und feurig, sie werden Euren Geschmack treffen." „Herr Händler", sagte Paitan, „dann gebt uns drei Handvoll von den Saftbeeren, aber verratet uns bitte, wo auf diesem Markt derartige Gewürze zu erwerben sind." „Sehr wohl, die beiden Herren", sagte der Händler und füllte die drei Handvoll Saftbeeren in ein großes Fächerblatt ab. Das macht zwei Kupferlinge. Der dritte Gang auf der linken Seite, dort findet ihr die Gewürzhändler. Sagt, dass ich Euch geschickt habe. Ich wünsche viel Erfolg und beehrt mich bald wieder."

Derartige Beeren gab es in ihrer Heimat frischer, größer und süßer und kostenlos an zahllosen Büschen, aber sie verstanden, dass diese Früchte erst in die Stadt gebracht werden mussten. Nachdem die beiden Freunde erst falsch abgebogen waren und zwischen zahllosen Ständen mit sehr großen Damenunterkleidern umherirrten, fanden sie die Gewürzhändler doch noch. Es waren drei große und zwei kleinere Stände und ihr Herz schlug höher, als sie endlich dort eintrafen. Bunt und unvorstellbar vielfältig wurden die Gewürze dort feilgeboten und der Geruch all dieser Pulver, Samen, Mischungen und Essenzen war unbeschreiblich. Betai konnte nicht aufhören zu niesen und so war es Paitan, der nach den Samen fragte. Zwei der großen Händler erklärten unwillig, dass sie seit Jahrzehnten keine solche Lieferung erhalten hatten. Der dritte der großen Händler erklärte, dass es diese Samen nicht mehr gebe, da die Pflanze ausgestorben sei. Es war einer der kleineren Händler, der, wie er sagte, Besonderes und Abseitiges führe, der erklärte, dass er derartige Samen noch vor wenigen Monden an das Gasthaus zum Spitzhornfisch verkauft hatte. Aber er erwarte bald eine neue Lieferung. „Das ist ein sehr wertvolles Gewürz", sagte der alte Fergardhonier ein wenig argwöhnisch. „Man bezahlt ein Vielfaches seines Gewichts in Gold, Ihr jungen Herrn. Ist Euch das bewusst?" „Wir werden Euch Gold geben können", erklärte Paitan, während Betai hinter ihm fortwährend laut nieste. „Wir würden die Samen bezahlen können." „In zwei Tagen ist Großmarkt", sagte der alte Händler. Heute kommen nur die Händler und Kaufleute vom Land. Zum Großmarkt kommen die Kaufleute der Handelsrouten und Hafenstädte hinzu. Kommt in zwei Tagen wieder. Ich werde versuchen diese Samen, die Ihr so dringend braucht, zu besorgen, Ihr Herren." Paitan und Betai würden an diesem Tag nicht mehr erreichen. Sie brauchten noch einmal Kraft und Geduld, um den Ausgang des Marktes zu finden. Eilig und müde liefen sie durch die übervollen Straßen und schließlich, nachdem sie offenbar einen beträchtlichen Umweg gelaufen waren, fanden sie ihr Gasthaus und waren froh und erleichtert, sich auf die einfachen muffigen Nachtlager ihres abgedunkelten Raumes legen zu können. Während sie durch die dünnen Wände aus dem Nebenraum ein lebhaftes Gespräch in einer fremdartigen Sprache hörten und vor dem Fenster mehrere Kaufleute auf ihren Wagen einander beschimpften und lautstark ihre Durchfahrt verlangten, versuchten sie ein wenig zu ruhen. Die Wärme in ihrem Raum war geringfügig kühler, als die Sommerhitze der staubigen und trockenen Straßen.

Nach einer Nacht mit lebhaften Träumen, in denen die Wahrsagerin, ein isbischer Gewürzhändler und zahllose Bettler mit vielen leeren Töpfen und Pfannen eine Rolle spielten, erwachten die beiden Freunde und hatten zunächst das Gefühl, eine Art warmer Flüssigkeit zu atmen. Es war so heiß, die Luft war feucht und schwer und das Fenster hatten sie wegen der vielen Geräusche in der Nacht geschlossen gehalten. Paitan taumelte zum Fenster, öffnete den massiven Holzfensterladen und neben dem gleißenden Licht und einem unbeschreiblichen Geschrei, kam kaum merklich ein linder Luftzug herein, der zugleich den Geruch von Moder und Rauch mit sich brachte. Paitan und Betai tranken zunächst reichlich von dem klaren Quellwasser, das sie sich besorgt hatten, und gingen dann hinunter in die Gaststube. Zu jeder Tageszeit brannten dort zahlreiche uralte Öllampen, da die schmalen Fenster nicht ausreichten, die große Halle zu erhellen. Auch so konnte man gerade die gegenüber gelegenen, schmucklosen, rot gemauerten Wände erkennen; die hohe Decke verschwand in der Dunkelheit. Für die Übernachtungsgäste gab es einen Bereich mit vier großen massiven Holztischen, in denen seit vielen Generationen Besteck seine Spuren hinterlassen hatte. An all diesen Tischen saßen schon Gäste und löffelten schweigend von dem immer gleichen Morgenbrei aus nicht sehr frischem Getreide. Die beiden Elumantis setzten sich und wortlos stellte die Wirtin ihnen ihr Frühstück aus dünnem Pattai, einem Stück Obst und einer Schüssel Getreidebrei auf den Tisch. Ein weiterer ungenutzter Tag in der großen Stadt lag vor ihnen, sie mussten also bis zum Großmarkt warten. Was würden sie daraus machen? Kannten sie noch andere Orte, an denen Gewürze verkauft wurden? Es sollte doch in der Stadt die mächtige Handelsgilde geben. „Wie schön, wie schön", hörten sie unvermittelt eine in seltsamer Weise ölig klingende Stimme zu ihnen sprechen. Ein älterer, sehr hagerer Fergardhonier stand vor ihnen und sah sie aus seinen blassgrünen Augen aufmerksam an. Sein graubraunes Fell sah matt und borstig aus. Er trug Stadtkleidung, die einmal sehr kostbar gewesen sein muss, aber inzwischen älter und angestoßen aussah. „Scarabingas, ist mein Name", sagte das Wesen. „Wenn ich das richtig sehe, ist an dieser Tafel noch ein Platz frei. Wäre es den jungen Herren genehm, wenn ich mich zu Ihnen setzen würde?" „Hier ist genug Platz", sagte Betai tonlos. „Warum denn nicht?" „Sehr freundlich", sagte Scarabingas. „Das ist wirklich sehr freundlich, vielen herzlichen Dank." Rasch wurden ihm Pattai, Obst und Brei gebracht und während er nur ein wenig an dem Pattai nippte,

134

sah er die beiden Freunde weiterhin aufmerksam an. „Was führt die beiden Herren denn in unsere schöne Stadt, wenn meine zudringliche Frage erlaubt ist?", fragte er ohne große Umschweife. „Geschäfte", antwortete Paitan kurz und wollte sich wieder Betai zuwenden. „Sehr gut. Geschäfte, natürlich. Haben wir das nicht alle hier gemeinsam?", antwortete der hagere Fergardhonier und nickte eifrig. „Da wünsche ich viel Erfolg und der wird, wie ich das so sehe, mit Sicherheit eintreten. Erfolgreiche Geschäfte, deswegen sind wir hier. Wenn auch nicht nur deswegen, nicht wahr, Ihr Herren?" „Wie meint Ihr das?", fragte Betai misstrauisch. „Eine Stadt wie diese, bietet gute und erfolgreiche Geschäfte", sagte Scarabingas. „Aber nach einem gut verrichtetem Tagewerk, da hat man doch ein Anrecht auf ein wenig Spaß und Vergnügen, nicht wahr? Auch in dieser Hinsicht kann unsere Stadt Euch jeden Wunsch erfüllen. Hier gibt es die Dinge, die es anderenorts nicht gibt. Mit Sicherheit."

Es war dem Fergardhonier nicht entgangen, dass insbesondere Paitan unruhig geworden war und die beiden Freunde ihr ursprüngliches Gespräch nicht fortsetzten. Langsam und wie in Gedanken versunken, begann er von seinem Getreidebrei zu essen. „Tatsächlich haben wir heute ein wenig Zeit", sagte Paitan schließlich zögernd. „Was für Vergnügungen könntet Ihr uns denn empfehlen?" Scarabingas machte ein anerkennendes Gesicht und sah die beiden Elumantis wieder aufmerksam an. „Eine sehr gute Frage, wirklich eine ausgezeichnete Frage", antwortete er. „Ich erkenne immer, wenn ich Männer vor mir habe, die die Welt kennenlernen wollen, die sich nicht mit halben Sachen begnügen. Ihr habt wirklich sehr großes Glück, denn in mir sitzt Euch wirklich ein Fachmann auf diesem Gebiet gegenüber. Habt Ihr schon etwas von den Gelagekellern in der Nähe des Bezirks der Handelsgilden gehört?" „Gelagekeller?", fragte Betai. „Nein, was soll das denn sein?" Scarabingas warf ihnen einen bedeutungsvollen Blick zu, sah sich dann nach allen Seiten um und antwortete mit deutlich verminderter Stimme. „Es wird eigentlich nicht gerne gesehen, aber das sind die Orte in der Stadt, für alle die, die das Besondere suchen. „Nicht jeder kommt im diese Keller hinein, man muss sich auskennen. Ist man aber einmal drinnen, dann gibt es dort Tesh in Mengen, Musiker, die Musik spielen, wie Ihr sie noch nicht gehört habt. Es gibt auch noch andere seltene und feine Getränke und natürlich, wir verstehen uns, Kaupilz und Kaublätter. Das sind Nächte, wie Ihr sie nicht mehr vergessen werdet. Viele Jungen und Mädchen sind dort. Es ist für jeden etwas dabei. Natürlich, Ihr werdet verstehen, ist das auch ein Ort, der von Badistas aufgesucht wird. Viele sind dort, Ihr hättet kein Problem dort welche zu bekommen."

„Badistas?", fragte Betai argwöhnisch. „Was soll das denn sein?" Doch Paitan verpasste ihm einen Hieb mit dem Ellenbogen in die Seite und sagte: „Wir sind interessiert. Wäre es Ihnen möglich, uns den Weg zu einem der Keller zu nennen?" Ein zufriedenes Lächeln huschte für einen Moment über Scarabingas Gesicht. Rasch holte er ein zusammengefaltetes Paper aus der Tasche und die beiden Freunde konnten darauf eine Karte mit einer sehr genauen Wegbeschreibung erkennen. Mehr stand dort nicht, insbesondere nicht der Name und die Bezeichnung des Zieles dieser Beschreibung. „Geht dorthin, wenn es dunkel ist", sagte er mit bedeutungsvoller Stimme. „Zeigt dieses Papier niemanden und verbrennt es, wenn Ihr es nicht mehr benötigt." Rasch steckte Paitan diesen Zettel in seine Tasche. „Ausgezeichnet", sagte Scarabingas. „Wunderschön und sagt denen am Eingang, dass ich Euch zu Ihnen schicke. Es wird dann keine Probleme geben. Nicht vergessen, Scarabingas schickt Euch als Neuankömmlinge in der Stadt." „Paitan, ich möchte diesen Ort nicht aufsuchen", sagte Betai und bekam einen weiteren Hieb in die Seite. „Wir werden heute Abend dort sein", sagte Paitan. „Ausgezeichnet", sagte Scarabingas. „Eine sehr gute Entscheidung, die Herren, ich habe Euch Euren Mut und Eure Entschlusskraft sofort angesehen. Eine gute Wahl. Ihr werdet sehr zufrieden sein. Und vergesst nicht, dort meinen Namen zu nennen. Ausgezeichnet."

Nachdem sie das Gasthaus verlassen hatten, liefen die beiden Elumantis wieder durch die überfüllten Straßen und fragten sich zunächst, ob es nicht besser gewesen wäre, in ihrem stickigen Zimmer zu bleiben. Aber hier draußen konnten sie sich zumindest bewegen und mit etwas Glück wehte mitunter etwas Wind durch die Gassen. Dann machten sie eine wundervolle Entdeckung: Sie fanden einen Ort, der für den Rest des Tages ihre Zuflucht sein sollte. Direkt in der Mitte der Stadt gab es, wie sie zunächst dachten, einen riesigen Park. Aber als sie eine Fergardhonierin fragten, wurde ihnen erklärt, dass dies der heilige Bezirk von Cybolis war. Dies war ein eigener Teil der Stadt, in dem es Klöster, Gebetstempel und heilige Häuser der fünf großen Religionen und von vielen kleineren Glaubensrichtungen gab. Alle diese Bauwerke waren von einem großen, alten Park umgeben, der nicht für Fahrzeuge zugänglich war. Nur zu Fuß konnte man diese Orte erreichen. Wie dankbar waren die beiden Elumantis, als sie einige Schritte gegangen waren und sich inmitten von Wiesen und uralten Bäumen wiederfanden. Auch hier war man nicht allein, denn Angehörige vieler Spezies und Völker gab es auch an diesem Ort. Aber dies war ein Ort der inneren Einkehr und der Stille und all diese Personen lasen in ihren heiligen Schriften, meditierten, waren im Gebet versunken oder liefen still über die Wiesen. Auch die Luft war hier reiner und frischer und wenn sie sich unter einen der großen Bäume setzten, umfing sie angenehme Kühle.

An diesem Ort verbrachten sie diesen Tag und dabei durchquerten sie ihn mehrmals, bestaunten die verschiedenen Tempelanlagen und führten Gespräche mit sehr angenehmen Personen, die von überall her aus der bekannten Welt hierhergekommen waren. Zwar gab es in diesem Bezirk keine Händler, sodass man auch keine Mahlzeiten kaufen konnte. Aber das Gärtnervolk der Elumantis fand an jedem Ort, an denen Pflanzen gediehen, auch etwas, das als Nahrung dienen konnte, und das, was es hier gab, war frischer und nahrhafter als vieles aus den umliegenden Bezirken. Als der Abend kam, war Betai nicht damit einverstanden, diesen Ort zu verlassen. „Was sollen wir in diesem schmutzigen Gasthaus?", fragte er, „für das wir auch noch bezahlen müssen. Hier haben wir alles, was wir brauchen. Ich möchte nicht in diesen seltsamen Keller. Das ist ein Ort der nichts Gutes bringt." „Du einfältiger ängstlicher Waldvogel", sagte Paitan. „Warum sind wir wohl hier? Um den Häuptling vor seinem Schwager zu retten? Wie oft werden wir in unserem Leben wohl in eine solche Stadt kommen? Dies sind Tage, an die wir uns den Rest unseres Lebens erinnern werden. Was willst du deinen Kindern und Enkeln einst darüber erzählen? Dass du dich in einem Park versteckt hast?" Widerstrebend ließ sich Betai schließlich doch noch überzeugen und im hereinbrechendem Dunkel verließen sie den heiligen Bezirk und liefen, mit Scarabingas Karte in der Hand, zu dem Ort, den er als Gelagekeller bezeichnet hatte, den Ort der Musik und der Badistas.

Sie fanden diesen Ort. Die Straßen, die sie zuletzt durchqueren mussten, gefielen ihnen gar nicht. Was für seltsames und ungutes Volk gab es hier und die beiden Elumantis liefen zuletzt mit gesenkten Blicken langsam im Dunkel der Häuserwände entlang. Dann sahen sie den Zugang zu dem Gelagekeller. Es gab offenbar nur eine Treppe, die hinunter in die Tiefe führte. Man sah sie nur, weil ringsum drei einfache Öllampen auf den Boden gestellt worden waren und ein grauenerregender Isbe davor stand. Schon aus der Ferne sahen sie seinen mächtigen Säbel an seiner Seite hängen. Lautes Geschrei hatte sie bereits aus der Ferne in diese Richtung geführt. Ein junger Fergardhonier in einfacher Kleidung hatte gerade versucht eingelassen zu werden. Offenbar hatte ihm die Antwort des Isben nicht gefallen, aber sein lautstarker Protest nutzte wenig. Der Isbe hatte mit wenig Anstrengung ausgeholt und nun lag der Fergardhonier am Boden, rieb sich ungläubig das Gesicht und es herrschte wieder Ruhe. Zögernd traten nun die beiden Elumantis vor und wurden von dem Isben missmutig gemustert.

„Seid gegrüßt, Herr", sagte Paitan mit sehr leiser Stimme, während sich Betai hinter ihn stellte und sich kaum traute, den Isben anzusehen. „Wir bringen Grüße und wollen etwas ausrichten." Sie reichten dem massigen Isben etwa bis zur Gürtellinie und seine Oberarme hatten nahezu den Umfang ihres Rumpfes. Wie bei allen Isben waren seine Gesichtsknochen deutlich sichtbar ungleichmäßig angeordnet und in seinem Fall erzeugte dies eine kräftige Stirnwulst und es schien, als würden seine Augen aus unterschiedlicher Höhe auf sie herunterschauen. Seine zahlreichen und verschiedenfarbigen Zähne verhinderten, dass er seinen Mund vollständig schließen konnte. Sein dunkles Haupthaar hatte er am Hinterkopf zu einem langen Zopf zusammengebunden, ansonsten war sein Gesicht bleich und haarlos, aber von blauen Adern und Warzen übersät. Sein kräftiger Geruch strömte ihnen entgegen. „Sprich", sagte er mit heiserer Stimme und Paitan sah aus den Augenwinkeln, dass der junge Fergardhonier sich vom Boden erhoben hatte und sie beobachtete, während er sich widerstrebend entfernte. „Scarabingas sendet Grüße. Er hat uns den – Keller – empfohlen. Wir sind Neuankömmlinge hier in der Stadt und möchten gerne feiern." Etwas veränderte sich im Blick des

Isben, aber man konnte nicht erkennen, ob dieser Blick nun freundlich oder eher belustigt war. „Neuankömmlinge, also", wiederholte er und musterte sie. „Der alte Scarabingas hat euch aufgetrieben?" Der Isbe trat einen Schritt beiseite, sodass der Weg zur Treppe frei wurde. Dann vollführte er eine Art spöttischer Verbeugung und lachte heiser, wobei ihnen sein fauliger Atem entgegenschlug. „Willkommen in Cybolis", sagte er.

Paitan und Betai gingen zögernd dicht an dem Isben vorbei und stiegen dann die Treppe hinunter. Sie hatten keinen sehr langen Weg und schon von oben sahen sie eine rote Tür, über der ebenfalls eine brennende Öllampe angebracht worden war. Nach verschiedenen Versuchen gelang es ihnen die Tür zu öffnen, denn der fremdartige Drehknauf war für sie recht weit oben angebracht und nur mit einer größeren Kraftanstrengung für einen Elumanti zu bedienen. Schon im ersten Moment, als sie die Tür öffneten, hörten sie mehrere Frauenstimmen singen. Sie gelangten zunächst in einen unbeleuchteten Gang, dessen Ende mit einer Art schmutzigem Vorhang verschlossen war, durch den spärliches Licht drang. Entschlossen trat Paitan hindurch und zog Betai hinter sich her. Was sich ihnen nun darbot, hatten sie tatsächlich noch nicht gesehen.

Sie standen in einem gewaltigen Kellergewölbe, das aus mehreren Räumen bestand und dessen Ende sie nicht ausmachen konnten. An den Wänden brannten zahlreiche Fackeln, die die Räume in eine flackernde Beleuchtung tauchten. Die Räume waren voll von Fergardhoniern, aber auch von den unterschiedlichsten Spezies. Die beiden Freunde staunten darüber, dass so viele verschiedene Personen von dem unangenehmen Wächter eingelassen worden waren. In dem ersten Raum gab es an der gegenüberliegenden Wand einen höhergelegten Holzboden – eine Bühne, wie Paitan wusste. Etwa fünf Musikanten standen dort und außer verschiedenen Trommeln gab es kein Instrument, das sie kannten. Eine wenig bekleidete junge Fergardhonierin lief in der Art der Katzenartigen auffällig über die Bühne und sang zu dieser Musik, während zwei weitere Sängerinnen sie begleiteten. Die Elumantis bemerkten, dass ihnen sehr warm wurde. Vor der Bühne drängten sich zahlreiche wild tanzende Zuschauer und die beiden Freunde erkannten sofort, dass sie es aufgrund ihrer Körpergröße nicht wagen sollten, sich in diese Menge zu mischen. An den Rändern dieses Raumes und offenbar in den übrigen Räumen gab es zahlreiche Bänke, Tische und Stühle, die meist besetzt waren. Es gab Plätze weit im Inneren der Räume und manche der Gäste, die dort saßen, waren auffällig gekleidet und wollten unbedingt gesehen werden. Es gab aber auch Plätze halb im Dunkel und Paitan und Betai wagten nicht, dort genau hinzusehen.

Sie hatten sich gerade einen Überblick über diesen Ort verschafft, als sie bemerkten, dass eine junge Fergardhonierin lächelnd auf sie zukam und unmittelbar vor ihnen stehenblieb. Sie war um wenigstens zwei Köpfe größer als die beiden Elumantis und war, ähnlich wie die Sängerinnen auf der Bühne, nur wenig bekleidet. Offenbar hatte sie einen dieser auffallenden Blumendüfte an sich, denn der Duft, der die beiden Freunde nun umhüllte, war kräftig wie ein Schwung eiskaltes Wasser. Die Fergardhonierin sah Paitan und Betai aus ihren tiefgrünen Augen aufmerksam an und lächelte, während den beiden Elumantis immer wärmer wurde. Auch Paitan hatte keinen anderen Einfall, als zu schweigen und zögernd zurückzulächeln. Die Fergardhonierin streichelte kurz über ihre Köpfe und steckte den beiden dann mit selbstverständlicher Geste etwas in den Mund, das zunächst nach Pilz schmeckte. „Habt Spaß", flüsterte sie nun. „Ich komme gleich wieder. Ich werde Euch schon finden." Dann zwinkerte sie ihnen zu und war wieder in der Menge verschwunden.

Der Pilz war getrocknet und sehr fest, schmeckte aber nicht übel. Paitan und Betai hatten in einem der Nebenräume einen freien Tisch entdeckt, nicht so sehr im Vordergrund, als etwas sehr Seltsames geschah. Die Farben in dem Raum änderten sich. Wie machte die das nur? Da war so ein buntes Leuchten, das kam von allen Seiten. Was war das für ein Leben hier in der Stadt, weit weg von ihrem Dorf? Sie fühlten sich so frei, so leicht geradezu, als würden sie ein wenig schweben. Paitan schaute sich um und sah, dass Betai damit begonnen hatte zu tanzen. Fast hätte er ihn in der Menge verloren. War das denn möglich? Er hielt seinen Freund fest und gemeinsam gelangten sie bis an den Tisch, den sie angesteuert hatten. Plötzlich standen zwei Becher und ein großer Krug Tesh auf dem Tisch vor ihnen. Wer hatte den gebracht? War das nicht ungeheuer komisch? Die beiden Elumantis prosteten sich ausgelassen zu und bald darauf hatte Paitan den Eindruck, dass sich Betai schon wieder tanzend entfernen wollte und dabei laut sang. Aber da war die Fergardhonierin schon wieder und sie hatte noch ein anderes Mädchen mitgebracht. Sie war Siri, wie sie sagte, und ihre Freundin war Tesci. Allerdings lachte Tesci ständig; Paitan fand das doch recht ungewöhnlich, Betai aber offenbar nicht. Tesh zu trinken, erklärte Siri, sei doch eigentlich viel zu langweilig und mache keinen Spaß. Sie bestellte einen Krug mit Foc und schon bald stand dieses Getränk vor ihnen. Es war ganz klar – eigentlich wie Wasser – und gemeinsam tranken sie es aus ihren Krügen und den Elumantis wurde noch einmal wärmer, aber auch leichter. Tesci hörte immer noch nicht auf zu lachen, aber plötzlich wurde es ruhiger und Paitan bemerkte, dass Tesci fort war, Betai aber auch. „Das macht doch nichts, es ist kein Problem", erklärte ihm Siri und sah Paitan aus ihren schönen grünen

Augen an. Was für ein kräftiger Blumenduft das doch war, denn Siri saß sehr dicht bei ihm. Bald hatte sie ihm wieder etwas von diesem Pilz in den Mund gesteckt und nun wurde auch die Musik so seltsam. Seltsam, aber irgendwie schön. Siri war ganz nah bei ihm und sie lächelte.

Was war geschehen? Was war das für ein Schmerz in seinem Kopf und warum pulsierte dieser so stark? Fast wie ein Rhythmus, fast wie die Musik, aber die hörte er nicht mehr. Ihm war gar nicht gut, nein gar nicht gut, Paitans Magen krampfte und der Kopf tat so weh. Er hatte langsam versucht die Augen zu öffnen, nein, auch gar nicht gut. Der Geruch: Er kam ihm bekannt vor, er kannte diesen Ort. Wo war er nur? Er lag, so viel stand fest. Seine Hand strich über einen rauen, zerschlissenen Stoff, eine Art Tuch bedeckte ihn. Ja natürlich, das war sein Nachtlager in dem Gästezimmer. Er war wieder in dem Gästezimmer. Das war der Geruch, er erkannte ihn. Aber er war vorher doch auch in diesem Gelagekeller, da war doch dieses Mädchen. Und Betai, wo war Betai? Sein Kopf, bei den Göttern, was für ein Schmerz. Paitan hatte die Augen geöffnet. Wie grell es war und wie heiß war es in diesem Raum. Betai, da war er. Auch er lag auf seinem Nachtlager, hatte die Augen geschlossen und den Mund geöffnet. Paitan überlegte. Es war alles gut, sie waren beide aus diesem Keller irgendwie zurück in ihr Zimmer gelangt. Das würde nicht einfach sein, das Nachtlager wieder zu verlassen, aber irgendwann sollte es gelingen. Dann würden sie ihre Aufgabe in der Stadt erfüllen und wieder heimkehren. Der Markt! Heute war doch Großmarkt. Sie durften den Markt nicht verpassen; sie mussten aufstehen. Mühsam richtete sich Paitan auf. Wie sich alles drehte. Sein Magen und – bei den Göttern – sein Kopf. Langsam stand er auf und taumelte zu dem Tisch hinüber, auf dem sie die Krüge mit dem Quellwasser aufbewahrten. Begierig trank er davon, benetzte sein Gesicht und öffnete dann die Fensterläden.

Was für ein Gleißen und was für ein Schmerz. Mit einem Schrei taumelte er rückwärts und kauerte sich dann auf den Boden. Nun war auch Betai erwacht und ein Wimmern ertönte von seinem Nachtlager.

Sehr spät erschienen die beiden Elumantis an diesem Tag in dem Gastraum, um ihr Frühstück einzunehmen. Es waren nur noch wenige Gäste zugegen und sie hatten einen Tisch zu ihrer freien Verfügung. Genau genommen waren außer ihnen nur noch zwei Gäste anwesend. Der eine war ein junger Ardese, der nachdenklich seinen Getreidebrei betrachtete. Der andere saß unmittelbar neben ihm. Es war Scarabingas und er schien ihm irgendetwas von großer Wichtigkeit zu berichten. Paitan und Betai hatten ihr Frühstück noch nicht angerührt. Sie nippten vorsichtig an ihrem Pattai und waren froh, dass es in dem Gastkeller niemals sonderlich hell war. Bevor sie ihren Raum verließen, hatten sie noch eine sehr ungute Entdeckung gemacht. Die Säcke mit dem Geld, die sie von dem Häuptling bekommen hatten, hingen immer noch an ihren Gürteln, aber sie waren leer und zwar restlos. Es waren nicht unbeträchtliche Goldmünzen unter all den anderen Münzen und wirklich alles war fort. Glücklicherweise hatten sie in ihrem Raum noch einige Kupfermünzen versteckt. Sie würden den Raum und das Frühstück noch eine Zeitlang bezahlen können. Aber die Samen des rotstacheligen Grünfleischlings aus dem Westen der großen Wüste, die Samen der westlichen Spezies – wovon sollten sie die bezahlen? Sie brauchten doch das Gold. Während sie noch einen Schluck von dem dünnen Pattai nahmen, sahen sie, wie Scarabingas dem jungen Ardesen einen Zettel hinüberreichte. Beide lächelten sich verschwörerisch an und der Ardese verstaute den Zettel eilig.

Während die beiden Freunde begonnen hatten, langsam ein paar Löffel von dem Getreidebrei zu sich zu nehmen, hatte sich der Ardese aus dem Gastraum entfernt.

144

Sollte er ruhig, zwar hatten sie in Telporas seit kurzer Zeit Ardesen in ihrer Nachbarschaft auf der anderen Seite des Netrui. Aber wenn man ehrlich war: Wann hatte man von Ardesen schon jemals etwas Gutes gehört? Scarabingas saß nun allein an seinem Tisch, hatte sich einen Krug mit Tesh kommen lassen und schrieb eifrig etwas in ein kleines Buch. Die beiden Elumantis erhoben sich und setzten sich unmittelbar vor ihn an den Tisch. Der alte dürre Fergardhonier sah nicht auf, sondern fuhr damit fort, Schriftzeichen und Zahlen in sein Buch zu schreiben. „Ah, meine beiden Freunde", sagte er schließlich mit ganz offenbar gelangweiltem Ton. „Wie ich gehört habe, habt Ihr Euch gestern ganz hervorragend amüsiert. Das scheint ja eine wilde Feier gewesen zu sein. Ausgezeichnet." „Unser Geld", entfuhr es Paitan und ein stechender Schmerz durchzuckte seinen Kopf. „Unser ganzes Geld – man hat es uns dort weggenommen. Wie sollen wir denn jetzt unsere Geschäfte machen?" „Ja, Freunde", sagte Scarabingas, ohne aufzusehen oder das Schreiben zu unterbrechen. „Das hört sich ja nicht gut an. Das ist vor Euch schon vielen passiert. Ja, wenn man feiern geht, dann muss man natürlich auch das Maß behalten können. Aber ich verstehe das. Die Getränke sind gut und die Mädchen sind sehr nett. Ich hatte das ja gesagt. Da kann es schon vorkommen, dass man viel mehr ausgibt, als man eigentlich wollte, wenn die Nacht lang ist. Da kann man nichts machen." „Aber unser Geld", sagte Paitan. „Wir hatten so viel. So viel kann man in einer Nacht gar nicht ausgeben. Es ist alles weg." „Alles weg, ah ja", wiederholte Scarabingas bedauernd. „Aber seid Ihr denn sicher, dass Ihr nur etwas getrunken habt, Freunde? Oder hattet Ihr auch etwas anderes? Vergesst auch nicht die dunklen Straßen rund um diesen Ort. Allerlei seltsames Volk ist dort in der Nacht. Seid Ihr denn sicher, dass auf dem Rückweg nichts geschehen ist?"

„Wie sollen wir denn nun in unsere Heimat

zurückkehren", sagte Betai, „wenn wir unsere Aufgabe nicht vollbracht haben?" Scarabingas klappte sein Buch zu und sah mit unbewegtem Gesicht zu ihnen hinüber. „Wenn ich das richtig verstehe", sagte er langsam und sah sie nun aufmerksam an. „Wenn ich das richtig verstehe, dann braucht Ihr Geld. Ihr habt Glück. Wenn Ihr Geld verdienen wollt, dann sitzt Euch ein großer Fachmann auf diesem Gebiet gegenüber. Ich weiß, wo man hier in der Stadt Geld verdienen kann." „Herr", sagte nun Paitan. „Wir wären sehr dankbar, wenn Ihr uns hier weiterhelfen könntet. „Es ist eine ganz einfache Arbeit", sagte Scarabingas, „Ihr habt wirklich großes Glück. Draußen vor dem Haupttor der Stadt, werdet Ihr nach Einbruch der Dunkelheit den Croaken Zerak treffen. Mein Freund Zerak wird Euch ein Päckchen übergeben. Dieses enthält ein Geschenk für einen anderen guten Freund. Ich habe leider keine Zeit es abzuholen. Geschäfte, Ihr versteht? Wichtig ist, Ihr öffnet das Päckchen nicht, denn das Geschenk geht Euch nichts an und Ihr bringt es unbemerkt an den Torwächtern vorbei. Das ist für Euch nicht schwer. Ihr sagt, Ihr seid Elumantis und habt Gewürze und Samen für den Markt. Dann bringt Ihr das Päckchen dem Isben, den Ihr gestern gesehen habt. Ich gebe Euch dafür ein Goldstück. Wenn Ihr mehr braucht, habe ich morgen noch andere Arbeiten." „Ich möchte nichts an den Torwächtern vorbeibringen", sagte Betai. „Nein, es ist hervorragend", sagte Paitan. „Ein Goldstück ist sehr großzügig. Wir sind einverstanden." „Das dachte ich mir", sagte Scarabingas und reichte Paitan einen Zettel. „Auf diesem Zettel steht, wie Ihr Zerak finden könnt. Gebt ihm dann diesen Zettel und er gibt Euch ein Päckchen. Ausgezeichnet."

Nachdem die beiden Elumantis das Gasthaus verlassen hatten, zogen sie sich zunächst in die Kühle des heiligen Bezirks zurück, um dort in Ruhe nachdenken zu können. „Ich werde das nicht tun", sagte Betai bald sehr entschieden. „Was

146

soll das für ein Geschenk sein, das die Torwächter dieser Stadt nicht sehen dürfen und das wir ausgerechnet diesem Isben bringen sollen? Das ist doch kein Geschenk." „Natürlich ist das kein Geschenk", antwortete Paitan. „Aber das kann uns doch egal sein. Das ist schnell erledigt und wir bekommen ein Goldstück dafür. Drei oder vier solcher Arbeiten und wir haben, was wir brauchen." „Wenn die Torwächter das Geschenk aber bei uns finden", sagte Betai. „Ich habe genug davon. Erst musst du unbedingt in diesen Keller und dann das. Was ist, wenn uns die Wächter in den Kerker stecken? Wenn es etwas Schlimmes ist, was wir bei uns haben und sie uns nicht wieder gehen lassen?" Paitan war verunsichert, sah seinen Freund aber ungehalten an. „Welchen Vorschlag hast du denn?", fragte er. „Wie möchtest du unser Problem lösen?" Betai schwieg für einen Moment. „Ich weiß es nicht", sagte er. „Aber das werde ich mit Gewissheit nicht tun. Ich gehe jetzt auf den Markt und rede mit dem Händler." „Aber, was soll das denn werden? Willst du ihn anbetteln?", fragte Paitan eindringlich.

Wortlos ging Betai in Richtung des Marktes und Paitan folgte ihm widerwillig in einigem Abstand. In der Tat war dieser Markt größer als der andere. Sie hatten den eigentlichen Marktplatz noch nicht erreicht, da standen schon die ersten Händler und boten lautstark ihre Ware feil. Wieder dauerte es eine Weile, bis sie sich ihren Weg durch die vielen Käufer gebahnt hatten und glücklicherweise fanden sie die Gewürzhändler an derselben Stelle. Der alte Fergardhonier stand hinter seinen Waren und hatte gerade Kundschaft. Ein großer, edel gekleideter Fergardhonier stand vor ihm und hatte sich bereits ein Dutzend Gewürze in kleine Stoffbeutel abpacken lassen. Der Händler nahm weitere Wünsche unter eifrigen Verbeugungen entgegen und zeigte seinem Kunden nachdrücklich, wie genau er die Ware vor seinen Augen für ihn abwog. Nachdem alle Bestellungen vor ihnen lagen, packte der Händler mit weiteren Verbeugungen noch einen weiteren Stoffsack hinzu, der offenbar als eine Zugabe gedacht war, und nahm dann eine größere Menge Münzen entgegen. Mit großer Ruhe unterhielt er sich noch mit seinem Kunden, ehe dieser beiseitetrat und damit begann, die Gewürzsäcke in seinen Taschen zu verstauen. „Die jungen Herren", sagte der alte Gewürzhändler und hatte sie sofort erkannt. „Ich habe gute Nachrichten für Euch. Eure Ware ist heute Morgen bei mir eingetroffen. Ich habe bereits alles in einem Säckchen verpackt und für Euch bereitgelegt. Für fünf Goldmünzen ist die Ware Euer." Bei der Nennung dieses Preises hatte der feine Herr neben ihnen aufgemerkt und schaute überrascht und neugierig zu ihnen herüber. „Herr", sagte Betai zögernd. „Uns ist etwas Furchtbares widerfahren. Es ist mir sehr unangenehm. Seht, wir sind unerfahren und fremd hier in der Stadt und so haben Diebe leichtes Spiel mit uns gehabt. Unser Gold ist uns gestern gestohlen worden." „Ich hätte es mir denken können", sagte der alte Gewürzhändler gleichmütig. „So junge Männer. Wo hättet Ihr auch so viel Gold hernehmen können?" „Aber nein Herr", versuchte Betai die Situation zu entschärfen. „Natürlich sind wir viel zu jung für so viel Gold, aber wir haben es doch von unserem Herrn bekommen. Er benötigt diese Samen doch so dringend. Wir sind bestohlen worden und wie sollen wir nun in unsere Heimat zurückkehren? Sagt, wir haben ja noch einige Münzen. Wäre es nicht möglich, eine sehr kleine Menge dafür zu bekommen?"

„Wie viel habt Ihr denn noch?", fragte der alte Händler. Betai schüttete alle verbliebenen Münzen vor ihm aus und es waren sechs Kupfermünzen und doch noch eine Silbermünze. Ein tiefer Seufzer entfuhr dem Händler. „Das tut mir leid", sagte er. „Aber das ist leider viel zu wenig. Ja, ich kann Euch eine kleinere Menge abwiegen, aber selbst dafür müsstet Ihr noch drei Silbermünzen oder eine Goldmünze hinzufügen." „Dann sollten wir wohl doch das Angebot unseres Bekannten annehmen", sagte Paitan zu Betai. „Nein", antwortete dieser entschieden. „Wir wissen nicht, ob wir dann gegen den Willen des Herrn dieser Stadt handeln. So etwas mache ich nicht." „Verzeiht, junge Herrn", hörten sie da eine Stimme neben sich. Der wohlhabende Herr neben ihnen hatte sie angesprochen. „Ich habe zufällig Euer Gespräch mit angehört und ich bedaure, was Euch widerfahren ist, denn Ihr scheint mir treue und ehrbare Burschen zu sein. Mein Name ist Treborn. Ich bin der Haupteinkäufer des Gasthauses zum Spitzhornfisch. Vielleicht habt Ihr von unserem Gasthaus gehört, denn es ist das bedeutendste hier in Cybolis und selbst der König lässt sich von meinem Meister bekochen. Tatsächlich ist es so, dass wir gerade sehr dringend Hilfe in unserer Küche brauchen und uns fleißige Arbeiter fehlen. Wäre das vielleicht etwas für Euch? Wir zahlen für jeden Helfer am Abend eine Kupfermünze. Ihr würdet wohl einige Monde bei uns arbeiten müssen, aber irgendwann solltet Ihr genug beisammen haben, um für Euren Herrn etwas von dem teuren Gewürz zu kaufen. Habt Ihr Interesse?" „Das ist sehr großzügig, Herr", antwortete Betai, noch ehe Paitan etwas sagen konnte. „Wir werden gerne mit Euch kommen."

Der Haupteinkäufer Treborn kaufte auf dem Markt keine großen Mengen ein. Er kaufte noch besonders feines Fleisch, einige erlesene Fische und fremdartiges Gemüse, das die beiden Elumantis noch nicht kannten. Dabei erklärte er ihnen, dass sein Meister immer besonders viel Wert auf die Gewürze legte. Selbst wenn man die Speisen aus sehr viel einfacheren Zutaten zubereiten würde, so pflegte er immer zu sagen, war es doch vor allem die richtige Menge an guten Gewürzen, mit der man daraus ein edles Gericht zubereiten konnte. Noch immer würzte der Meister in dem Gasthaus selbst die Speisen, obwohl er inzwischen recht alt war. Die beiden Elumantis halfen beim Tragen der Einkäufe und als sie das Gasthaus erreichten, waren beide recht erstaunt. Dies war wahrlich kein Palast und das kleine Haus, auf beiden Seiten eingefasst von zwei sehr großen und herrschaftlich aussehenden Häusern, sah alt und wenig bedeutsam aus. Über dem Eingang hatte man ein metallenes Schild mit einem springenden Spitzhornfisch angebracht, das man bei Dunkelheit mit einer darunter angebrachte Öllampe beleuchten konnte. Sie trafen um die Mittagszeit ein und tatsächlich konnten die beiden Freunde sehr edel aussehende Herrschaften vorfahren sehen. Nur zu gerne hätten sie in die Gaststube geschaut, doch Treborn führte sie auf die Rückseite des Gebäudes und sie betraten von dort aus das Gebäude.

Ein geschäftiges Treiben, ein lautes Rufen und Antworten waren die ersten Eindrücke, derer sie beim Eintreten gewahr wurden. Sie standen in einer großen schmucklosen Halle und Kiris, Fergardhonier und sogar zwei Grauden mit ihren beiden Armpaaren eilten an ihnen vorüber und trugen eilig Säcke, Geschirr, gerupfte Vögel und vieles mehr zu den drei angrenzenden Gängen. „Folgt mir", sagte Treborn. „Wir müssen zunächst zum Lager." Sie betraten einen der Gänge, der tief unter das Gebäude führte, und die beiden Freunde bemerkten, dass es an diesem Ort merklich kühler wurde. Der Gang endete vor einem Raum mit vielen vollen Regalen und sie konnten auf die Schnelle sehen, dass sich diesem Raum noch vielen weitere Räume anschlossen. Dann gingen sie diesen Gang zurück, betraten einen anderen und hörten schon aus der Ferne Geklapper, Zischen und heftiges Geschrei. Sie waren auf dem Weg in die Küche dieses Gasthauses. Dort trafen sie auf Pedolfin, einen sehr beleibten Fergardhonier, den Treborn als den Hausvorstand vorstellte. Pedolfin teilte die Diener, Knechte und Gehilfen ein und sorgte dafür, dass zu jeder Zeit Helfer, Geschirr, Ware und Feuerholz in den richtigen Mengen an den richtigen Orten waren. „Elumantis", sagte er verständnislos. „Zu keiner Zeit haben wir Elumantis beschäftigt." Unwillig sah er zu den kleinen Gestalten hinunter, die der Haupteinkäufer zu ihm gebracht hatte. „Habt ihr denn überhaupt schon einmal gearbeitet, Jungs?" „Bei uns im Wald", beeilte sich Betai zu sagen, „gibt es immer etwas zu tun." Paitan nickte dazu eifrig. „Im Wald gibt es immer etwas zu tun", wiederholte Pedolfin und sah Treborn ratlos an. „Drei Tage", sagte er schließlich. „Drei Tage gebe ich Euch. Wenn ich dann nicht sehe, dass Ihr hier zu etwas nutze seid, dann seid Ihr wieder draußen."

In der Tat gab es vor allem drei Dinge, die die Tätigkeiten eines Elumanti wesentlich von denen eines Stadtbewohners unterschieden. Da ist zum einen die Geschwindigkeit, mit der die Dinge geschahen. Ein Elumanti benötigt Nahrung, die ihm der Wald reichlich gab, und eine Behausung, die vor dem Winter in gutem Zustand sein sollte. Als Gärtnervolk benötigten Elumantis viel Geduld und Aufmerksamkeit für ihre Pflanzen. Für all dies hatten sie den ganzen Tag Zeit. Mit der Zeit ist es in der Stadt so ein Ding. Es gibt davon viel zu wenig und dies trifft auch auf die Arbeit in einem Gasthaus zu. Dann ist da des Weiteren die Orientierung: Im Wald konnte man riechen und spüren, an welchem Ort man war. Es gab warme Orte nahe der Lichtungen und einen kühlen Grund mit dichtem Nadelgehölz. Tiere lebten an den einen Orten und an den anderen nicht. Ein Stadtgebäude mit vielen Türen und vielen Gängen und vielen Wänden kann schon an einigen Stellen recht gleich aussehen, vor allem, wenn man es sehr eilig hat und etwas sucht. Nicht zu unterschätzen ist dann drittens die Kraft, die man braucht, um Dinge zu bewegen. Elumantis brauchten nicht so viele Dinge. Das, was sie brauchten, nehmen sie in einer passenden Menge oder sie trugen es gemeinsam. In dem Gasthaus musste mitunter ein Sack mit sehr vielen Knollen aus dem Lager in die Küche gebracht werden. Ein Stück hatte ihn Paitan immerhin ziehen können. Wie machten die Kiris so etwas nur?

Die beiden Freunde arbeiteten am ersten Tag fast bis zum Morgengrauen. Sie holten dann ihre Sachen aus dem muffigen Gasthaus und suchten sich einen abgelegenen Ort im heiligen Bezirk. So würden sie keine Kosten mehr für die Unterkunft und ihre Verpflegung haben. Sie schliefen bis zum frühen Vormittag und hatten sich dann auch schon bald wieder bei Pedolfin einzufinden. Das, was in diesem Gasthaus geschah, und die Abläufe, die sie sahen, blieben ihnen ein großes Rätsel. In ihrer Heimat bereitete eine Person ein Gericht zu und dann wurde es gegessen. Hier gab es in dieser gewaltigen Küche ein großes Spektakel. Zu keiner Zeit sahen sie ein fertiges Gericht und zu keiner Zeit sahen sie einen Gast, der dies aß. Irgendwie machte jeder nur einen Teil und die Gäste bekam man nicht zu Gesicht. Gegen Ende des dritten Tages rief Pedolfin beide zu sich. Zunächst legte er jedem drei Kupfermünzen in die Hand, dann sagte er: „Treborn hat jedem eine Kupfermünze für jeden Tag zugesagt und so soll es dann sein. Ich halte mich daran, auch wenn sich Paitan für einen halben Tag im Lager verirrt hatte und ein Kiri ihn dort finden und wieder herausholen musste. Betai brauchte fünf Versuche, um ein Stück Erdwühlerfleisch aus dem Lager zu holen, da er Fleischsorten nicht unterscheiden kann. Dafür benötigte er auch einen halben Tag. Wir mussten in der Zwischenzeit ein anderes Gericht zubereiten. Paitan hatte, nachdem er einen Korb Blaurüben in die Küche gebracht hatte, sich nicht für die nächste Arbeit zurückgemeldet, sondern sich für die Zubereitung interessiert. Betai kann nur zwei leere Steingutkrüge auf einmal tragen und sollte fünfzig aus dem Geschirrspeicher holen. Er schaffte vierzehn, wobei ihm einer zu Bruch gegangen ist. Soll ich weitermachen? Ich kann Euch hier nicht

152

brauchen. Geht zurück in den Wald, Jungs."

Zutiefst erschrocken und ratlos liefen die beiden Elumantis dem Hinterausgang des Gasthauses entgegen. Es ging tatsächlich nicht alles so glatt in den letzten Tagen, aber es war auch so viel Neues für sie dabei. Sie hatten doch auch etwas geschafft und das hatte sie viel Anstrengung gekostet, dass man sie so gar nicht brauchen konnte. „Halt", sagte Paitan plötzlich. „Ja, ich habe mich im dem Lager verirrt, aber dabei habe ich auch den Bereich mit den Gewürzen wiedergefunden. Der ist gar nicht so schwer zu finden, denn er befindet sich gleich an der Seite, wenn man an einigem Gemüse vorbei geht. Den Weg würde ich jederzeit finden, denn durch den Geruch des Gemüses, werde ich mich erinnern." „Was meinst du damit?", fragte Betai misstrauisch. „Wir bleiben hier", zischte ihm Paitan zu. „Wir verstecken uns und heute Nacht holen wir uns unsere Samen. Wenn morgen die Tür wieder geöffnet wird, sind wir auf und davon und machen uns auf den Heimweg." „Du willst sie stehlen?", fragte Betai entsetzt. „Sie haben so viele Gewürze in ihrem Lager", sagte Paitan. „Wir brauchen ja nicht viel. Wir nehmen nur wenig. Das merkt niemand. Entweder dies oder Scarabingas Arbeit." Mit diesen Worten zog er den widerstrebenden Betai hinter sich her und bog den Gang in Richtung des Lagers ein.

Man kannte sie inzwischen und es war überhaupt keine Schwierigkeit, das Lager zu betreten. Paitan ging auf geradem Weg durch drei Räume, bog dann rechts ab und setzte sich mit Betai in einer Ecke unter ein leeres Regal. Auf dem Weg hatten sie sich noch eine Öllampe und einige Handvoll Nüsse eingesteckt, die sie nun hungrig aßen, während sie darauf warteten, dass oben das Gasthaus geschlossen wurde.

Obwohl es schon spät war und die letzten Gäste längst gegangen waren, drangen immer noch Rufe und Schritte bis zu ihnen ins Lager. Ein Kiri erschreckte sie fast zu Tode, weil er plötzlich den Hauptgang entlanglief, dann aber in einen anderen Nebengang abbog und schließlich denselben Weg wieder zurückging. Er suchte nicht nach ihnen, er hatte nur etwas zurückgebracht. Um diese Zeit hatten sie in den letzten Tagen das Gasthaus längst verlassen. Was gab es denn in der Nacht hier noch zu tun? Dann wurde im vorderen Hauptgang das verbliebene Licht gelöscht und als Betai schon fast eingeschlafen war, wurde die große Lagertür mit einem Krachen geschlossen. Nun saßen sie im absoluten Dunkel des Lagers und lauschten in die Tiefe des Raumes. „Es geht los", sagte schließlich Paitan und zündete die Öllampe an.

Die Regale mit den Gewürzen waren schnell gefunden. Was für ein unermesslicher Vorrat an Gewürzen das war. Welchen Wert all diese Gewürze haben mussten? Immer wieder musste Betai niesen, denn die Luft war hier voller Aromen und Pulver. „Der alte Gewürzhändler hatte bei unserem ersten Besuch gesagt, er hätte derartige Samen an dieses Gasthaus verkauft. Sie müssen also hier sein." „Bei den Göttern", sagte Betai. „Aber wie sollen wir sie hier zwischen all dem finden. Alle Fächer sind beschriftet, aber die Schriftzeichen kann ich nicht lesen. Es scheinen auch Abkürzungen zu sein." „Wir waren ihnen noch nie so nah", sagte Paitan. „Wir müssen sie einkreisen. Ich habe eine Vorstellung wie sie aussehen. Die Samen sind sicher oval und flach, wie bei den meisten Fleischlingen und sie sollen rot sein. Sie sind sehr kostbar. Also wird es davon keinen sehr großen Vorrat geben. Also denn, lass uns alles suchen, was so aussieht. Dann sehen wir weiter." Nach kurzer Zeit hatten die beiden Freunde neun Samenarten gefunden, die diesen Kriterien entsprachen und diskutierten lautstark über eine zehnte Sorte. Unvermittelt ertönte da eine tiefe Stimme hinter ihnen und als sie herumfuhren, wurden sie von einer großen Öllampe geblendet.

„Zum Essen werdet ihr hier aber nichts finden", sagte die Stimme. „Seid ihr denn so hungrig?" Zu Tode erschrocken starrten Paitan und Betai in das Licht und wussten im ersten Moment nichts zu sagen. „Elumantis", sagte die Stimme erstaunt. „Wie seltsam. Elumantis wissen sich doch an sich zu helfen, wenn es um die Nahrungssuche geht. Wer seid ihr beiden denn?" Schließlich trat Paitan vor, nannte ihre Namen und sagte: „Herr, es ist nicht Nahrung, die wir hier suchen. Bitte, wir haben eine große Dummheit begangen. Ich habe eine große Dummheit begangen. Bitte verschont meinen Freund hier. Es war alles allein meine Idee." „Verstehe", sagte die Stimme. „Dann schlage ich vor, dass ihr mir nun zunächst folgt." Damit drehte sich die Person um und begann in den Hauptgang zurückzulaufen. Die beiden Elumantis folgten ihr schweigend und in dem schwankenden Schein ihrer kleinen Öllampe sahen sie, dass es sich wohl um eine alte Person handeln musste, denn sie lief nicht sehr schnell und schien sich auf einen einfachen kurzen Stock zu stützen. Zielstrebig führte sie die Person kreuz und quer durch die Gänge; allein würden sie nun nicht mehr zurückfinden. Dann ging es durch einen kleinen Gang hinaus aus dem Lager. Das Lager hatte noch einen weiteren Zugang? Der kleine Raum, den sie nun betraten, war bereits von zwei Lampen beleuchtet und sie sahen hier einen einfachen Holztisch mit mehreren Stühlen, ein Regal mit wenigen Säcken und etwas Gemüse sowie einen Herd. Es roch außerordentlich appetitlich in diesem Raum. Nun hatten sie auch genug Licht, um sich die Person genauer anzusehen, die sie an diesen Ort geführt hatte.

Dies war kein Fergardhonier, zumindest kein Katzenwesen. Der alte Herr war ein beleibtes Hundeswesen von nicht unbeträchtlicher Größe, dessen Fell einmal braun gewesen sein mag, das nun aber in großen Teilen ergraut war, soweit dies bei dem schlechten Licht zu erkennen war. Es trug eine einfache, aber robuste Kleidung, wie sie Betai schon einmal bei Seeleuten gesehen hatte. Den Stock lehnte er nun an einen der Stühle und sah sie aufmerksam an, denn auch ihm hatte bisher offenbar ausreichend Licht gefehlt. „Mir scheint", sagte er schließlich, „wir haben Einiges zu besprechen. Aber man kann wichtige Dinge nicht gut besprechen, wenn man vorher nicht etwas Ordentliches gegessen hat. Setzt Euch, Jungs. Ich habe noch eine Menge von dem Fischeintopf. Ich wollte selber gerade essen, aber sehr viel schaffe ich davon nicht mehr." Rasch standen Krüge mit frischem Quellwasser und Schalen mit dampfendem Fischeintopf auf dem Tisch und der alte Mann begann zu essen. Es war köstlich. Das war nicht einfach nur ein Fischeintopf. Ein wohliges Gefühl von einem Sommertag am Meer kam in ihnen auf. Ein friedlicher, freundlicher und sonniger Tag voller Überfluss. Es waren wohl fünf Sorten Fisch, die sie schmeckten, Gemüse aus südlichen Landen und Gewürze, die sie so noch nicht kannten. „Ihr seid freundlich und sehr gut zu uns, Herr", sagte schließlich Betai. „Wir haben das nicht verdient und wissen Eure Großzügigkeit zu schätzen. Wäre es möglich zu erfahren, wer Ihr seid und wie wir Euch ansprechen dürfen?"

„Ach, habe ich das noch nicht gesagt?", fragte der alte Herr erstaunt. „Ich bin Sol´Eyar. In früheren Zeiten nannte man mich einfach Sol. Aber das ist lange her und nur wenige Personen nennen mich noch so. Der König, wenn er mich besucht und einige wenige, die aber nicht in Cybolis leben, nennen mich Sol. Hier in meinem Gasthaus nennen mich alle Meister. Meine fleißigen Helfer tun dies und die Gäste auch. Ihr könnt mich ruhig Sol nennen, Jungs." Für einen Moment erstarrten die beiden Elumantis, dann fragte Paitan: „Aber Meister Sol, wenn Ihr der Herr dieses Gasthauses seid, was macht Ihr denn hier in der Nacht alleine in dieser Kammer." Der alte Mann begann zu lachen und gab Paitan einen freundlichen Schlag auf die Schulter. „Allein in der

Kammer", wiederholte er lachend. „Das hört sich ja seltsam und furchtbar an. Nein, Freunde, es ist so: In meinem Alter kann man in der Nacht ohnehin nicht viel schlafen. Also habe ich mir diesen Ort in der Nähe meines Lagers geschaffen. Hier sitze ich des Nachts und denke an die vielen Jahre, die hinter mir liegen. Ich gehe so gerne durch das Lager und rieche an dem Gemüse, dem Obst, den Gewürzen, die von weit her kommen. Ihr müsst wissen, dass ich einst – als ich jung war – ein Schiffskoch war. Ich bin weit herumgekommen, weiter als nahezu jeder in dieser Stadt. Den König werde ich mal davon ausnehmen. Heute – am Ende meiner Tage – bin ich viel zu alt, um noch einmal eine Reise zu unternehmen. Aber der Geruch all dieser Dinge erinnert mich jedenfalls an so vieles und oft fallen mir Begebenheiten ein, die ich schon vollkommen vergessen hatte. Ja, Jungs, solche Narrheiten macht man, wenn man einmal alt geworden ist. Aber es ist nicht schlimm. Es sind sehr schöne Stunden, die ich hier verbringe."

„Meister Sol", sagte Betai bekümmert. „Wir sind Euch noch eine Erklärung schuldig." „Zwei Elumantis, weit weg vom Wald, die mitten in der Stadt meine Gewürze durchsuchen", sagte Sol und sah die beiden freundlich an. „Was ist denn nur passiert? Erzählt schon!" Da begannen die beiden Freunde abwechselnd zu erzählen, was ihnen widerfahren war und sie erzählten es dem alten Mann vollständig, ohne eine ihrer Handlungen zu verschweigen. Sie erzählten von dem Auftrag ihres Häuptlings, der Begegnung mit der Stadt und von ihren Erwartungen, von dem Markt und von Scarabingas, von dem Gelagekeller und von Scarabingas seltsamem Angebot. Schließlich berichteten sie von der Arbeit im Gasthaus und der verzweifelten Entscheidung, die Samen aus dem Lager zu stehlen. Zu ihrem Erstaunen musste der alte Herr immer wieder schmunzeln. Mitunter machte er auch ein recht ernstes Gesicht und sah sie dabei aufmerksam an. Als sie geendet hatten, strich er sich über das Kinn und stand dann mit etwas Mühe vom Tisch auf. „Da habt ihr aber gleich eine Menge in den paar Tagen hier in der Stadt erlebt, was Jungs?", sagte er nachdenklich. „Aber jetzt verstehe ich. Habt Dank, dass ihr mir alles so vollständig erzählt habt. Ich glaube euch das natürlich alles und schließlich seid ihr Elumantis. Da habt ihr ordentlich Pech gehabt, aber natürlich auch reichlich Dummheiten begangen." Der alte Mann lächelte. „Entschuldigt mich für einen Moment, Jungs", sagte er. „Seid so gut und esst inzwischen den Rest von dem Eintopf." Dann griff er seinen Stock und verschwand aus dem Raum. Paitan und Betai sahen sich ratlos an und aßen dann tatsächlich, was von dem Fischeintopf noch übrig war. In der Tat aßen Elumantis kein Fleisch und nur sehr selten Fisch. Aber diese Speise war unvergleichlich.

Sie hatten ihre Schüsseln längst wieder leer gegessen, als der alte Mann zurückkam. Er war etwas außer Atem und hatte sich offenbar beeilt.

„Es ist unglaublich, wie viel Zeit man für alles benötigt, wenn man alt wird", sagte er. „Immer wieder vergesse ich das. Man will schnell etwas erledigen und dann hat man schon wieder eine halbe Ewigkeit damit verbracht." Während er sich erleichtert wieder zu ihnen an den Tisch setzte, legte er einen größeren und einen kleinen Beutel auf dem Tisch. „Die Samen des rotstacheligen Grünfleischlings aus dem Westen der großen Wüste; die Samen der westlichen Spezies, davon sind genug in dem kleinen Beutel. Ich habe sie mir angesehen. Sie sind noch ganz frisch und werden sicher keimen. In dem anderen, dem großen Beutel, habe ich etwas Besonderes. Es sind zwei Früchte, die wir heute Morgen von einem Seemann bekommen haben, der die Route durch die Passage vorbei an dem großen Riff im Südmeer genommen hatte. Er hat mir eine Menge Früchte aus dieser Region gebracht, weil er weiß, dass mir das Freude macht. Dies sind Ayols. Das sind braune handtellergroße Nüsse, mit einem milden hellbraunen Fruchtfleisch. In ihrem Zentrum gibt es eine süße, braune sirupartige Substanz. Ich selbst gehörte einst zu den ersten, die diese Route gefahren sind, aber das ist eine lange Geschichte, die nicht hierher gehört. Diese Nüsse sind sehr delikat, aber ich kann mir denken, dass das Gärtnervolk der Elumantis vielleicht noch anderes Interesse an einer so fremden Pflanze hat. Nehmt beides mit für euren Häuptling, Jungs, und sagt ihm, dass ihr alles unter sehr großen Gefahren für ihn beschafft habt." Nun kicherte Sol und nahm einen tiefen Schluck von dem Quellwasser.

„Meister Sol", sagte Betai. „Seid Ihr denn da auch sicher? Das ist außerordentlich großzügig, aber diese Dinge sind doch sehr kostbar und wertvoll. Wir haben versucht, Euch zu bestehlen Meister. So muss man das doch nennen und Ihr wollt so großzügig zu uns sein?" „Mein lieber Betai", sagte Sol. „Mit den Dingen, die wertvoll und kostbar sind, da ist es so eine Sache. Seht mich doch an. Mir gehört dieses Gasthaus, die Küche, alle Speicher und Lager, alles, was darin ist, und all die Helfer hören auf mein Wort. Im Laufe der vielen Jahre hier in Cybolis, aber auch auf meinen Reisen, habe ich so viele Reichtümer angehäuft. Ich fürchte sogar mehr, als ihr jetzt vermuten würdet. Ich bin ein alter, alter Mann in seinen letzten Tagen am Ende seines Lebens. Ich habe viel gesehen und ich habe viel erlebt. Ich glaube, sagen zu können, dass ich sogar recht glücklich bin, wenn ich das jetzt so sehe. Erstaunlich, nicht wahr? Wenn ich bald zu meinen Ahnen gehe, meint ihr, dann werde ich Gold, Gewürze oder Ayol-Nüsse mitnehmen? Wohl eher nicht. Genau das ist der Grund, warum all dies für mich keinen Wert mehr hat. Den hat es auch nicht. Aber die Erinnerungen, all dies, was ich gesehen und getan und erlitten und erlebt habe. Schreckliche Dinge, wunderbare Dinge, fremdartige Dinge, belanglose Dinge. Dies sind jetzt meine Schätze und ich bin sehr sicher, dass ich etwas von ihnen auch mitnehmen werde. Ach schon gut, ich rede wie mein eigener Großvater. Und ihr beide, meine Güte, ihr steht am Anfang. Nun habt ihr ein wenig von der Welt gesehen und erlebt. Was meint ihr, was mir passiert ist, als ich so jung war? Dagegen habt ihr noch alles recht schlau angestellt. Und der König, Konchobaar der Große, der Herr der bekannten Welt? Würdet ihr mir glauben, wenn ich sagen würde, dass ich ihn als Jungen kannte? Ich könnte Geschichten erzählen. Glaubt, was ihr wollt, davon erzähle ich nichts. Also, nehmt das Gemüse! Geht raus in die Welt und seht zu, dass ihr euren Ahnen am Ende der Zeit etwas erzählen könnt."

Paitan und Betai wussten dazu nichts zu sagen. Sie erhoben sich, denn sie nahmen an, dass dies der Abschied des alten Meisters war und sie verbeugten sich tief. Sol aber hatte sie gar nicht so genau angesehen und war für den Moment wie in Gedanken versunken. „Vor sehr langer Zeit", sagte er, „war ich in einem Wald bei Elumantis zu Gast. Ich war mit einem Freund, der mir wie ein Bruder war, aus meiner Heimat aufgebrochen. Wir waren auf der Flucht und hatten in einem Dorf Unterschlupf gefunden. Damals hatte ich doch ein Elumanti-Lied gelernt. Wie ging es noch?" Zum großen Erstaunen der beiden Freunde begann Sol nun ein altes, bei den Elumantis jedem Kind bekanntes Lied zu singen. Es war ein lustiges Lied, über junge Männer auf Brautschau und er sang es vollständig und mit der richtigen Betonung. Es war ein sehr langes Lied, denn die jungen Männer im Lied hatten nicht gleich Erfolg. Paitan und Betai stimmten bald mit ein und schließlich hallte der kleine Kellerraum von lautem und fröhlichem Gesang wider. Die Nacht war noch lang und Sol holte schließlich noch verschiedene Arten von würzigem Gebäck aus seinem Regal und auch einige Krüge mit sehr gutem vergorenem Beerensaft hatte er in dem kleinen Raum

160

bereitgestellt. Es wurde noch kräftig gesungen und wenn Sol ein neues Lied aus fremden Landen einführte, dann gehörte dazu immer auch eine Geschichte, eine tragische oder lustige Begebenheit von seinen Erlebnissen diesseits und jenseits des großen Riffs und von überall in der Welt.

Der Tag war schon lange angebrochen. Man hatte die Tür zum Lager wieder geöffnet und die Lichter entzündet, als der alte Meister seine jungen Gäste zum Ausgang brachte. Es war nicht der Hinterausgang des Gasthauses, es war der Haupteingang für die Gäste und die feinen Leute. Während sie mit dem kleinen und dem großen Beutel und umfangreicher Wegzehrung für den langen Heimweg ausgestattet hinaus auf die Straße liefen, erklärte Sol noch, dass sehr bedeutende Personen seine Gasthaus besuchten und er sie alle kannte. Er würde dafür sorgen, dass man sich Scarabingas bald etwas näher ansehen würde. Der Hausvorstand Pedolfin, der wie jeden Tag um diese Zeit im Gasthaus eintraf, sah mit augenscheinlich maßlosem Erstaunen, wie die beiden Elumantis von dem Meister mit einer herzlichen Umarmung verabschiedet wurden. Paitan und Betai grüßten ihn sodann noch einmal sehr freundlich.

Auch wenn beide recht müde waren, hielt sie nun nichts mehr in der Stadt. Sie nutzten die Morgenstunden, in denen die Hitze des Südens noch nicht die Luft vollends erwärmt hatte und in der oft ein kühler Wind vom nahen Meer heranwehte. So schnell es ihnen möglich war, ließen sie die staubigen Straßen, die hohen Gebäude und die Türme hinter sich, durchschritten mit vielen anderen Wanderern, Kaufleuten, Kriegern und Kiris das große Haupttor und traten hinaus auf die große Straße von Cybolis. So schnell es ging, verließen sie auch diese Straße, denn in beide Richtungen war sie übervoll mit Wagen und Fußvolk. Es waren die Jahre, in denen König Konchobaar die Straße verbreitern ließ, aber diese Arbeiten waren noch längst nicht beendet, was eher zu

Hindernissen und zu Verzögerungen führte. Aber Elumantis gehörten zu den Spezies, die keine Straßen brauchten, und so liefen die beiden Freunde rasch und guten Mutes über das weite freie Feld. Als die Sonne ihren höchsten Stand erreicht hatte, suchten sie sich eine kühle Erdmulde und dort schliefen sie endlich tief und besser als in jeder Nacht zuvor in Cybolis. Sie erwachten am frühen Abend, aßen etwas von Meister Sols köstlicher Wegzehrung und wanderten dann bis tief in die Nacht hinein. Da sich ein Elumanti an den Sternen, den Erdwinden und den Sonnenstrahlen orientiert, wählt er immer den geraden Weg auf einer Wanderung und ist schneller, als dies seine geringe Körpergröße vermuten ließ. Während der Zeit eines Dreiviertelmondes erreichten sie tatsächlich Telporas und es dauerte nur noch wenige Tage, bis sie ihre Heimat erreichten.

Elumantiland gibt es an vielen Orten der bekannten Welt und an sich kann jede Spezies erkennen, wenn sie einen Ort betritt, in dem Elumantis leben. Es sind Orte in einem Wald, mitunter auch Wiesenland und selbst nahe der großen Wüste gibt es sie. Zunächst durchquert man diese Regionen und findet sie so vor, wie man sie erwartet. Ein Wald ist ein Wald und Wiesenland ist Wiesenland. Dann ist es so, als hätte sich nahezu alles mit übergroßer Kraft vervielfacht. Weit mehr Äste haben die Bäume, prächtiger sind ihre Kronen, ein Blütenmeer gibt es allerorts und der Reichtum an Pflanzen und Kreaturen hatte sich vervielfacht. Elumantis sind wahrlich ein Gärtnervolk und es ist ihr höchstes Vergnügen, die Kraft und Vielfalt aller lebenden Wesen an ihren Orten zu mehren, denn dann würde auch für sie niemals Not herrschen. Nach ihrem Verständnis haben die Götter sie in die Welt gesetzt, um in Dankbarkeit und Liebe das zu stärken, was sie am Leben erhält. Am Leben erhalten sie Nahrung, Unterkunft und Schönheit. All dies zu schützen, zu stärken und zu mehren, ist das tiefe Bestreben eines jeden

Elumantis. Die Grenze zu einem derartigen Reich hatten Paitan und Betai nun durchschritten. Der Duft des mannigfachen Pflanzenreichs umfing sie – sie waren wieder in ihrer Heimat.

Ein Elumantidorf bestand aus einfachen Hütten und von diesen Dörfern durchzogen viele ein Elumantiland. Das Dorf der beiden Freunde gehörte zu den größeren in Telporas und sie wurden sehr herzlich empfangen, sobald sie es betreten hatten. Die Sippe war jedem Elumanti wichtig und sie ertrugen es nur schwer, wenn nicht alle aus ihrer Sippe bei ihnen und in der Nähe waren. Natürlich durften ihre Freunde und Angehörigen nichts von ihrer Mission erfahren, denn dies war ein besonderer Auftrag des Häuptlings. Häuptling Antas saß gerade bei einigen Bechern vergorenem Süßhalmsaft mit einigen alten Freunden bei einer schönen Partie Fünferkiesel vor seiner Hütte und hatte einen ziemlich guten Wurf, als sie eintrafen. In der Tat musste er dies noch zu Ende spielen. Paitan und Betai bekamen auch Becher mit Süßhalmsaft, aber dann hatte er Zeit. Wunderbar, Häuptling Antas strich alle Kiesel ein, auch den gelben Flusskiesel. Dieses Spiel war hervorragend für ihn gelaufen. Nein, sie würden nicht gleich eine Runde mit den alten Herren spielen. Sie wollten dem Häuptling in seiner Hütte berichten. Nun gut, der Häuptling hatte nicht viel Zeit, aber es gab ja nicht viel zu regeln.

In der Hütte zeigte sich der Häuptling dann doch überglücklich, als er die große Menge Samen des rotstacheligen Grünfleischlings aus dem Westen der großen Wüste und die Samen der westlichen Spezies sah – noch dazu in dieser guten und frischen Qualität. Wenn sein Schwager Caitas im Herbst kam, würde er eine umfangreiche Plantage dieses Fleischlings vorfinden. All dies aus den Samen von nur drei Pflanzen. Er würde beeindruckt sein. Nicht minder beeindruckt war der Häuptling von den großen Gefahren, die

Paitan und Betai überwinden mussten, um an die Samen zu gelangen. Selbst Diebe und Räuber mussten sie niederringen und hätten fast mit ihrem Leben bezahlt. Da war jedes Goldstück, das er ihnen gegeben hatte, diesen Einsatz wert. Dann übergaben die beiden Freunde ihrem Häuptling die beiden Ayol-Nüsse und Häuptling Antas war zunächst sprachlos, als er erfuhr, dass sie aus den Landen jenseits des großen Riffs im Südmeer stammten. In der gesamten bekannten Welt wuchs diese Pflanze nicht.

Häuptling Antas berührte diese Nüsse vorsichtig und streichelte ihre Oberfläche, während er in tiefes Nachdenken versunken war. „Ich bin beschämt, denn ihr habt wahrlich Großes vollbracht, meine Freunde", sagte er schließlich. „Nur wenige Elumanti haben derartiges bisher vollbracht. Ihr habt eine völlig neuartige Pflanze aus einer anderen Welt zu uns gebracht. Es gibt nur wenige Erzählungen über derartige Taten. Dennoch fürchte ich, werde ich euch enttäuschen müssen. Wir können sie bei uns nicht aussähen, wir können sie bei uns nicht pflanzen." „Aber warum denn nicht?", fragte Paitan mit maßlosem Erstaunen. „Weil sich diese Pflanze von jenseits des großen Riffs bei uns ausbreiten würde", sagte der Häuptling nachdrücklich. „Aber dies ist eine Pflanze, die es hier nicht gibt, die es hier nicht geben darf. Ihr wisst, dass jede Kreatur und jede Pflanze mit anderen zusammengehört, alles bedingt das andere, alles bewirkt etwas. Ich darf das nicht erlauben. Dies hier ist nicht der Ort für diese Pflanze." „Wie schade", sagte Baitas. „Dann wird diese Pflanze bei den Elumantis nicht wachsen. Niemand wird ihre Blüte sehen, niemand wird ihr Wesen erkennen." Nochmals schwieg der Häuptling und sagte dann schließlich: „Unsere Insel inmitten des Callenad-Sees in Donetes, dies könnte noch ein Ausweg sein. Wenn man die Pflanze dort ausplanzt, würde sie auf der Insel bleiben. Wir könnten sie ansehen und sie erkennen. Aber dann wird man diese Früchte zu den

164

Callenad-Elumantis bringen müssen. Jemand muss sie dort Häuptling Secai übergeben und ihm alles erklären. Das ist keine geringe Aufgabe, denn gefährliches und kriegerisches Hundsvolk lebt überall in Donetes um den Callenad-See. An dem muss man zunächst vorbeikommen. Gut, ich werde morgen versuchen, Freiwillige für diese Aufgabe zu suchen."

„Herr", sagte Paitan. „Ihr braucht keine Freiwilligen zu suchen. Wir werden die Früchte zu Häuptling Secai von den Callenad-Elumantis bringen. Wer sonst sollte dies tun? Wer sonst kann das erklären? Wir werden gleich morgen früh aufbrechen." „Aber", sagte ihr Häuptling mit maßlosem Erstaunen. „Ihr seid doch gerade erst zurückgekehrt. Warum wollt ihr das denn auf euch nehmen?" „Weil wir raus in die Welt müssen. Schließlich wollen wir unseren Ahnen am Ende der Zeit etwas erzählen können. Also beginnen wir gleich morgen. Wann auch sonst?", sagte Betai.

Thaku Akhoe

Die rote Flüssigkeit verteilte sich in dem klaren Wasser in allen Richtungen. Sorgfältig drückte er den derben Leinenstoff in dem soeben bereitgestellten hölzernen Wasserbottich aus, so lange, bis die rote Färbung aus dem Stoff nahezu verschwunden war. Erneut wischte er damit über den Steinfußboden, denn es hatte sich eine große Menge der roten Flüssigkeit hier verteilt. Für die festen Teile, die roten Brocken und auch die helleren Fetzen und die harten weißen Splitter stand neben Etama eine Schüssel bereit, in die er diese Dinge einfach ablegte. Außer ihm selbst waren noch vier weitere Kiris im Raum und wischten den Boden, aber auch Teile der Wände, denn die rote Flüssigkeit war auch dort angekommen. Drei weitere Kiris waren damit beschäftigt, Wasserbottiche und volle Schüsseln abzuholen und durch neue zu ersetzen. Sie hatten sich den Raum aufgeteilt. An bestimmten Stellen saßen die Kiris und wischten und die Schüsseln und Bottiche wurden in einer festen Reihenfolge gewechselt. Bei einer Kiriaufgabe wurde kein Handgriff zufällig ausgeführt. Dieser Raum würde schnell und vollständig wieder gereinigt sein.

Noch hing ein übler Geruch in diesem Raum. Dies war eine Aufgabe, die man kommen sah. Alles war dafür schon vorbereitet. Es war ein Quat Trest, ein Ehrenkampf am Ende des Lebens eines Isbenkriegers, der in diesem Raum stattgefunden hatte. Der Herr dieses Hauses, dicht am Palast des Fürsten von Cashah, war ein verdienter alter Befehlshaber des Heeres. Viele Schlachten hatte er geschlagen und sein Ruhm war groß in der Stadt und darüber hinaus. Aber er spürte, dass ihn seine Kräfte mehr und mehr verließen und gerade erst war er von einer langen Krankheit genesen. Schon lange hatte er einen starken jungen Befehlshaber beobachtet, der ihn an seine eigene Jugend erinnerte und der seine Weiber gut versorgen würde. Mitten auf dem Marktplatz hatte er ihn dann laut und respektlos beschimpft und vorgeführt und sich dann gleich zu einem Ehrenkampf in seinem eigenen Haus bereiterklärt. Der junge Krieger war voller Zorn und voller jugendlicher Kraft. Es war ein langer und ehrenvoller Quat Trest und man würde über den Tod des alten Befehlshabers noch lange sprechen. Sein Haus, sein Reichtum und die Weiber gingen nun an den jungen Sieger und dessen Kasmats liefen bereits johlend durch das Haus. Es war nicht viel, was von dem alten Befehlshaber nun noch blieb. Einiges davon füllte nun neben Etama Bottich und Schüssel.

Aus den Rillen zwischen den Steinplatten ließ sich die dicke, rote Flüssigkeit besonders schwer entfernen und Etama wischte immer wieder über einige Stellen, bis sie

166

sauber und einwandfrei waren. Mit lautem Geschrei betraten nun zwei Isben den Raum. Sie waren noch jung und er hatte sie noch niemals an diesem Ort gesehen. Offenbar waren sie Kasmats des neuen Herrn. Sie trugen ihre langen verfilzten Haare offen; einer der beiden hatte seine schiefen Zähne angespitzt. Wie bei allen Isben waren ihre Gesichtszüge durch den Wuchs der darunter liegenden Knochen verschoben. Ihre bleiche Haut war mit hervorgetretenen Adern und Warzen übersät. Für den Moment musterten die beiden jungen Isben den Raum und die Kiris, die mit dessen Reinigung fast fertig waren. Etama und die anderen Kiris arbeiteten ohne Verzögerung weiter, denn sie wussten, dass sie in den Augen anderer Völker Inventar waren, wie die Möbel oder die Kerzenleuchter an den Wänden.

Der Isbe mit den spitz zugefeilten Zähnen war auf Etama zugetreten und Etama bemerkte dessen fauligen Atem dicht hinter sich. Offenbar betrachtete der Isbe, wie er gezielt und ohne Unterlass den Boden des Raumes weiter reinigte. Dann hielt der Isbe für einen Moment inne, ergriff dann den hölzernen Bottich mit dem inzwischen tiefroten Wasser und leerte ihn vollständig über Etama aus. Das Wasser war eiskalt und Etama erstarrte einen Augenblick, ehe er bemerkte, dass der Isbe nun auch die Schüssel mit den festen Überresten über seinem Kopf geleert hatte. Die Isben brachen nun in lautes Gelächter aus, der andere Isbe trat noch einen Wasserbottich um, ehe sie laut johlend den Raum verließen.

Etama kauerte bedeckt von kaltem Wasser und von unguten Dingen auf dem Boden und hatte die Augen geschlossen. Kaum hatten die Isben den Raum verlassen, waren zwei Kiris mit einer Decke herbeigeeilt. Etama wurde in die Decke gehüllt und aus dem Raum gebracht, während ein anderer Kiri seinen Platz eingenommen hatte und mit der Reinigung des Raumes fortfuhr.

Es war Arohanui, das heißt ein große Ehre, für einen

Kiri am Hofe eines Isbenfürsten oder in dessen Umfeld zu leben. Dies war keine geringe Aufgabe und nicht wenige würden diese Aufgabe nicht bewältigen. Nicht alle können dies. Dennoch war es wichtig, dass es das Dienervolk der Kiris auch hier gab. Den Einogs waren Informationen über die Isben in diesen Tagen wichtig. Heute war es viel Arohanui, die Etama auf sich genommen hatte.

Eigentlich lebte Etama nicht in diesem Haus; er hatte seinen festen Schlafplatz und seinen Cehua im Palast des Fürsten, dennoch übernahmen die Kiris Aufgaben überall in Cashah. Es kam darauf an, wo es besonders große Aufgaben gab. Der Tungi dieser Stadt teilte sie danach auf. Die anderen Völker können Kiris nicht unterscheiden und so war es einerlei, in welchem Haus ein Kiri seine Dienste versah. Nachdem Etama sich gereinigt und frische Kleidung angezogen hatte, durfte er für einige Zeit in dem großen Schlafraum unter dem Dach des Fürstenpalastes ausruhen. Koe, sein Cehua, war bei ihm und saß auf seiner Schulter. Für die Cehua haben die anderen Völker viele Namen, manche nennen sie die Schwarzspäher. Jeder weiß, dass die Kiris diese Vögel mitgebracht hatten. Dies war die Bedingung für das Verweilen des Dienervolks an einem Ort. Die Kiris waren klein und schmächtig und völlig ungeeignet sich selbst zu verteidigen. Wenn man ihnen Sicherheit und Nahrung und eine einfache Unterkunft für sich und die Schwarzspäher bot, dann verrichten sie die vollkommene Arbeit eines Dienervolkes. Sie waren aber auch Ohren und Augen der Einogs, denn die Einogs hatten viele Möglichkeiten, die Welt zu erkennen. Dies war den Isben natürlich nicht bekannt. Für sie waren die Kiris allein stumme, schutzbedürftige und sehr nützliche Diener.

Etama hatte die Augen geschlossen und hörte, was sein Cehua ihm zu berichten hatte. Kein Kiri konnte seine Arbeit oder sein Leben ohne seinen Cehua verbringen. Dieser war nicht nur sein Gefährte, der ihn sein Leben lang begleitete, er war auch der zweite Teil seiner selbst. Während Etama den Steinfußboden gereinigt hatte, war sein Cehua Koe durch eine der Öffnungen im Dach des Fürstenpalastes hinauf in den Himmel geflogen. Etama hatte nun die Augen geschlossen und war ebenfalls hoch oben im Himmel. Er spürte die kühle Feuchte der Wolken auf seinem Gesicht und er tauchte durch sie hindurch, bis er sah, wie hell die Sonne auf die Dächer der Häuser, Türme und Paläste von Cashah herabschien und wie grün die Wiesen rings um die Stadt waren. Auch die Cehua der anderen Kiris seiner Gemeinschaft, seiner Vanaou, waren bei ihm und als sie gemeinsam von den Wolken hinab zu den Wiesen segelten, spürten sie ihre immerwährende Verbundenheit.

Etamas zweite Aufgabe an diesem Tag war es, gemeinsam mit sechs weiteren Kiris die Mittagsmahlzeit des Fürsten und seiner Weiber und Kasmat aufzutafeln. Es gab Würzfett, nur leicht angegarte Fleischstücke, in Honig eingelegte Erdlarven, ein Kessel voll scharf gewürzter Knollen und Innereien und krügeweise frisches Tesh: das schwarze Tesh aus Cashah, das besonders stark war. Ran Soc Kuat, der Fürst von Cashah, hatte Gäste geladen und aus diesem Anlass sollte es reichlich von allem geben. Am Nachmittag war noch ein blutiger Sklavenkampf vorgesehen und das Tesh sollte die Gäste bereits in die richtige Stimmung bringen. Es entstand ein ohrenbetäubender Lärm in der großen Festhalle des Palastes und es war gewiss, dass alles, was an diesem Nachmittag zwischen Ran Soc Kuat und seinen Gästen gesprochen wurde, auch in die Ohren der Kiris gelangen würde.

Es war aber noch etwas anderes, das sich an diesem Nachmittag ereignete und das Etama so nicht für möglich gehalten hatte. Die Gäste des Fürsten waren aus einer anderen Stadt des Isbenreichs zu ihm gereist und es waren viele Kasmats mit ihnen gekommen. Sie verlangten reichlich

Tesh und es zeigte sich, dass sich viele von ihnen den Sklavenkampf nicht mehr ansehen würden. Einer der Kiris in Etamas Nähe hatte zwei volle große Krüge bei sich, als ein Kasmat im Erzählen blitzschnell ausholte und den Kiri dabei mitsamt den Krügen umriss. Ein großer Schwall Tesh ergoss sich dadurch über dessen Nachbarn, der voller Zorn aufsprang und erst seinen Gesprächspartner und dann den Kiri mit loderndem Blick anstarrte. Blitzschnell hatte er sein Schwert gezogen und im nächsten Moment wusste Etama, dass das Blut, das er nun im Gesicht spürte, von dem Kiri stammte, und er sah, dass der junge Isbe erst dessen Kopf und dann den Rest des Körpers mit gezielten Tritten und unter johlendem Beifall der übrigen Isben quer durch den Raum schleuderte. Etama war stark, mutig und ehrenhaft und er verrichtete seine hohe Aufgabe bis an das Ende des Festgelages.

Als Etama seine Aufgabe vollendet hatte, war der Tote bereits mit einem kurzen Kiri-Ritual beerdigt worden. Er war nun bei Khiva und würde mit ihm über die weiten und ewigen Steppen ziehen. Aber er gehörte zu Etamas Vanaou und nun, nachdem er zur Ruhe kam, konnte er das Zittern kaum unterdrücken, das ihn immer wieder erfasste. Alle sprachen davon, dass der Tungi noch an diesem Abend in ihren Schlafraum kommen sollte und dies war auch so. Keri war der Tungi der Kiris von Cashah und er hörte sich ernst und sehr aufmerksam an, was Etama zu berichten hatte. Nahezu alle Kiris aus dem Fürstenpalast hatten sich um ihn versammelt, als er nun zu ihnen sprach: „Wir Kiris von Cashah verrichten eine hohe Aufgabe. Es ist wichtig für die Einogs, dass auch die Stimmen aus dieser Stadt bis zu ihnen dringen. Doch dies ist bereits der zweite der Unseren, der in dieser Woche von den Isben getötet wurde, und in der letzten Woche gab es auch schon einen Toten. Der Fürst weiß, dass die Kiris unter seinem Schutz stehen, aber er hält seine Hand nicht über uns.

Ihr sollt wissen, dass ich bereits Nachricht darüber bis zu den Einogs geschickt habe. Die Einogs sind sehr besorgt und lassen uns alle wissen, dass wir unter ihrem unbedingten Schutz stehen. Sie haben auch andere Möglichkeiten zu erkennen, was die Isben von Cashah planen, und sie schicken Epou zu uns. Er wird schon morgen bei uns eintreffen und er wird beurteilen, ob wir auch weiterhin hier bleiben können oder ob wir eine Thaku Akhoe vor uns haben. Wir sind nicht allein, denn die Einogs schauen auf uns." Nach einem kurzen Schweigen fügte Keri hinzu: „Ich möchte, dass Etama morgen mit mir zu Epou kommt."

In dieser Nacht konnte Etama zunächst schlecht einschlafen, aber Koe, sein Cehua, sang ihm leise das Lied von dem Wind, der über die Steppen der alten Heimat der Ahnen zieht, und Etama roch den würzigen Duft von Steppengras und von den blauen Blüten des Dardai-Strauches. Als er am nächsten Morgen erwachte, stand der Mond noch am Himmel und er hörte von draußen den Ruf der Nachtvögel, die sich nun zur Ruhe begeben würden. Er aß etwas von dem Kernbrot und trank etwas warme Dickmilch und begab sich dann sofort zu seiner ersten Aufgabe. Keri hatte ihn heute zu Beginn eine leichte Aufgabe zugeteilt. Er war in dem Küchengewölbe mit dabei, um das Kochgeschirr vom gestrigen Festtag zu reinigen. Zu dieser Zeit gab es an diesem Ort keine Isben. Es galt nur die gewaltigen Mengen Geschirr gezielt und einwandfrei zu reinigen.

Keri war ein erfahrener Tungi und er plante die Aufgaben einerseits für den Zeitraum ganzer Mondläufe, andererseits hatte er viele Handlungsverläufe und Zweitabfolgen vorgedacht, die er nach Belieben anders mischen oder tauschen konnte. Er hatte gut vorbereitete Hausverteiler eingesetzt, die all dies gut kannten und die zugeteilten Kiris in den Häusern selbstständig oder nach Rückversicherung mit ihm einsetzten. Es gab an einem Kiritag nicht einen Moment, der dem Zufall überlassen war, und der Tungi wusste, was an jedem Ort in der Stadt geschah.

Etama war noch nicht fertig mit dem ihm zugedachten Teil des Geschirrs, als Keri selbst plötzlich hinter ihm stand, seine Hand auf seine Schulter legte und ihn mit sich nahm. Ein anderer Kiri, den der Tungi mitgebracht hatte, nahm seinen Platz im Küchengewölbe ein. Unter dem Fürstenpalast gab es viele Kellergewölbe, Verliese und dunkle Nischen, die nur selten von einem Isben betreten wurden. Die Kiris kannten hier jeden Winkel gut und ohne, dass es notwendig war, einzelne Räume und Kammern vor den Isben zu verbergen und so in Vergessenheit fallen zu lassen, gab es weit entlegene Winkel, die nur sie noch kannten. An einem solchen Ort hatte man Epou geführt und hier würde er den Tungi Keri und Etama empfangen. Angehörige anderer Arten hätten die drei Kiris nicht voneinander unterscheiden können, doch Etama sah es gleich an den Augen Epous, dass diese für einen Kiri ein beträchtliches Alter hatte. Epou gehörte zu den Vertrauten und Beratern des Königs der Kiris und er kam geradewegs von der Alten Stadt der Einogs, mit denen er über die Kiris von Cashah gesprochen hatte. In der schmalen Nische tief unter dem Palast des Fürsten saßen die drei Kiris nun eng beisammen und Epou lauschte aufmerksam dem Bericht Etamas.

„Es ist immer eine hohe Aufgabe, bei den Isben zu leben. Es bedeutet viel Kunstfertigkeit von einem Kiri und viel Arohanui", sagte er schließlich mit leiser Stimme. „Isben achten die Kiris gering, sie sind für sie wie niederes, aber nützliches Vieh. Dennoch wissen sie seit jeher, dass auch das niedere Vieh geschützt und gepflegt werden muss, wenn es Nutzen bringen soll. Dazu bedarf es nicht viel. Aber ich sehe, dass dies in diesem Haus und in dieser Stadt nicht mehr beachtet wird. Kiris sterben an diesem Ort. Euer Tungi hatte mir bereits davon berichtet und ich habe mit unserem König und mit den Einogs gesprochen. Sie sind sehr ungehalten darüber und unser König hat bereits die Thaku Akhoe befohlen. Geh und sag dies deiner Vanaou. Eure Tage in Cashah sind gezählt, denn ihr werdet bald an einen sicheren Ort aufbrechen. Ich werde mit dem Tungi sofort mit den Vorbereitungen beginnen."

„Herr, darf ich noch eine Frage stellen?", erwiderte Etama. Epou nickte und so fügte er hinzu: „Wenn die Thaku Akhoe kommt, wohin werden wir gehen?" „In Ost-Belkant, nicht weit entfernt von Ahrden, hat ein junger fergardhonischer Fürst einen alten Festungssitz geerbt. Er hat auch mehrere umliegende Landgüter erworben. Auch hat er viele gelehrte Verwandte und Freunde zu sich gerufen und es scheint, als würde er dort den Sitz einer neuen Dynastie begründen wollen. Dort gibt es noch keine Kiris und die Einogs haben großes Interesse daran, zu erfahren, welche Entwicklung dieser Ort nehmen wird." „Dann ist dies eine Erstbesiedlung", sagte Etama. „Aber es ist ein fergardhonischer Ort. Fergardhonier sind kultiviert und leicht einzuschätzen. Das wird ein leichtes Leben ohne Arohanui. Haben wir den König so enttäuscht, dass er uns diese niedere Aufgabe zuweist?" „Aber nein", sagte nun der Tungi. „Der König ist in großer Sorge um uns. Keine Arohanui ist es wert, dass weitere der Unseren getötet werden. Dieser neue Kaika ist jetzt frei und eine Erstbesiedlung ist keine geringe Aufgabe."

Als Etama die Neuigkeit in dem großen Schlafraum unter dem Dach des Fürstenpalastes berichtet hatte, herrschte große Bestürzung und Niedergeschlagenheit. Der König der Kiris hatte beschlossen, den Kiris von Cashah einen niederen Rang zuzuweisen und ihnen eine anspruchslose Aufgabe zu geben. Einige waren fassungslos und als gegen Abend der Tungi zu ihnen kam, musste er viel erklären und viele aufmunternde Worte sprechen.

Es war keine geringe Aufgabe, die Vorbereitungen zu einer Thaku Akhoe zu treffen. Ein Kiri hatte im Grunde fast keinen persönlichen Besitz, aber wenn eine so große Gruppe Kiris einen Ort gemeinsam verlassen würde, dann benötigte sie ausreichend Verpflegung und alles, was für eine lange Wanderung notwendig war. Das neue Kaika lag an einem gänzlich anderen Ort und es war ein langer Weg bis nach Ost-Belkant. All dies musste beschafft werden, ohne dass die Isben es bemerkten, und gleichzeitig musste der normale Tagesgang in der Stadt ermöglicht und ein großes Fest vorbereitet werden. Ran Soc Kuat, der Fürst von Cashah, wollte seine zehnjährige Thronbesteigung feiern, denn so lange war es nun her, seit er seinen Vorgänger in Cashah erschlagen hatte. Große Mengen an haltbaren Lebensmitteln begannen die Kiris nun in abgelegenen und verborgenen Kammern unter dem Fürstenpalast zu horten, so viel, wie es ihnen möglich war und doch so wenig, dass es nicht bemerkt wurde. Epou blieb vorerst bei ihnen im Palast und er ließ es sich nicht nehmen, mehrmals an der Reinigung des großen Kampfplatzes im Zentrum von Cashah teilzunehmen.

Es dauerte einen halben Mond, bis die Kiris für die Thaku Akhoe vollständig vorbereitet waren. In dieser Zeit kam kein weiterer Kiri zu Tode. Aber es war deutlich, dass dies im Grunde ein Zufall war, denn nur allzu sichtbar war, dass niemand an diesem Ort mehr für den Schutz der Kiris einstand. Der Fürst selbst demütigte eine Gruppe aus Etamas Vanaou, die ihm die Abendspeisen bringen sollten, indem er ihnen heiße Blutsuppe aus den Händen schlug und sie anschließend unter Beschimpfungen und Tritten das Verschüttete aufwischen ließ. In einem anderen Haus in der Stadt wurde ein Kiri schwer verletzt, weil er einen Raum nichts ausreichend gereinigt haben sollte. Gerade unter sehr jungen Isben schien es mehr und mehr zu einer gemeinschaftlichen Belustigung geworden zu sein, Kiris zu schlagen und zu verspotten. So war es dem Tungi schließlich eine Freunde zu verkünden, dass die Thaku Akhoe in der Nacht vor der Feier von Ran Soc Kuats Thronjubiläum stattfinden sollte. Sehr viele Gäste waren bereits in der Stadt eingetroffen. Die Kiris waren seit mehreren Jahrhunderten in Cashah und inzwischen gab es hier keine anderen Bediensteten mehr.

Keri hatte einen Seitenausgang des Palastes für die Thaku Akhoe gewählt. Dieser wurde in diesen Tagen nur von einem Krieger bewacht und er hatte diesen schon früh mit einer besonders großen Ration Tesh versorgen lassen. Das Vorhaben gelang besser als erhofft, denn sie konnten ihn mit dem Tesh in einem Wachraum einschließen, ohne dass er dies bemerkte. In der tiefsten Nacht hatten die Cehua den Palast bereits durch die Dachöffnungen verlassen und alle Cehua sammelten sich bereits außerhalb der Stadt auf einem Feld. Die Kiris von Cashah trafen zunächst in den dunklen Nebenstraßen aufeinander, die von einer Vorhut bereits als sicher erkannt wurden. Sie kannten ihre Stadt und deren Bewohner gut und kaum ein Isbe hielt sich um diese Zeit in diesen Straßen auf.

Es waren Straßen, die auch bei Tage fast nur von den Kiris genutzt wurden, denn sie dienten der Versorgung der Häuser und den kurzen Gängen von den Hinterausgängen zum Markt. Die Stadtmauer von Cashah hatte auch ein Tor, durch das in der Hauptsache der Unrat aus der Stadt befördert wurde. In den Nächten war es von innen gut verschlossen, aber es wurde nicht bewacht. Die Kiris wussten, sich die Schlüssel zu besorgen, und in dieser Nacht stand dieses Tor weit offen und in sehr kurzer Zeit hatten alle Kiris von Cashah nach mehreren Jahrhunderten ihre Stadt verlassen. Ihre lange Wanderung zum neuen Kaika hatte begonnen.

Etama war in seinem Leben noch nie außerhalb der

175

Stadt und er fühlte sich müde und elend. Aber er spürte auch, dass sein Cehua nicht weit war und das konnte ihn ein wenig beruhigen. Rings um die Stadt gab es viele Wege, die in die umliegenden Dörfer und Städte und bis in die Hauptstadt des Reiches führten. Viele Wanderer und Händler gingen bei Tage diese Wege. Dies waren aber nicht die Straßen, denen der große Zug der Kiris folgte. Sie gingen auf einem Einogpfad nach Ost-Belkant, denn Epou kannte von den Einogs viele ihrer Pfade und Unterkünfte. Einige dagegen blieben auch ihm verschlossen, denn sie waren seit vielen Zeitaltern allein für die Einogs selbst bestimmt. Ein Einogpfad führt auf einem geraden und sehr schnellen Weg an sein Ziel, doch für alle anderen Völker ist er völlig verborgen, denn er hat den Verlauf, den man gerade nicht einschlagen würde. Die Welt wird von diesen Pfaden durchzogen und nur ein Einog vermag sie zu erkennen oder jemand, den die Einogs gelehrt haben, wie sie zu sehen.

In dieser Nacht lief Etama inmitten seiner Vanaou durch ständig wechselnde Felder und Anhöhen und dabei meist zwischen dichten Felsgruppen hindurch. Die Luft war kühl und klar und er hörte die Geräusche der Nachttiere so deutlich und dicht, dass er oft davon zusammenschreckte. Er wusste, dass kein Tier seine Beute auf einem Einogpfad suchen würde, aber dennoch war ihm all dies fremd und unheimlich. Er war klein und hatte keine Waffe. Er würde sich bei einem Angriff genauso wenig verteidigen können, wie ein Wurm im aufgegrabenen Boden. Als die Geschöpfe des Tages bereits den herannahenden Morgen begrüßten und sich der Himmel rötlich färbte, hatten sie eine verborgene Ebene erreicht.

Epou hatte sie durch eine felsige Landschaft geführt, in der nur ein Zugang zu einer gewaltigen Ebene in deren Mitte bestand. Dieser Zugang war von den Einogs seit Jahrtausenden wohl verborgen und die Ebene dahinter hatte

176

genug Raum, um alle Kiris aufzunehmen. Hier hatten Epou und Keri das erste Zwischenlager vorgesehen, denn die Kiris sollten nach ihrem Auszug aus der Stadt das erste Mal Ruhe finden können. Schnell waren die einfachen und niedrigen Kirizelte errichtet, die eigentlich nur aus wenigen leichten Holzstäben und in besonderer Weise gewebten Tüchern bestanden, die durch ihre Zusammenstellung Regen und Kälte gut abhalten konnten.

Die Sonne hatte bereits den Horizont und die umliegenden Felsen überschritten und Etama aß ein mit Grünkornöl benetztes festes Stück Kernbrot, als er nicht weit entfernt das Geschrei wütender Isben hörte. Keri hatte sie bereits darauf vorbereitet, dass die Isben, sobald sie bemerkt hatten, dass die Kiris fort waren, Krieger ausschicken würden, um sie zu suchen. Ran Soc Kuat würde vor Wut kochen, denn nach Jahrhunderten verlässlicher Kiriarbeit in der Stadt würde nichts mehr so sein wie zuvor. Es gab keinen Ablauf, der ohne die Zuarbeit der Kiris denkbar wäre. Die Stadt war ohne Kiris verloren und gerade im Moment war sie übervoll von Gästen des Fürsten. Laut hörte er die Schreie der Isbenkrieger und tatsächlich waren sie in unmittelbarer Nähe und doch in völlig sicherer Entfernung. Etama biss in sein Kernbrot und gab Koe etwas von den Kernen. Sein Cehua saß ruhig auf seiner Schulter und gemeinsam würde es ihnen gelingen, in dem Zelt ein wenig Ruhe zu finden.

Auch auf dem Einogpfad dauerte es einen und einen halben Mond, ehe sie Ost-Belkant erreichten. Kiris waren keine schnellen Wanderer und sie hatten auch Alte und Kranke in ihrer Vanaou, nach denen sie sich richten mussten. Sie durchquerten in dieser Zeit mehrere Reiche. Von den Völkern, die in diesen Landen lebten, blieben sie völlig unbehelligt. Der Sommer hatte längst seinen Höhepunkt überschritten und die Nächte wurden inzwischen spürbar kälter. Dennoch war es sicher, dass sie noch vor dem Herbst das neue Kaika erreichen würden. Sie waren zur rechten Zeit aufgebrochen, denn eine Wanderung im Winter wäre für Kiris nahezu unmöglich gewesen.

Als sie die Grenze zu Ost-Belkant überquerten, zeigte sich, dass sie dort erwartet wurden. In den letzten Tagen war Etama immer in Sichtweite zu Epou und Keri gewandert und so kam es, dass er zu denjenigen gehörte, die genau erkennen konnten, warum an dieser Stelle für einige Zeit angehalten wurde, obwohl es noch längst nicht an der Zeit war, das Lager aufzubauen. Etama konnte es zunächst nicht deutlich erkennen, aber dann war er sicher, dass ein Einog gekommen war, um sie hier zu empfangen. Nur schemenhaft sah er eine gewaltige Gestalt mit zwei Stoßzähnen, die einen Schwanz hinter sich herzog und sich auf einen großen hölzernen Stab stützte. Epou und der Tungi verbeugten sich tief und sprachen dann lange und aufmerksam mit dem Wesen. Etama konnte auch erkennen, dass einige der Cehua sich dicht bei oder gar auf dem Einog niedergelassen hatten und sehr vertraut und unbesorgt mit ihm waren. Es ging eine gewaltige Präsenz von dem Einog aus, doch Etama sah es an Koe, seinem Cehua, dass dies keine Situation war, von der Gefahr ausging.

Schließlich war der Einog wieder fort und der Zug wurde fortgesetzt. Sie durchquerten nun Ost-Belkant und in den nächsten Tagen sprachen sich nun Namen herum. Auf diese Weise erfuhren die Kiris von ihren neuen Herren und ihrem neuen Kaika. Es war der Ort Tirechan, zu dem sie sich nun begaben, und der fergardhonische Fürst Liath und sein Weib Mayge waren die Herrscher von Tirechan. An einem verregneten Nachmittag erreichten sie eine von Erdwällen umgebene Wiese, und wer einen der Erdwälle hinaufstieg, konnte bereits einen ersten Blick auf Tirechan werfen. Es war eine große, aus schlichtem Fels gebaute alte Festung und man konnte deutlich sehen, dass sie lange Zeit nicht bewohnt

178

gewesen war. Einige Teile des Gebäudes waren nun offenbar vervollständigt und in gutem Zustand, andere Teile waren verfallen und sicherlich noch unbewohnbar. Rings um die Festung standen gut versorgte Felder kurz vor der Ernte. Es war ein Ort, der dunkle Tage hinter sich gelassen hatte und der im Begriff war, neu zu erblühen.

Noch würden die Kiris ihr Lager auf diesem Feld aufbauen müssen, denn dies war eine Erstbesiedelung und man würde sie in der Festung nicht erwarten. Der Tungi erklärte nun gemeinsam mit Epou, wie sie von nun an vorgehen würden. Es war nicht möglich, dass die vielen Kiris alle gemeinsam in die Festung und die umliegenden Gehöfte einziehen könnten. Glücklicherweise kannten Fergardhonier Kiris und würden ihre Ankunft vermutlich begrüßen. Dennoch war es notwendig, eine Eröffnungsgruppe zu bilden, die als erste die Festung aufsuchen und ihre Dienste anbieten würde. Denen könnten die übrigen Kiris zu einem späteren Zeitpunkt nachfolgen. Der Tungi bestimmte die Mitglieder dieser Gruppe und es zeigte sich, dass auch Etama dabei sein würde. Etama war sehr aufgeregt, denn es bedeutete große Arohanui in die Eröffnungsgruppe aufgenommen zu werden. Zunächst wurde nun das Lager auf dem Feld errichtet und für den nächsten Tag wurde der erste Besuch in Tirechan vorbereitet.

Es hatte an diesem Vormittag wieder zu regnen begonnen, als der Tungi Keri an das alte hölzerne Tor von Tirechan klopfte. Vierzehn Kiris waren bei ihm und alle hatten auch ihre Cehua mitgebracht. Epou blieb im verborgenen Lager bei den übrigen Kiris und es waren zahlreiche Kiris, die nun alle aus der Isbenstadt Cashah eingetroffen waren. Vieles war von dem nächsten Moment und davon abhängig, dass man ihr Begehr verstehen würde. Nach der Ansicht der meisten Völker waren Kiris stumm, denn zu ihrem eigenen Schutz sprachen sie nur selten. Nur die Einogs und sehr wenige andere Völker wussten, dass die Kiris auch sprachen. Das Tor wurde langsam geöffnet und das erste Mal konnte Etama zwei fergardhonische Krieger sehen, die sie nun mit erstaunten Augen ansahen. Man bezeichnete Fergardhonier auch als Katzenwesen und in der Tat war dies eine annähernd passende Beschreibung. Beide Krieger hatten ein kurzes Fell, grüne leuchtende Augen und eine sehr eigene Art geschmeidiger Bewegung. Beide trugen silbern glänzende Brustpanzer und waren mit Schwertern und Speeren bewaffnet. Erstaunt und etwas ratlos schauten sie auf die wesentlich kleineren und unbewaffneten Kiris hinab. Keri verbeugte sich in diesem Augenblick tief und die anderen taten es ihm gleich.

„Das sind Kiris", stellte der eine fest. „Und ihre Vögel haben sie gleich mitgebracht." „Das wäre wirklich eine große Erleichterung", sagte der andere. „Aber der Fürst muss das entscheiden." Er trat nun zu den Kiris hinaus in den Regen und sagte: „Wenn es Euer Wunsch ist, hier bei uns in Tirechan zu bleiben, bitte wartet hier für einen Moment. Wir müssen unseren Herrn fragen, ob er damit einverstanden ist." Wieder verbeugte sich erst Keri und dann der übrige Teil der Gruppe und der zweite Fergardhonier eilte davon, um mit dem Fürst zu sprechen. Es dauerte nicht lange und der Krieger war zurück und ein zweiter Fergardhonier war bei ihm, der keinen Brustpanzer und keine Waffe trug. Dieser Fergardhonier hatte ein tiefdunkles Fell und trug einen weißen Umhang aus sehr edlem Stoff.

Er richtete seine hellgelben Augen auf die Kiris und sprach: „Tatsächlich, es sind Kiris." Dann trat auch er hinaus in den Regen und fuhr fort: „Ich bin Liath, der Herr von Tirechan und der umliegenden Lande. Man sagte früher, mit den Kiris zieht das Glück in das Haus. Wenn es also so ist, dass Ihr zu uns kommt, um hier bei uns in Tirechan zu leben, dann möchte ich Euch sehr willkommen heißen. Man sagt auch, die Kiris bleiben, wenn man ihnen Nahrung, Schutz und einen Ort zum Verbleiben bietet, der auch für die Schwarzspäher geeignet ist. Eure Vögel habt Ihr dabei, wie ich sehe. Nun: An Nahrung und Schutz für Euch soll es nicht fehlen. Ansonsten ist dies hier ein Ort, den wir erst gemeinsam miteinander aufbauen wollen. Ich werde sehr bemüht sein, Euch einen guten Ort unter meinem Dach zu bieten. Wenn Ihr mir folgen wollt, würde ich Euch zeigen, was ich Euch zumindest im Augenblick zur Verfügung stellen könnte."

So betraten die ersten Kiris ihren neuen Kaika und folgten Liath über mehrere Gänge und steile Treppen bis hinauf unter das Dach. Liath öffnete eine morsche und völlig verstaubte Luke und wenig später stand Etama auf einem geräumigen und trockenen Dachboden, der offenbar das gesamte Hauptgebäude überspannte. An einigen wenigen Stellen war das Dach beschädigt, sodass man den Himmel sehen konnte, aber dies war wie gemacht für die Cehuas, die hier ein- und ausfliegen konnten. „In der Tat wäre dies alles, was ich Euch zum jetzigen Zeitpunkt als Wohnort bieten könnte", sagte Liath. Nun trat Keri aus der Gruppe heraus und setzte ohne weitere Worte seinen Cehua auf einen der Querbalken, die das Dach stützten. Wie auf ein Zeichen hin, flogen nun auch die übrigen Schwarzspäher auf und setzten sich an verschiedenen Orten auf die Balken dieses Dachbodens. Liath hatte verstanden und verbeugte sich leicht und auch Keri und die übrigen Kiris erwiderten die Verbeugung. Von diesem Moment an war der Bund geschlossen – zwischen dem Herrn von Tirechan und den Kiris, die einst zur Isbenstadt Cashah gehörten.

In der nächsten Nacht schliefen die Kiris nicht, denn der Tungi hatte eine Gruppe von fünf Kiris dazu eingeteilt, das Gebäude zu erkunden, während die übrigen Kiris die Küche in Augenschein nahmen. Kiris waren klein und von zierlicher Statur, doch wenn die Situation es erforderte, konnte ein Kiri mehrere Tage durcharbeiten, ohne Schlaf zu benötigen. Eine derartige Situation war nun eingetreten und so kam es, dass am nächsten Morgen einige der Haupträume der Festung gründlich gereinigt waren. Es gab eine ausgiebige Frühmahlzeit für den Fürsten, seine Frau und dessen Würdenträgern und selbst für Krieger und Bedienstete war eine einfache gemeinschaftliche Mahlzeit vorbereitet. Keri aber wusste nun, welche Räume bewohnt oder noch nicht bewohnt waren. Er kannte die ungefähre Anzahl der Personen, die an diesem Ort lebten, und er wusste, wie Kiris aus dieser Festung unbemerkt hinaus- und auch wieder hineingelangen konnten.

Schon am zweiten Tag hatten fünfzig weitere Kiris die Festung betreten und die Fergardhonier bemerkten dies wohl, aber sie begrüßten die Anwesenheit weiterer Kiris uneingeschränkt und niemand hätte sich dagegen ausgesprochen. Etama hörte, dass nun auch die Besiedlung der umliegenden Gehöfte begonnen hatte, denn schnell hatte sich auch dort herumgesprochen, dass Kiris in der Festung eingezogen waren. Dann hörte er, dass Epou abgereist war, denn seine Aufgabe war erfüllt. Das versteckte Lager existierte noch, doch es befanden sich nur noch wenige Kiris in dem Lager und auch wenn die Anzahl der Kiris für das neue Kaika eigentlich zu hoch war, so würden alle einen Schlafplatz und eine Aufgabe bekommen und Keri hatte gehört, dass auch weitere umliegende Gehöfte bald zum Herrschaftsbereich von Fürst Liath dazugehören würden.

Am vierten Tag endlich saß Etama auf seiner Schlafmatte in dem neuen Schlafraum unter dem Dach der Festung und fühlte sich viel zu wach und aufgeregt, um Schlaf finden zu können. Es roch an diesem Ort so völlig anders als an seinem alten Schlafplatz. Seine letzte Aufgabe war es, den Kriegern etwas von der Abendmahlzeit zu bringen, und sie waren voller Wohlwollen und Anerkennung. Es war alles so einfach an diesem Ort und es gab so wenig Arohanui. Was sollte hier nur aus ihnen werden?

Einige der Cehua waren bereits zu den Einogs aufgebrochen und es war nun gewährleistet, dass Augen und Ohren der Einogs auch an diesem Ort zugegen waren. Etama legte sich nun auf seine Matte und deckte sich mit einem einfachen Tuch zu. Koe setzte sich für einen kurzen Moment auf seine Brust und berührte mit seinem Schnabel seine Stirn. Dann erhob er sich in die Luft und flog durch eine der Öffnungen des Daches in den Abendhimmel.

Der Mond schien silbern auf das Dach der Festung. Die Regenwolken waren längst gewichen und ein klarer Sternenhimmel lag über ihnen. Etama spürte die kühle Abendluft und er blickte erst weit in die Sterne und dann über das dunkle, umliegende Land. Eine große Ruhe ergriff nun sein Herz. Seine Aufgabe war es nun, an diesem Ort zu dienen. Er würde früh am Morgen sein Lager verlassen und jede Aufgabe erfüllen, die der Tag ihm bringen würde.

Ungehorsam

Der Herbst hatte schon früh einen kühlen Wind geschickt und es regnete bereits seit Tagen. Der Einog E´Lettan hatte einen weiten Weg hinter sich, der ihn durch den Shishimora-Wald geradewegs in die Alte Stadt geführt hatte, in das Zentrum seines Volkes. Etwas Unerhörtes war vorgefallen, etwas, das sich in dieser Art und Weise seit mehreren Zeitaltern nicht ereignet hatte. E´Lettan hatte auch seine Schülerin in die Alte Stadt gebracht, denn sie war es, die mit ihrer ungeheuren Tat gegen Grundsätze verstoßen hatte, die von jedem Einog wie selbstverständlich befolgt wurden. Als ihrem Lehrer würde es auch an ihm sein, sich nun zu erklären und zu berichten, wie es zu dieser Tat seiner Schülerin kommen konnte, denn sie war von ihm gründlich ausgebildet worden und stand kurz davor, ihr letztes Ausbildungsjahrzehnt zu beginnen. Dann hatte sie es getan.

E´Lettan hastete durch die Straßen der Alten Stadt und für Zugehörige anderer Völker hatte es so ausgesehen, als würde er eine eigenartige hügelige und gebirgige Landschaft durchqueren. Gebäude der Einogs passen sich stets vollends in die Landschaft ein. Die Gebäude waren braun oder grau und ihre Stützen, Streben und Runden waren einerseits wie zufällig angeordnet, verliefen aber andererseits so, dass sie vollends in das Bild der sie umgebenden Landschaft passten und mit ihr verschmolzen. Eine ganze gewaltige Stadt, die sich zudem im Inneren eines ausgedehnten Waldes befand, war dies mit ihren braunen unscheinbaren Bauwerken – ein wenig, wie die Ansammlung von Hügeln, zumindest bis man sie näher betrachtete. Alle Gebäude hatten großflächige Fenster; nur von außen sahen diese stets wie runde graue Platten aus, geradewegs so, als seien sie aus Stein. In den Straßen der Alten Stadt gab es auch zahlreiche Bäume, und es war nicht selten, dass auch Wildtiere des nahen Waldes durch die Straßen liefen, denn all diese Wesen wussten, dass sie von einem Einog nichts zu befürchten hatten und es gab kein Wildtier, das beim Anblick eines Einogs die Flucht ergriffen hätte. Kein denkendes Wesen aber hatte Zugang zu einer Einogstadt und die Einogs hatten zahlreiche Wege gefunden, um zu verhindern, dass Angehörige fremder Völker eine Einogstadt fanden. Dass dies doch einmal geschehen könnte, war zwar nicht unmöglich, aber doch sehr unwahrscheinlich.

Der Lehrer hätte nicht sage können, wann er sich das letzte Mal so elend gefühlt hatte. Der Regen prasselte unaufhörlich auf seine echsenartig schuppige Haut und

184

seinen Echsenkopf mit dem starren Gesicht, dem lippenlosen Mund und den beiden Atemöffnungen direkt darüber. Sein langes, dunkles Haar hatte E´Lettan am Hinterkopf zu einem Zopf zusammengebunden. Seitlich vom Mund hatte er wie alle Einogs zwei Stoßzähne, die sich aufwärts bogen und in Augenhöhe fast zu berühren schienen. Arme und Beine waren dünn und sehnig, die Beine auffallend lang. Er trug keine Schuhe, sondern hatte lange Zehen und kräftige Krallen. Auffallend war der bis zum Boden reichende Schwanz, den er hinter sich herzog. Nach Art der Einogs lief E´Lettan gebückt und stütze sich auf einen Holzstab, der an seiner Spitze ein Emblem zeigte. Sein Emblem zeigte einen Kreis, der in seinem Inneren einen weiteren Kreis enthielt. Seine Kleidung war robust und schmucklos, so, wie die Gebäude, die ihn umgaben. Aber es war nicht der Regen, der E´Lettan heute Unbehagen bereitete, denn den spürte er kaum, auch wenn er unablässig in seine pupillenlosen schwarzen Augen lief. Auch war es nicht die Anwesenheit in der Stadt, denn Einogs waren Einzelwesen, die stets die völlige Einsamkeit bevorzugten. Nur die Zweisamkeit eines Lehrmeisters und eines Schülers waren dauerhaft möglich, aber die Anwesenheit an einem Einogort oder gar einer Stadt konnte immer nur ein vorübergehender Zustand sein.

Einerseits hatte er tiefe Sorge um seine Schülerin, denn natürlich war sie ihm nicht einerlei, ganz gleich, was sie getan hatte. So viele Jahrzehnte ihrer Ausbildung hatten sie gemeinsam verbracht, mehr als die Lebensspanne mancher anderer denkender Arten umfasste sie und selbstverständlich hätte er niemals vermutet, dass seine Schülerin derartige Pläne in sich trug. Aber an ihm, ihrem Lehrer, der sie heranbilden und auf hohe Aufgaben vorbereiten sollte, wäre es gewesen, den Gedanken an derartige Handlungen bereits in seiner Entstehung entkräften zu müssen. Dies war ihm aber nicht gelungen. Die

185

Verantwortung für ihr Tun lag zweifelsfrei auch bei ihm. E´Lettan war auf dem Weg zu den Lehrhallen der Einogs. Diese sind in einem einzigen gewaltigen Gebäude untergebracht und sie sind das eigentliche Zentrum des Volks der Einogs innerhalb der Alten Stadt. Gestern hatte er dort bereits seine Schülerin in Obhut gegeben, denn dies war auch der Ort, an dem Schüler in der Alten Stadt eine Unterkunft erhielten. Bald würde er sie nun wiedersehen. Er würde dort aber auch auf R´Addas treffen, den Leiter der Sektion des Wissens von den erwachten Wesenheiten, denn während der Ausbildung zu diesem Wissensgebiet hatte sich der Vorfall ereignet. R´Addas war direkt einem der Ratsherren untergeordnet, die als Repräsentanten einer der zwölf großen Wissenssektionen zu dem Großen Rat der Einogs gehörten: zu ihrem obersten Entscheidungsgremium. Noch zu keinem Zeitpunkt war E´Lettan zu einem derart hohen Meister vorgelassen worden und dies geschah nun ausgerechnet zu dem Zweck, über die Folgen dieser Geschehnisse zu entscheiden.

E´Lettan betrat über den Eingang, der den Sonnenuntergängen zugewandt war, das Gebäude der Lehrhallen, das mitunter auch als der große Wissenstempel bezeichnet wurde. Gleich am Eingang wurde er von zwei Kiris empfangen. Das kleine Dienervolk lebte schon lange in einem engen Verbund mit den Einogs und stand unter ihrem besonderen Schutz. Kiris waren kleine und unauffällige Wesen. Sie hatten eine helle, blasse Haut und das kurze Haar auf ihren Köpfen war grau. Alles an ihnen war klein und unauffällig, wie sie selbst. Sie hatten kleine Ohren, kleine Augen und einen kleinen Mund und sie waren ein leises Volk, das leicht übersehen wurde. Bei den Einogs sprachen sie, während die meisten anderen Völker sie für stumm hielten. Gegen Schutz, ein wenig Nahrung und eine bescheidene Unterkunft leisteten sie nahezu alle Dienste und lebten bei

186

fast allen Völkern der bekannten Welt.

Gemeinsam mit den beiden Kiris stand E´Lettan in einer gewaltigen Eingangshalle. Durch große und von außen nicht sichtbare Fenster war der Raum taghell erleuchtet. An zwei Wänden fiel Wasser wie ein feiner Vorhang von der Decke hoch oben herab in ein Becken, sodass ein ständiges Plätschern zu hören und die Luft angenehm frisch war. Der Boden war vor langer Zeit mit zahllosen kleinen Steinen gepflastert worden, die ein aufwendiges und detailreiches Muster ergaben. Einige der Mosaiksteine waren aus Gold, ein kostbares Material, das von den Einogs inzwischen schon lange nicht mehr verwendet wurde, denn alleinigen Wert hatten für die Einogs allein Wissen und Erkenntnis. E´Lettan folgte den Kiris durch den Raum und dann über eine große geschwungene Steintreppe hinauf in die darüber gelegene Etage. Das Gebäude war schon in diesem Trakt beträchtlich groß und sie liefen eine für E´Lettan unerträglich lange Zeit durch zahlreiche Gänge und immer wieder neue Türen.

Dann waren die Kiris plötzlich fort und er stand in einem großen Raum, der durch die leicht eingefärbten Scheiben seiner Fenster in ein hellgelbes Licht getaucht wurde. Die Wände waren mit zahlreichen Regalen verstellt, in denen jeder freie Platz durch Bücher und Schriftrollen belegt war. Sonst gab es in diesem Raum nur einen großen Tisch in dessen Mitte. Ein Einog beugte sich über diesen Tisch, um die dort ausgebreiteten Schriftrollen zu betrachten, und E´Lettan wusste, dass dies R´Addas sein musste, der Leiter der Sektion des Wissens von den erwachten Wesenheiten. Sogleich sah R´Addas von seinen Schriftrollen auf und betrachte seinen Gast aufmerksam.

Ihr müsst der Lehrer E´Lettan sein", sagte er mit seiner tiefen kehligen Stimme. „Willkommen in der Alten Stadt." „Es ist mit eine große Ehre, Meister", sagte E´Lettan und verbeugte sich. R´Addas trat nun auf ihn zu, fasste nach seinem Arm und sprach mit ruhiger und trauriger Stimme: „Wie konnte es nur dazu kommen? Was für ein Unglück!" E´Lettan hielt den Kopf gesenkt und konnte R´Addas nicht ansehen, während er sprach: „Ich hätte das erkennen müssen, Meister. Nach allem, was man mich einst gelehrt hatte, hätte ich es erkennen müssen, aber es ist mir nicht gelungen. Wenn es Euch beliebt, dann gebt mir die Verantwortung für das, was geschehen ist, aber nicht meiner Schülerin." „Dies liegt nicht mehr in meiner Hand", sagte R´Addas. „Es tut mir leid, dies zu sagen, aber es sind nun weit höhere Stellen, die sich diesem Vorfall angenommen haben." „Was bedeutet das?", erkundigte sich E´Lettan. „Welche hohen Stellen interessieren sich dafür?" R´Addas sah nun selbst zu Boden und sprach: „Ein hoher Ratsherr ist gekommen, um Euch und die Schülerin anzuhören. Es ist T´Ascor aus dem inneren Rat der Drei." Für einen Moment war E´Lettan nun unfähig zu antworten. Der Große Rat war das oberste Entscheidungsgremium der Einogs, der innere Kreis der Drei innerhalb des Großen Rates aber befasste sich mit den Dingen, die das Volk der Einogs oder das Gleichgewicht in der Welt in besonderem Maße betrafen. T´Ascor war in der Tat einer der geachtetsten und höchsten Meister innerhalb des Rates. Er selbst war nun hier, um E´Lettan und seine Schülerin anzuhören.

„Weiß sie es schon?", fragte E´Lettan vorsichtig. „Ich selbst habe es erst heute Morgen erfahren", antwortete R´Addas. „Ich ließ es ihr sogleich ausrichten. T´Ascor erwartet uns bereits in einem der Zusammenkunftsräume. Er möchte zunächst mit uns sprechen und anschließend werden wir Eure Schülerin hinzuholen." R´Addas hielt mit seiner Hand noch immer E´Lettans Arm umschlossen. „Seid Ihr bereit?", fragte er ihn. Der Lehrer nickte und so liefen sie erneut durch zahlreiche Gänge, bis sie vor einer großen hölzernen Tür standen. T´Ascor drückt die Klinke herunter und sie traten ein.

Der Raum war nicht viel größer als der Raum, in dem E´Lettan auf R´Addas getroffen war. Die Scheiben der zwei großen Fenster waren mit Mustern aus Abbildungen verschiedener blütenloser und großblättriger Pflanzen verziert, sodass der ganze Raum in ein mildes hellgrünes Licht getaucht wurde. In diesem Raum gab es keine Regale und auch keinen Tisch. Nach Art der Einogzusammenkünfte hatten die Kiris dort vier Sitzkissen in einem Kreis angeordnet. Diese Anordnung war von drei großen Pflanzen umgeben. Auf einem der Sitzkissen hatte bereits T´Ascor aus dem inneren Kreis der Drei Platz genommen. Dieser Einog war deutlich älter als die beiden eintretenden Einogs. Sein graues Haar war an einigen Stellen noch von dunklen Strähnen durchsetzt und er hatte es am Hinterkopf als kurzen Zopf zusammengebunden. T´Ascor war vergleichsweise klein und schmächtig, doch von seinen pupillenlosen schwarzen Augen ging die unbedingte Autorität seines überlegenen Wissens aus und erfüllte den Raum. Repräsentant einer der großen zwölf Wissenssektionen und damit Ratsherr im Großen Rat war stets derjenige Einog, der auf seinem Wissensgebiet das allen anderen überlegenste Wissen hatte. Sollte sich ein anderer Einog als geeigneter erweisen, würde der bisherige Ratsherr seinen Platz sofort für ihn frei machen, denn kein Einog strebt nach Macht und Einfluss und Ratsherr zu sein, war kein Privileg, sondern eine Verpflichtung. T´Ascor war für sein immenses Wissen und seine hohe Auffassungsgabe bekannt und es war eine große Ehre, ihn zu treffen.

R´Addas und E´Lettan verbeugten sich und R´Addas sprach: „Meister, ich bringe Euch den Lehrer E´Lettan, der die Schülerin von Beginn ihrer Ausbildung an unterrichtet hat." T´Ascor musterte E´Lettan für einen Moment schweigend und dieser wusste, dass ein so hoher Meister in diesem Augenblick sein Innerstes zu sehen vermochte. „Setzt Euch bitte zu mir", sagte er dann ruhig und mit leiser und freundlicher Stimme. Nachdem R´Addas und E´Lettan jeweils auf beiden Seiten neben ihm Platz genommen hatten, richtete er sein Wort sogleich an E´Lettan. „Auch ich habe über viele Jahre Schüler und Schülerinnen unterrichtet", sagte er mit sanfter Stimme und sah zu E´Lettan hinüber, der auf den Boden sah und seinen Blick nicht erwidern konnte. „Wenn man einen Schüler über einen so langen Zeitraum gelehrt und herangebildet hat, dann ist es normal, dass man in Sorge ist, wenn dieser Schüler eine nicht akzeptable Tat begangen hat. Ihr seid heute sehr in Sorge, E´Lettan. Ist es nicht so?" „Meister, diese Schülerin hatte ihre Ausbildung fast vollendet. Alles, was sie an Wissen und Können erhalten hat, hat sie von mir bekommen", antwortete E´Lettan mit zitternder Stimme. „Wenn sie nun eine derartige Tat ausgeführt hat, dann wird die Ursache nicht bei ihr liegen. Ich möchte Euch bitten: Gebt sie zu einem besseren Lehrer, als ich es bin, und seht mich als die Ursache von dem, was geschehen ist."

T´Ascor lachte fast unmerklich und legte E´Lettan wie zum Trost seine Hand auf die Schulter. „Wir wollen nicht so hastig vorgehen", sagte er freundlich. „Ich möchte mir das, was geschehen ist, zunächst ansehen. Dann wollen wir zusammen erkennen, was daraus folgt. Erzählt mir bitte nun zunächst von Eurer Schülerin. Wer ist sie?" Mit etwas festerer, aber sehr leiser Stimme begann E´Lettan seinen Bericht. „Es sind inzwischen mehr als sechs Jahrzehnte vergangen, seit ich sie als meine Schülerin anvertraut bekommen habe. Ihre Eltern sind einfache Lernende und niemand aus ihrer Familie hatte bisher eine hohe Befähigung aufzuweisen. Dies ist bei ihr vollkommen anders. Ich selbst durfte bereits vier Schüler durch ihre Ausbildung begleiten und alle sind inzwischen selbst Lehrer geworden. Sie ist vollkommen anders, denn sie weist eine weit höhere Begabung auf und ich war lange Zeit nicht sicher, ob ich die Fähigkeit habe, sie ausreichend zu fördern. Sie hat einen kristallklaren Geist und den unbändigen Willen, so viel Wissen und Erkenntnis wie möglich von mir zu erhalten. Nichts selten hatte sie mehr Fragen an mich, als meine Vorbereitung hergegeben hätte, und oft musste ich ihr das eingeforderte Wissen später nachliefern. Sie ist vollkommen außergewöhnlich."

„Mir scheint", sagte T´Ascor, „dann seit auch Ihr an ihr gewachsen. Hattet Ihr dann den Eindruck, dass es ihr an Respekt mangelte. Was sind denn ihre Schwächen?" „Zu keinem Zeitpunkt", sagte E´Lettan, „mangelte es ihr ernsthaft an Respekt. Es ist ihr sehr wichtig, anderen mit Freundlichkeit und Verständnis zu begegnen. Ihre Schwäche, das kann ich mit Sicherheit sagen, ist ihre Ungeduld, denn diese hindert sie an manchen Anspruch, den sie an sich selbst hat. Es gibt Wissen, das muss man mit der gebotenen Sorgfalt und Genauigkeit kundtun. Das kostet Zeit und dies zu akzeptieren, fällt ihr sehr schwer. Wenn ich dann aus ihrer Sicht nicht gut genug auf alle erdenklichen Fragen vorbereitet bin, dann gibt sie mir ihren Unwillen leise und freundlich, aber auch sehr bestimmt zu verstehen." „Ich verstehe", sagte T´Ascor und E´Lettan schien es fast so, als ob er schmunzelte. „Dann möchte ich nun mit der Schülerin sprechen."

Für einen Moment mussten die drei Einogs warten, dann wurde die Schülerin von zwei Kiris in den Raum geführt. Die junge Einogfrau war klein und von sehr zarter Gestalt. Nach Art der jungen Einogs hatte sie noch keinen Stab, denn es war nicht erforderlich, sich abzustützen. Ihr glattes dunkles Haar trug sie offen und es fiel ihr bis auf die Schultern. Als sie ihren Lehrer sah, blitze ein kurzes Erkennen in ihren Augen auf. T´Ascor zeigte ihr mit einer Geste, dass sie sich auf das noch freie Kissen zu ihnen in die Runde setzen möge. Ihr Blick war trotzig und entschlossen, als sie sich gesetzt hatte, aufsah und alleine T´Ascor mit ihrem Blick fixierte.

„Wie ich sehe, brauchen wir uns nicht vorzustellen,

Schülerin. Es ist eindeutig, wer wir sind und warum wir uns hier heute treffen", sagte T´Ascor. „Dennoch möchte ich dich herzlich bei uns begrüßen. „Ich habe gerade von deinem Lehrer gehört, dass er die Ursache für die Dinge, die geschehen sind, alleine bei sich sieht. Wie würdest du das sehen?" „Das ist sehr freundlich von ihm", antwortete die Schülerin mit leiser, aber sehr fester Stimme. „Es entspricht aber nicht den Tatsachen. Ich habe bisher verstanden, dass unser Treffen in diesem Raum der Feststellung der Ursachen der Geschehnisse dienen soll. Dies soll Folgen haben, da Regeln verletzt worden sind. Bei allem Respekt, Meister, wir können diese Prozedur abkürzen. Jede Ursache für das, was geschehen ist, liegt bei mir und den Entscheidungen, die ich gefällt habe. Ich bereue meine Taten nicht und ich würde sofort wieder so handeln." Aus ihren schwarzen Augen sah die Schülerin nun T´Ascor gerade an und ein herausforderndes Funkeln ging von ihnen aus. Für einen Moment war nur ein geräuschvolles Ausatmen des Lehrers zu hören, dann antwortete T´Ascor ruhig: „Genau das habe ich auch angenommen. Nun würde es mich aber interessieren, was wirklich geschehen ist und wie es dazu kam. Ob du so nett sein könntest und es mir erzählen würdest? Ich möchte es jetzt von dir hören und von niemanden anderen, damit ich es verstehen kann."

„Wir haben uns in diesem Jahr mit der praktischen Beobachtung und der Einstufung von erwachten Wesen beschäftigt", begann die Schülerin ihren Bericht. „Seit dem Frühjahr waren wir im Vorland des Callenad-Sees, um die dort lebenden Hundswesen zu beobachten. Wie Ihr wisst, leben sie dort in einfachen Holzhütten in Dorfgemeinschaften, die nach Art von Sippenverbänden organisiert sind. Selbst die primitive Gründung von Flächenverbünden, also von Reichen oder Ländern, hat noch nicht stattgefunden. Aber es gibt lose Gebilde von Sippen, die

192

sie als Stämme bezeichnen. Etwa drei größere Stämme beanspruchen die Jagdhoheit an dem Ufern des Callenad-Sees und stehen im ständigen Kampf miteinander. Dies war der Zustand, den wir zu Beginn unserer Untersuchungen vorfanden. Dann kam es zu einer Veränderung."

„Was für eine Art von Veränderung war das?", fragte T´Ascor. „Ich muss noch einmal einen Schritt zurückgehen, damit der Zusammenhang verständlich ist", erklärte die Schülerin. „Wir beobachteten getrennt voneinander verschiedene Sippen und dies bedeute, dass wir vom Verborgenen aus die Individuen beobachteten und auch im Dunkel der Nacht durch die Dörfer gingen, wenn dies der Erkenntnis dienlich war. Etwa zweimal innerhalb des Zeitraums eines Mondes trafen wir uns, um unsere Beobachtungen und Erkenntnisse auszutauschen. Ich beobachtete eine ganz konkrete Dorfgemeinschaft, die unmittelbar am Seeufer lebte. Ich bin sehr vorsichtig bei meinen Beobachtungen, dennoch wurde ich eines Morgens von einer Gruppe Kinder im Umkreis des Dorfes entdeckt. Die Kinder wollten dort im nahen Wald spielen und waren nun voll Entsetzen bei meinem Anblick. Ich sprach sie in ihrer Sprache freundlich an und tatsächlich gelang es mir, ihr Vertrauen zu gewinnen. In den folgenden Wochen habe ich mich mit diesen fünf jungen Hundswesen regelmäßig an dieser Stelle getroffen und ich kann sagen, dass ich auf diese Weise in beträchtlicher Geschwindigkeit viele Informationen über diese Dorfgemeinschaft erfahren habe." „Du weißt, dass dies nicht der richtige Weg ist, den wir gehen?", fragte T´Ascor freundlich. „Wir zeigen uns nicht, damit keine Verfälschung oder Ablenkung eintreten kann. Eine genaue Beobachtung bedarf keiner Eile." Die Schülerin nickte und antwortete: „Diese Kinder hatten mich bereits gesehen und sie wussten, dass ich in der Nähe war und sie beobachtete. Ich konnte herauszögern, dass sie im Dorf davon erzählten.

Diese Kinder waren mir gegenüber sehr offen und unbedingt ehrlich. Natürlich habe ich viele Aussagen dennoch überprüft. Ich lernte in einer sehr hohen Geschwindigkeit viele Einzelheiten dieses Volkes kennen. Das war faszinierend und ich konnte kaum genug von diesem neuen Wissen bekommen. Dann kam es zu einem der regelmäßigen Treffen mit meinem Lehrer. Natürlich verschwieg ich ihm den direkten Kontakt. Er war sehr erstaunt darüber, wie viel neues Wissen ich mir in der kurzen Zeit aneignen konnte. Dann berichtete er mir von seinen eigenen neuen Erkenntnissen und ich war vor Entsetzen zunächst wie gelähmt. Die beiden anderen großen Stämme hatten offenbar einen Pakt miteinander geschlossen. Sie bereiteten einen gemeinsamen Angriff auf diesen Stamm vor, um ihn möglichst vollständig auszulöschen. Anschließend wollten sie sich die Jagdhoheit über die Region um den See herum teilen und so eine wesentlich reichere Ausbeute machen. Es gab bereits sehr konkrete Vorbereitungen und mein Lehrer beschrieb vier große Waffendepots, die sich beide Stämme bereits teilten."

„Dies ist eine häufige Entwicklung, die wir bei den kriegerischen Arten immer wieder machen", sagte T´Ascor. „Auch die beiden dann verbliebenen Stämme würden sich später bekämpfen. Wenn sich ein Stamm als allein siegreich erweist, wird die Population dieser Art in dieser Region schnell anwachsen und schließlich wird die Bevölkerung dieser Gattung deutlich größer sein als vor der Auseinandersetzung der drei Stämme." „In den nächsten Tagen", fuhr die Schülerin unbeirrt fort, „verbrachte ich wieder viel Zeit mit den fünf Kindern aus dem Dorf. Ich sprach mit ihnen und wusste in dieser Zeit, dass der Untergang ihres Stammes, die Vernichtung ihres Dorfes und ihrer Familien und auch ihr eigener Tod sehr bald bevorstanden. Schon sehr schnell wurde mir deutlich, dass ich dies nicht zulassen konnte. Also handelte ich." „Was genau hast du getan?", fragte T´Ascor. „Ich ließ mich von den Kindern in das Dorf bringen", berichtete die Schülerin. „Zunächst waren die Bewohner voll Furcht, aber die Kinder konnten ihnen diese Furcht nehmen und ich hatte nun das Vertrauen der Dorfbewohner. Nun warnte ich sie vor den Ereignissen, die ihnen nun bevorstanden. Während die Dorfbewohner sogleich Boten in alle Dörfer ihres Stammes aussandten, brach ich auf und zerstörte nacheinander die vier großen Waffendepots ihrer Gegner, indem ich sie verbrannte. Sie waren gut versteckt, aber nicht sehr stark bewacht und die wenigen Krieger flohen bei meinem Anblick. Der zunächst bedrohte Stamm verfügte zwar über eine geringere Anzahl von Kriegern als die beiden gegnerischen Stämme, aber er hatte nun wesentlich mehr Waffen. In den nächsten Wochen startete er einen Angriff und die gegnerischen Stämme wurden deutlich geschlagen und mussten sich weit in das Hinterland zurückziehen. Sowohl das Dorf, das ich beobachtet hatte, als auch die Kinder und ihre Familien jedoch waren in Sicherheit. Sie alle hatten überlebt. Ich konnte ihre Vernichtung nicht zulassen und mit Sicherheit würde ich noch einmal genauso handeln. Ich bin bereit, jede Strafe dafür anzunehmen." Die Schülerin hatte ihren Bericht beendet und sah T´Ascor nun ernst und mit entschlossenem Blick an.

T´Ascor nickte und schwieg für einen Moment. Dann begann er leise und bestimmt seine Worte zu setzen: „Vielen Dank für deinen ehrlichen Bericht. Ich verstehen nun, dass du aus Liebe gehandelt hast und es beruhigt und freut mich sehr, dass dies das Motiv deines Handelns war. Dennoch hast du einen schweren Fehler begangen. Leider kann ich dir die Folgen dieses Fehlers nicht vorenthalten." Für einen Moment schien T´Ascor nach Worten zu suchen, ehe er weitersprach. „Das Geflecht an Zusammenhängen zwischen den erwachten

Wesen und den noch nicht erwachten Tierwesen, den Pflanzen und den Kräfteströmungen, die innerhalb und außerhalb unserer Welt sind, ist sehr vielfältig und wir haben es noch längst nicht vollständig durchdrungen. Vieles, was wir tun, zeigt an einer völlig anderen und unerwarteten Stelle eine Wirkung. Alles hängt letztlich miteinander zusammen. In diesem Fall ist es allerdings gar nicht so schwierig. Der Stamm, der dir so gut bekannt ist, hat nun seinerseits die beiden durch dein Handeln nahezu entwaffneten Stämme angegriffen und besiegt. Durch diesen Vorgang sind nicht wenige Einzelwesen aller drei Stämme getötet worden und ich befürchte, es waren sogar mehr, als wenn der Fortgang ohne Eingriff seinen Lauf genommen hätte. Diese Spezies kann sehr grausam sein. Es sind mehr Hundswesen getötet worden und unter ihnen waren auch Kinder der anderen Stämme. Auch diese Kinder tragen für die Handlungen ihrer Familien keine Verantwortung. Sage mir, sind diese Kinder weniger wert zu leben, als die, die du retten konntest?"

Die Schülerin sagte nun sehr leise: „Natürlich ist ihr Leben genauso wertvoll."

„Einogs sammeln Wissen", sagte T´Ascor. „Dies alleine ist Einogwerk. Wir greifen nicht ein und wir verändern nichts, was in dem ewigen Fluss des Weltengeschehens seinen Lauf nimmt. Erlaube mir bitte, dir dies erneut zu erklären. Dein Lehrer wird dich gelehrt haben, dass wir Einogs die erste Spezies waren, die erwacht ist. Alle anderen Spezies sind nach uns vom Tierwesen zum erwachten Wesen geworden. Einige erwachte Spezies sind inzwischen wieder gegangen, anderen steht es noch bevor zu erwachen. Die Entwicklungen, die andere erwachte Wesen nun gehen, haben wir lange hinter uns gelassen. Es waren ungute Entwicklungen und schreckliche Irrwege, die wir gehen mussten. Wir haben anderen Spezies und uns selbst viel Leid gebracht, da wir dachten, wir könnten uns die Welt untertan machen. Wir haben tief in die Gezeiten des Lebens eingegriffen und die Kräfteströme der Welt und dabei einst die Entwicklung unserer Welt um viele Zeitalter zurückgeworfen. Aber dies war die Entwicklung, die wir gehen mussten. Alle Arten müssen ihre Entwicklung durchlaufen. Dies ist unabdingbare Voraussetzung für das Erreichen höherer Entwicklungsstufen. Seit vielen Zeitaltern schauen wir Einogs nun auf die Entwicklungen, die unsere Welt durchläuft. Wir schauen auf das komplexe Geflecht von Strömungen und Veränderungen der lebendigen Kräfte. Vieles verstehen wir inzwischen, aber längst nicht alles. Wer unbedacht eingreift, Schülerin, der verändert etwas in diesem Fluss, das er nicht versteht. Das einzelne Leid ist oft schwer zu ertragen, ich weiß das. Aber wie du siehst, hast du nur neues Leid an anderer Stelle geschaffen. Es gibt nur sehr wenige Situationen, die ein Eingreifen der Einogs verlangen. Wir greifen ein, wenn wir sicher sehen, dass andere den Fluss der Entwicklungen zu ihren eigenen Zwecken anhalten. Aber dies war kein derartiger Fall. Dies ist der normale und oft grausame Lauf unserer Welt. Ein Fleischfresser tötet einen Pflanzenfresser, ein Vogel erfriert im Winter und Spezies töten einander. Einogs haben nicht das Recht hier einzugreifen, und selbst wenn wir dies wollten, können wir das nicht in allen Fällen aufhalten. Bist du immer noch völlig sicher, dass du richtig gehandelt hast?"

Die Schülerin sah T´Ascor zunächst für einen Moment schweigend an und antwortete dann zögernd: „Meister, ich bin nicht mehr völlig sicher. Ich muss darüber nachdenken."

T´Ascor nickte und sagte schließlich: „Mehr werde ich heute von dir nicht verlangen. Ich weiß, dass deine Gefühle aus gutem Grund sehr tief in dir sitzen und du sie nun sehr gründlich prüfen musst. Dafür wirst du jetzt Zeit benötigen. Das ist völlig normal und diese Zeit sollst du haben. Ich bin sehr sicher, dass du bald deutlich sehen wirst, warum du eine solche Handlung nicht wiederholen darfst. Aber du musst auch verstehen, dass du ernsthaft gegen sehr wichtige Regeln verstoßen hast. Ich habe meine Entscheidung über die Folgen, die dies haben wird, nun getroffen. Bist du bereit, sie zu hören?" Die Schülerin nickte und sah T´Ascor nun ruhig und mit geradem Blick an.

„Eigentlich müsste ich dich für alle Zeiten von deiner Ausbildung ausschließen", sagte T´Ascor. „Sei unbesorgt, dies werde ich nicht tun, denn es macht dein Handeln nicht rückgängig und ist angesichts deines Motivs unangemessen. Aber ich schließe dich für 1000 Monde von der Ausbildung aus. Dein Lehrer mag in der Zwischenzeit einen anderen Schüler ausbilden, denn er hat keinen Fehler gemacht. Danach magst du zu ihm zurückkehren. In der Zeit, die du nun zu warten hast, sollst du dir einen Ort für einen A´Reshan, für einen Lebensgarten, suchen und diesen anlegen. Du wirst nicht wissen, was ein A´Reshan ist, denn dies ist eine unserer Traditionen, die nicht mehr sehr verbreitet ist. In dem A´Reshan wirst du für jede Phase deines Lebens, für alles, was in deinem Leben von Bedeutung war, jeweils einen Ort bepflanzen. Der Lebensgarten wird dein Platz in der Welt sein, in den du später immer wieder zurückkehren kannst, wenn du verstehen willst, wer du bist und warum du die Person geworden bist, die du einst sein wirst. Diese Ereignisse, die du jetzt erlebst, sollen deine erste Pflanzung sein. Denke nun gut darüber nach, wie du diesen Ort gestalten wirst."

Die Schülerin nickte mit sehr ernstem Blick und sah zunächst T´Ascor und dann ihren Lehrer an, als sie sich erhob, um den Raum zu verlassen. Man konnte sehen, dass sie nun Tränen in den Augen hatte.

„Ach, Schülerin", sagte T´Ascor nun. „Ich bin doch noch nicht ganz fertig, denn ich bin sehr sicher, dass der heutige Tag dein Namensereignis sein soll. Es ist nicht länger angebracht, dass du nur als Schülerin bezeichnet wirst. Ich

198

sehe sehr deutlich, wer du bist, und damit ist es Zeit, dass du einen Namen haben musst." Die Schülerin sah ihn nun verwirrt und fragend an. „Du bist Iridne", sagte T´Ascor. „Denn dieser Name bedeutet – die, die Harmonie erfährt. Ich weiß sicher, dass dies deine Bestimmung ist. Geh nun hinaus in die Welt, Iridne, und suche deinen A´Reshan."

Iridne nickt nun und verließ den Raum.

Auch T´Ascor erhob sich jetzt ebenfalls und verabschiedete sich freundlich von den anderen beiden Einogs. R´Addas war sofort aufgesprungen, nachdem der hohe Ratsherr der Einogs im Begriff war zu gehen. Er bedankte sich und verabschiedete sich mit dem gebührenden Respekt von ihm. Nur E´Lettan saß noch auf seinem Kissen und rief dem Ratsherrn seine Abschiedsworte hinterher, denn er spürte mit einem Mal, dass es ihm im Moment völlig unmöglich war aufzustehen.

Der Hof des Leshan

Ein fortwährender, feiner Nieselregen ging über dem weiten Grasland nieder und bog die Halme tief zu Boden. In regelmäßigen Böen wurde der Regen über die weite Ebene getrieben und ausnahmsweise hatte man in diesen Tagen keine freie Sicht bis zu den fernen Hügeln. Die Wolken zogen düster über den dicht verhangenen Himmel und die Sonne drang nur gedämpft und kraftlos hindurch. Aurea zog die Kapuze ihres braunen Umhangs noch tiefer ins Gesicht, stieß wieder einmal eine Reihe heftiger Verwünschungen aus und war doch froh, dass der heftige Regen der letzten Tage zumindest seine Kraft verloren hatte. Lang war der Weg bis zu diesem Ort und nun, wo sie ihrem Ziel so nahe gekommen war, würde sie ein bisschen

Nieselregen nicht von ihrem Vorhaben abbringen.

Bald zwei Monde war es her, dass sie aus ihrer Heimat, dem schönen Ahrden aufgebrochen war. Die Hauptstadt der fergardhonischen Provinz Ost-Belkant lag in einem Gebiet inmitten von drei Seen. Fruchtbar und lieblich war das Land, das Ahrden umschloss, und überall im Reich wurde die Stadt als die Perle Fergardhons bezeichnet. Aber es war ja ihr eigener Wunsch gewesen, von dort abzureisen und diese unwirklichen Graslande inmitten des freien Nomadengebiets aufzusuchen. Die junge Fergardhonierin stapfte entschlossen durch das nasse Gras, ihrem Ziel, soweit sie es bestimmen konnte, entgegen.

Ihr Vater, der Kaufmann Kethilas, war strikt gegen dieses Unternehmen gewesen, aber sie ließ sich nicht davon abbringen. In seinen jungen Jahren hatte ihr Vater zu dessen Lebzeiten, noch Finnbar, den letzten König Ost-Belkants, beliefert, aber diese Zeit war lange her, denn längst war Ost-Belkant wieder Provinz des Reiches Fergardhon. Aber Kethilas war inzwischen ein wohlhabender und erfolgreicher Kaufmann und längst lieferte er mit seinen drei Söhnen Waren bis in die Hauptstadt Cybolis und auch bis zum Hof des Königs der Isben im Reich Consere. Die Waren bezogen sie aus allen Gebieten der bekannten Welt und selbst aus den Regionen hinter dem großen Strudel im Südmeer und denen hinter dem kleinen Riff. Wohlhabend war Aureas Familie und ihre Brüder waren erfolgreich wie ihr Vater. Mehrere Söhne hoher Adelsfamilien sollen ihren Vater inzwischen nach ihrer Hand gefragt haben. Ein Leben hinter den Mauern edler Paläste, umsorgt von Heerscharen von Kiris und als Zierde an der Seite eines Gatten, war für sie zum Greifen nah. Aurea beschleunigte ihren Schritt, während eine heftige Windböe sie mit einer dichten Wolke aus feinen Wassertropfen umgab. Sie dachte gar nicht daran.

Der Gedanke kam ihr, als sie an einem edlen Festmahl

zum Geburtstag ihres Vaters teilgenommen hatte. Edle Speisen und Getränke wurden gereicht und da war diese Speise – dieses Ragout mit diesem überraschenden Aroma, das völlig neu für sie war. Es war ein seltenes exotisches Gewürz, das den Geschmack ausmachte und das besonders kostbar war. Sie hatte später erst in der Küche und dann ihren ältesten Bruder befragt, der das Gewürz eingekauft hatte. Es war ein Gewürz, das nur selten seinen Weg über die Handelsrouten bis nach Fergardhon fand, aufwendig in der Herstellung und so kostbar, dass man sein Gewicht mit jedem Edelmetall aufwiegen konnte. Nur sehr geringe Mengen waren aber für ein Gericht notwendig. Das Besondere war, dass es zunächst einen intensiven scharfen Geschmack gab, der nach einem Moment in ein mildsüßes, fruchtiges Aroma umschlug. Es war gewissermaßen so, als hätte man zwei gegensätzliche Gewürze in einem. Hexenkraut hieß es in einigen Sprachen; seine Hersteller nannten es Zwiegewürz. Aurea fand auch den Händler, der das Gewürz dem Bruder verkauft hatte, und er erinnerte sich, dass ein Nornenstamm im freien Nomadenland dieses Gewürz verwendete. Es war der Stamm des Norn Sevec und sie erfuhr, dass man zunächst eine seltene Wurzel suchen musste, aus deren Inneren man das Gewürz in sehr mühevoller Weise gewinnen konnte.

Ihr Vater war damit ganz und gar nicht einverstanden, dass sie in das freie Nomadenland ziehen und Sevec aufsuchen wollte. Dennoch: Das war ein königliches Gewürz – kostbar wie Edelmetall. Und wenn es ihr gelang, dass in der Hauptsache ihre Familie in der bekannten Welt damit handeln würde, wäre das eine Einnahmequelle, die den Gewinn aus vielen Geschäftszweigen übersteigen würde. Aurea war überzeugt davon. Ihr Vater hatte nicht nur drei fähige Söhne, die sein Geschäft fortführen und erweitern würden, er hatte auch eine Tochter. Aurea fand einen Weg, ihr Vorhaben umzusetzen. Letztlich ließ sie sich nicht aufhalten und ihr Vater ließ sie ziehen. Alleine und ohne Dienerschaft machte sie sich auf den Weg in das freie Nomadenland. Sie durchquerte Fergardhon bis zur Hauptstadt und folgte dann der großen Straße nach Cybolis in entgegengesetzter Richtung. Später setzte sie ohne Straße und ohne einen Weg ihre Wanderung fort, bis sie Fergardhon und jedes feste Reich und jedes kleine Fürstentum passiert hatte und es nur noch das weite freie Nomadenland gab. Allerlei seltsames Volk war ihr auf ihrer Wanderung begegnet, aber auch viel Wohlwollen und Hilfsbereitschaft. Unzählige Geschichten würde sie nach ihrer Rückkehr zu erzählen haben.

Ein plötzliches scharfes Zischen schreckte sie im nächsten Moment auf. Sie konnte nicht gleich erkennen, was da gerade dicht an ihrem rechten Ohr vorbeigeflogen war und es um Haaresbreite fast berührt hatte. So sehr war sie in Gedanken vertieft, dass sie ihre Umgebung in den letzten Momenten kaum beachtet hatte. Mit heftig schlagendem Herzen sah sie sich um und hatte im nächsten Moment das Gefühl, dass ihre Beine für kurze Zeit ihre Dienste versagen wollten. Es waren drei Graudenkrieger hinter ihr, die von den Rücken ihrer Pferde aus ihren ziegenartigen Augen auf sie herabblickten. Diese Krieger waren in keinem guten Zustand, denn Aurea konnte deutlich sehen, dass sie schon beträchtliche Mengen Tesh zu sich genommen haben mussten. Einer der Krieger konnte sich offenbar nur noch mit Mühe auf seinem Pferd halten. Nun erkannte sie auch, was sie soeben gehört hatte. Der zweite Krieger, er hatte nur noch drei seiner vier Arme, hielt einen Bogen empor und Aurea wusste nicht, ob der Pfeil sie absichtlich verfehlt hatte oder weil der Schütze zu viel Tesh zu sich genommen hatte. Alle drei Graudenkrieger trugen stark verschlissene und verschmutzte Kleidung und das Fell ihrer Pferde war stumpf und ungepflegt. Die Grauden waren ein stolzes Reitervolk und derart jämmerliche Gestalten hatte Aurea unter ihnen noch nie gesehen. Höhnisch lächelten die Grauden auf sie herab.

„Seid gegrüßt, Ihr Herren", sagte Aurea mit erstaunlich fester Stimme. „Ich bin eine Kauffrau aus dem fernen Ahrden und in Handelsgeschäften unterwegs. Was ist dies für eine Begrüßung? Wir gehören den vereinigten Thansvölkern an und ich reise nach dem vom Than gegebenen Rechten durch dieses Land." Der volltrunkene Graude hatte glucksend damit begonnen zu lachen. „Kauffrau aus dem fernen Ahrden", äffte er nach, lachte wieder für einen Moment und erbrach sich dann von seinem Pferd herab. „Der dritte Graude hatte sich nun an den Grauden mit den drei Armen gewandt. „Ich hatte dir doch gesagt, lebendig wird sie uns mehr einbringen." Der Graude mit den drei Armen sah Aurea spöttisch an, senkte seinen Bogen und sagte: „Die gute Nachricht für dich ist: Weibchen, du wirst leben."

Nach und nach stiegen die Grauden von ihren Pferden. Sie gehörten zu den sehr hochgewachsenen Völkern und überragten die Fergardhonierin um nahezu ein Drittel ihrer Körpergröße. Wortlos zog ihr der Dreiarmige ihren Rucksack vom Rücken und als sie heftig zu protestieren begann, schlug er ohne jede Vorwarnung zu. Für einen Moment wurde es schwarz um Aurea, dann fand sie sich auf dem Boden sitzend wieder und sah, wie ihr Rucksack umgedreht und ausgeschüttet wurde. Mit einem erfreuten Aufschrei fand der Dreiarmige den Sack mit den Gold- und Silbermünzen in der verdeckten Tasche im Inneren. Diesen, ihren Proviant und das Wasser verstaute er in einer Tasche auf seinem Pferd. Der volltrunkene Graude gab dem Rest ihrer Habseligkeiten einen Tritt und beförderte so den Rucksack, Ausrüstung und Kleidung weit aus ihrer Reichweite. Der dritte Graude hatte Aurea nun gepackt und während zwei seiner Hände sie mit unnachgiebiger Kraft festhielten, wurde sie von seinen anderen beiden Händen mit einem Strick gefesselt. Ihm genügte eine Hand, um sie sodann emporzuheben und über sein Pferd zu werfen.

Hart und knochig war der Pferderücken auf dem Aurea nun lag und in vollem Ritt nur von einer Graudenhand gehalten wurde. Ihre Hände waren fest auf ihren Rücken gebunden und ihr Körper schmerzte schon nach kurzer Zeit heftig in dieser unbequemen Lage und den Bewegungen des Pferdes. Fast noch unangenehmer war der Geruch des Atems des Graudens, der direkt hinter ihr saß. Auch sein Körper und seine Kleidung dünsteten den üblen Geruch völliger Verwahrlosung aus. Aurea war seltsam ruhig. Alles war gescheitert, es würde keinen Handel mit dem Nornenstamm geben. Sie brauchte die Hilfe der Götter, um dies auch nur zu überleben. Sie war hellwach in diesem Augenblick, es gab keine Zeit für Verzweiflung. Sie musste abwarten und die nächste Gelegenheit ergreifen, um zu handeln.

Es war ein schneller Ritt. Die Grauden hatten es offenbar eilig, ihr Ziel zu erreichen. Aus den Augenwinkeln konnte sie erkennen, dass sie für den Moment nicht alleine waren. Eine Gruppe von kleineren Wesen hatte Vieh bei sich; sie konnte es nur kurz erkennen. Sie hatten an den Seiten große Ohren und auffällig große Vorderzähne. Ihr Fell war kurz, braun und an den Fingern erkannte sie dunkle Krallen. Elumantis? Das könnte sein. Derbe Flüche riefen die Grauden hinüber und gleich darauf hörte sie das Sirren von Pfeilen. Dann waren sie auch schon weiter und der Ritt setzte sich noch so lange fort, bis die Pferde fast am Ende ihrer Kräfte waren. Die Grauden hatten offenbar einen guten Fang gemacht und der sollte nun schnell in Sicherheit gebracht werden. Sie hatten einen weithin sichtbaren felsigen Hügel erreicht und davor standen etwa in der Farbe der umliegenden Steine drei zerschlissene, schmutzig graue Zelte. Tatsächlich hätte man sie aus der Ferne kaum erkannt. Zwei weitere Grauden begrüßten sie dort und auch sie wirkten so heruntergekommen, wie die übrigen Drei. Während sie von ihren Erlebnissen berichteten und dabei auf die immer noch auf dem Pferderücken hängende Aurea zeigten, hatte sie die Gelegenheit, die Grauden noch einmal in Ruhe zu betrachten. Sie hatte bisher nicht oft Grauden zu Gesicht bekommen und sie wusste, dass Grauden unter den Völkern der bekannten Welt eine recht lange Lebensspanne hatten. Diese Grauden schienen ihr nicht nur verwahrlost zu sein, sie waren offenbar auch recht alt. Es gab nicht viele Anhaltspunkte, aber zum einen war das Fell der Grauden von grauen Strähnen durchzogen und die Art, sich zu bewegen, schien nicht völlig vom Tesh verursacht zu sein. Einer der beiden Grauden, die bei den Zelten geblieben waren, bewegte sich, als ob er bereits sehr betagt war.

Aurea wurde schließlich vom Pferd gehoben und in eines der Zelte gebracht. Endlich wurden ihre Fesseln gelöste und sie hatte die Möglichkeit, sich wieder zu bewegen. Der Geruch in dem Zelt verschlug ihr fast den Atem. Es war eine Mischung aus feuchtem Moder, Essensresten, Rauch und dem Geruch der alten Grauden. Der Dreiarmige und der betagte Alte hatten sich zu ihr gesetzt und der Alte begann mit heiserer Stimme zu sprechen: „Höre, kleines Weibchen", sagte er. „Man nennt mich Heerführer Delras, denn einst war ich Heerführer in dem mächtigen Heer meines Herrn und dieses Land um uns war noch Teil des großen Graudenreichs Anthorest. Dies hier sind die Männer, die mir verblieben sind. Ich kann dir versichern, dass die Regeln des Than, auf die du dich berufen hast, nichts wert sind in unseren Ohren." Delras machte für den Moment ein Geräusch, von dem Aurea nicht wusste, ob er zu lachen begonnen hatte oder heftig husten musste. „Du bist aus dem reichen Fergardhon", fuhr er schließlich fort. „Das trifft sich gut. Ein gesundes junges Weibchen wird einen Mann haben, der es zurückbekommen möchte oder zumindest einen Vater. Es sind keine guten Tage für mich und meine Männer, wie du siehst. Man wird uns viel Gold schicken müssen, damit wir dich freigeben." „Mein Vater wird Männer hierher schicken, die dir die Kehle durchschneiden werden, alter Mann", sagte Aurea zu ihrer eigenen Überraschung. Delras hatte wieder damit begonnen das Geräusch zu machen und verließ mit dem Dreiarmigen ohne jedes weitere Wort das Zelt. Tatsächlich sollte sie das Zelt in dieser Nacht für sich alleine haben. „Wie gut, dass diese Grauden doch schon so alt waren", dachte sie. Es war eine kalte Nacht in den Graslanden, denn der Herbst war nicht mehr fern. Aurea hörte wieder reichlich Regen in der Nacht, der auf das Zeltdach prasselte. Schließlich hatte sie sich dazu entschlossen, eine entsetzlich riechende Decke zu nehmen, denn ohne jeden Schutz konnte sie die Kälte der Nacht nicht aushalten. Gegen Morgen wurde sie von heftigen Schreien und von Kampflärm geweckt.

Aurea warf die Decke beiseite und zog sich in den hinteren Teil des Zeltes zurück, als sich der Eingang öffnete und zwei Gestalten eintraten, die in der hellen Eingangsöffnung zunächst nur als dunkle Umrisse zu erkennen waren. „Seid ohne Furcht Fremde", hörte sie eine helle Stimme. „Wir sind Knechte vom Hof Calis und sind hier, um Euch zu befreien. Wir haben Euch gesehen gestern und unsere Herrin hat uns geschickt, Euch zu holen. Kommt mit uns hinaus an die Luft. Das ist ja nicht zum Aushalten hier drinnen." Kurz darauf stand Aurea vor dem Zelt, sah auf zwei mit Pfeilen niedergestreckte Graudenleichen hinunter und blickte in die erwartungsvollen Gesichter einer Gruppe aus zehn Elumantis und Hundswesen. Es waren weder Delras noch der Dreiarmige, die getötet worden waren, soweit konnte sie das erkennen. Ihnen war offenbar die Flucht geglückt. Es war ein Elumanti, der bisher zu ihr gesprochen hatte, und dieser erhob nun noch einmal das Wort: „Diese

Gegend hier ist nicht sicher, Herrin. Es gibt versteckte Lager der Grauden, aber auch einiger Isben, die sich hier von Wegelagerei und Raub ernähren. Es ist übles Volk, das in diesem Bereich der Nomadenlande herumstreift. Ich habe Euch gestern gesehen, als wir das Vieh heimwärts trieben. Sie haben einen meiner Gefährten angeschossen und schwer verletzt. Meine Herrin Cali duldet so etwas nicht. Sie hat uns sofort geschickt, um das zu klären und um Euch zu befreien." „Es besteht kein Grund, mich Herrin zu nennen, Elumanti", sagte Aurea. „Ich danke Euch vielmals für meine Befreiung und möchte mich gerne auch bei Eurer Herrin bedanken. Ich bin eine Kauffrau aus der fergardhonischen Stadt Ahrden und möchte mit dem Stamm des Norn Sevec Handel treiben. Deshalb bin ich hier. Nur, ich fürchte, aus meinem Vorhaben wird nichts werden, denn die Grauden haben mich völlig ausgeraubt. Ich könnte Sevec jetzt nur ohne jede Mittel gegenübertreten. Bitte nennt mich Aurea, und es wäre hilfreich, wenn ich auch Euren Namen erfahren könnte."

„Mein Name ist Tapai und Ich bin Großknecht am Hof meiner Herrin Cali. Aurea, wir werden nun die Zelte dieser Wegelagerer niederbrennen, denn Cali duldet sie nicht in der Nähe ihres Hofes. Wollen wir vorher nachsehen, ob sich in den Zelten noch etwas befindet, das Euch gehört?" Natürlich wollte Aurea dies versuchen und so sahen sie die drei Zelte gründlich durch. Dies war nicht angenehm, denn das Innere war völlig verdreckt, voll von alter Kleidung, verklebten Waffen, angebrochenen Vorräten von Tesh und billigem Rauchkraut, feuchten Decken oder von Schädlingen befallenen Säcken mit verschiedenen Lebensmitteln. Dann – direkt neben einem nach nassen Ausscheidungen riechenden Nachtlager, vermutlich war dies das Zelt von Heerführer Delras – fand Aurea ihren Sack mit den Münzen. Hastig zählte sie nach. Es war alles noch da. Die Münzen waren noch nicht aufgeteilt worden und man hatte bei der hastigen Flucht am Morgen keine Zeit mehr gehabt, den Sack mitzunehmen. Aurea war außer sich vor Freude. Es war noch nicht zu Ende. Sie würde ihre Suche nach dem Norn Sevec fortsetzen können. Aurea nahm sich ein leidlich unbeschmutztes Tuch und band sich den Sack mit den Münzen um die Hüften, ehe sie wieder ins Frei trat. Dann brannten die Zelte.

Tapai lud Aurea ein, gemeinsam mit seinen Männern zum Hof seiner Herrin zu kommen. Sie sei dort unbedingt willkommen und sie könnte sich dort in Ruhe überlegen, wie sie nun weiter vorgehen möchte. Gern nahm sie die Einladung an. Sie brachen gleich auf und hatten einen längeren Fußmarsch vor sich. Aurea war sehr neugierig, etwas über ihre Retterin zu erfahren. „Wir sind hier im freien Nomadenland, im Grasland", sagte sie. „Wie kommt es, dass es hier einen Hof gibt? Davon habe ich bisher nichts gehört." Tapai lachte und zeigte dabei seine großen Vorderzähne. „Als seinerzeit der Than die bekannte Welt neu eingeteilt hat, gab er nicht alles Land an die Reiche der großen Völker. Das hat er bewusst getan. Dieses Land zwischen den Reichen ist für die Nomadenvölker, die Stämme ohne feste Gebietsgrenzen und alle die, die sich keinem Herrscher und keinem Reich unterordnen wollen. In den Zeiten des großen Krieges ist vieles durcheinander geraten und nicht wenige wussten nach dem Sieg des Than nicht, was sie nun als ihre Heimat sehen sollten. Einige von denen, die damals in das Nomadenland kamen, aber auch viele Junge, die später nach einem neuen und anderem Leben suchten, hat Cali um sich gesammelt. Sie hat etwas völlig Neues begonnen und hier im Grasland Zäune gezogen, Pflanzen in den Boden gesetzt, Tiere herangeholt und unseren Hof gegründet. Es ist der einzige Hof im freien Nomadenland. Sie wird hier respektiert und jeder, der bei uns leben und arbeiten möchte, ist willkommen, woher er auch kommt." „Der einzige Hof im Nomadenland", sagte Aurea nachdenklich. „Wer ist Eure Herrin? Woher kommt sie?" „Cali?", fragte Tapai. „Sie ist einzigartig. Sie ist ein Leshan und kommt von einem Volk, das weit entfernt im Westen lebt." Tapai sah Aurea unsicher an. „Wisst Ihr, was ein Leshan ist?" „Nein", erwiderte Aurea. „Von diesem Volk habe ich noch nichts gehört." „Ihr werdet sehen", antwortete er.

Sie hatten inzwischen einen sacht abfallenden Hügel überquert und Aurea hatte zunächst den Eindruck, in der Ferne die Ausläufer eines Waldes zu erkennen. Dann erkannte sie Obstbäume und schließlich sah sie den Zaun. Es war ein großes Gebiet, das dieser Zaun umschloss – mehrere Dörfer hätten leicht darin Platz gefunden. Ein Holzzaun, der für Aurea etwa Kopfhöhe hatte, umschloss das Gebiet und noch davor gab es einen mit Wasser gefüllten Graben, der wohl der Entwässerung des feuchten Graslandes diente und bei Regen gut gefüllt war. Auf der anderen Seite gab es zahlreiche Obstbäume, die zu dieser Jahreszeit voller Früchte standen. Sie passierten ein großes Hoftor, das von drei mit Bögen und Schwertern bewaffneten Hundswesen bewacht wurde. Aurea bot sich hier ein völlig neuer Anblick. Es war, als hätten sie das Grasland verlassen.

Hinter einer Obstwiese gab es Getreidefelder mit den verschiedensten Getreidesorten. Aurea erkannte Felder mit Weißkorn und auch die Gelbmehlbeere war für die zweite Ernte reif. Es gab reichlich Vieh, das friedlich auf seiner Weide fraß, und bald näherten sie sich Ställen, Vorratssilos und Werkstätten. Überall sah Aurea Elumantis, Hundswesen, aber auch einige Grauden und Norne bei der Arbeit. Dieser Hof war nicht nur die Lebensgrundlage einer einzigen Bauernfamilie; das war eine Gemeinschaft unterschiedlichster Völker und Spezies, die sich hier um Cali versammelt hatten. Tapai erklärte ihr die unterschiedlichen

Bereiche, bis schließlich das Hauptgebäude in Sicht kam. Es gab zunächst den zentralen Haupttrakt des Gebäudes, der zwei Stockwerke hatte, wobei das oberste mit einem Spitzdach aus dicht gebündelten Zweigen gedeckt war. Daneben gab es auf beiden Seiten direkt angrenzende Gebäude, die nur über ein Stockwerk, aber ein ebensolches Dach verfügten. Das Haus war aus Lehm gebaut, aber man hatte zur Stabilisierung Holzbalken und Steine verbaut. Es war ein sehr massives Haus mit offenbar sehr dicken Mauern. Vor dem Haus gab es einen mit runden Steinen gepflasterten Platz, auf dem drei Stachelblattbäume wuchsen. Es herrschte ein geschäftiges Treiben auf diesem Platz. Vor dem Haupteingang gab es ein Kommen und Gehen und über den Platz wurde Vieh getrieben und Wagen mit Getreide gezogen. Drei Elumantis dösten auf einen Baumstamm sitzend und tranken heißen Pattai.

Tapai erklärte, dass ein Großteil der Bewohner des Hofes in diesem Gebäude und den Nebengebäuden leben würden. Auch eine große Küche war hier untergebracht. Sie würden Cali direkt in ihren Privaträumen aufsuchen, denn jeder konnte dort jederzeit eintreten und sie sprechen. Als sie sich durch den Haupteingang in die Vorhalle begaben, wirkte dies auf Aurea, als würden sie ein Lager betreten. Vielerlei Werkzeuge, Getreidesäcke, Teppiche, Holzbretter und Möbel waren dort abgestellt, wurden gerade gebracht oder abgeholt. Der Ort war von Rufen, Lachen und verschiedensten Geräuschen erfüllt. Durch die großen Fenster oberhalb des Eingangs drang viel Licht und gab die Sicht auf einen massiven Holzboden, hellen Rauputz an den Wänden und eine große Treppe in das oberste Stockwerk frei. Irgendwo in dem Gebäude hatten mehrere Frauen angefangen zu singen. Tapai führte Aurea die große Holztreppe empor. Fast im nächsten Stockwerk angekommen, geriet sie beinahe ins Straucheln, weil ein Graudenkind gemeinsam mit zwei Elumantikindern schreiend die Treppe hinunterlief und sie dabei fast von der Gruppe umgeworfen wurde. Tapai zeigte gerade auf eine geöffnete, der Treppe gegenüber gelegene Tür und wollte zu einer Erklärung ansetzen, als Aurea aus dem Inneren des angrenzenden Raumes eine aufgebrachte Stimme hörte: „Ein Scherz", sagte sie. „Du sagst mir jetzt, dass das ein Scherz ist."

Tapai winkte Aurea hinein und da sah sie ein großes, männliches Hundswesen, das mit gesenktem Kopf und äußerst unglücklichem Gesichtsausdruck vor einer Frau stand, die allenfalls Aureas Größe hatte. Die Frau hatte schmale aufrecht stehende Ohren wie die der pferdeartigen Rassen. Mit Sicherheit konnten sie je nach Gemütsverfassung waagerecht abstehen oder Richtung Boden gehalten werden. Im Moment standen sie äußerst aufrecht am Hinterkopf empor. Das Gesicht war rund – ähnlich dem der Katzenartigen – und die Augen gespalten wie bei einigen ziegenähnlichen Arten. Sie hatte ein flaumartig kurzes braunes Fell ohne zusätzliche Kopfbehaarung. Ihre Stimme war für ihre zierliche Größe äußerst dunkel und im Moment war sie hart und sehr bestimmt. „Wir hatten vereinbart, dass der Brunnen, den wir zur Bewässerung der hinteren Gemüseareale brauchen, im Herbst fertig ist und Ihr habt noch nicht einmal begonnen?" Die Frau hatte inzwischen Tapai und Aurea bemerkt, sie musterte Aurea kurz und während das Hundswesen zu einer Erklärung ausholte und Luft holte, machte sie eine kurze Verbeugung und gab Aurea zu ihrer großen Verwunderung einen Handkuss. Das Hundswesen erklärte umständlich, dass sie ein anderes Projekt unerwartet lange aufgehalten hatte. Die Frau hörte sich die Ausführungen aufmerksam bis zum Ende an und sprach dann ruhig: „Wir brauchen den Brunnen bis zum Frühjahr. Bis zum Frühjahr werdet Ihr ihn fertig haben." Damit war das Gespräch unmissverständlich beendet und das Hundswesen verließ eilig den Raum. Tapai erstattete nun zügig seinen Bericht und seine Herrin äußerte kurz ihr Missfallen, als er erwähnen musste, dass der alte Delras mit zwei seiner Männer entkommen konnte. Dann wandte sie sich Aurea zu, sah sie mit ihren seltsamen, geschlitzten Augen aufmerksam an und sagte: „Was für eine Begrüßung! Bitte entschuldige, meine Liebe, sei willkommen auf meinem Hof. Ich bin Cali. Dies ist ein guter und sicherer Ort. Hier hast du nichts mehr zu befürchten. Du hast sehr unangenehme Dinge erleben müssen. Die Schuldigen werde ich noch bestrafen. Wie war noch einmal dein Name?" „Mein Name ist Aurea. Herrin, ich danke Euch sehr für meine Befreiung und für Eure große Gastfreundschaft. Ich werde Euch nach meiner Rückkehr in Ahrden bei den höchsten Stellen erwähnen und ich bin sicher, dass Euch mein Vater eine Belohnung überbringen lassen wird." Cali lachte mit tiefer dunkler Stimme. „Dein Vater schuldet mir nichts, Aurea. Was ich getan habe, habe ich gerne und aus freien Stücken getan. Und nenne mich nicht Herrin. Ich bin Cali und alle an diesem Ort nennen mich so. Aurea. Was für ein eleganter und anmutiger Name. Er passt zu dir. Aurea, an diesem Ort gibt es nur zwei Regeln, die ich dir gleich zu Beginn sagen möchte. Die erste Regel lautet: Jeder arbeitet nach seinem Können und nach seinen Kräften mit, um den Hof und unsere Gemeinschaft zu erhalten und zu stärken. Die zweite Regel lautet: Es ist ganz gleich, wer man außerhalb des Hofes war und woher man kommt. Man ist frei, mit allem neu zu beginnen. Wenn du diese Regeln verstehst und befolgst, dann kannst du bleiben, so lange du willst. Natürlich kannst du auch jederzeit gehen." Cali lächelte und blinzelte Aurea verschmitzt zu. „Du bist hier willkommen", fuhr sie fort. „Tapai, zeige Aurea ihr Zimmer." Direkt hinter ihnen wartete bereits ein junger Graude, der Cali von einem verletzten Sumpfpferd berichten wollte und Tapai und Area verließen

212

eilig den Raum.

Während sie zunächst die große Holztreppe hinunter stiegen und dann in den linken Gebäudetrakt gewechselt waren, erklärte Tapai: „Dieses Gebäude ist noch nicht fertig und wird es vielleicht niemals sein. Wenn neue Bewohner zu uns kommen, erweitern wir es regelmäßig Stück für Stück. Platz ist hier genug. Sicher könnten wir auch ein zweites oder drittes Gebäude bauen. Aber warum? Wenn alle in einem Gebäude untergebracht sind, kann man auch bei Regen oder Schnee ohne Probleme zueinander kommen. Dein Zimmer ist nicht neu. Hier hat bis vor Kurzem eine Steppennornin gewohnt, die nach vielen Monden bei uns doch zu ihrem Stamm zurück wollte. Ich glaube, sie hat noch ein wenig Kleidung hier gelassen. Schau mal nach, ob dir das passt. Ich schicke dir nachher noch Sasia vorbei. Sie wird schon passende Kleidung für dich auftreiben. Der Notdurftort für deine Etage ist gleich gegenüber von deinem Zimmer." Dann öffnete Tapai eine Tür und ließ Aurea in ihr Zimmer eintreten Es gab dort ein einfaches Holzbett, einen Schrank und einen Waschzuber. Das Fenster war groß und gab den Blick auf den Platz mit den drei Stachelblattbäumen frei. „Am Abend wird auf dem Platz dort unten ein großes Feuer entzündet", erklärte Tapai. „Wir werden zu Abend essen und ein wenig feiern. So machen wir das jeden Abend. Komm einfach zu uns herunter, wenn das Feuer brennt. Ruh dich jetzt ein wenig aus." Während er das Zimmer verließ, sagte Tapai: „Cali scheint dich zu mögen, Aurea. Du solltest wissen, dass Cali nicht einfach eine Frau ist. Cali ist ein Leshan." Dann verließ er das Zimmer.

Aurea war völlig erschöpft. Sie musste wohl ein wenig eingeschlafen sein, als das junge Elumantimädchen Sasia anklopfte und ihr etwas Obst und Wasser brachte. Sie sahen sich die zurückgelassene Kleidung im Schrank an und in der Tat schien diese Kleidung für den Anfang auszureichen. Sasia versprach, sich noch nach etwas wärmerer Winterkleidung umzusehen. Bald konnte Aurea von ihrem Fenster aus beobachten, wie auf dem Hof Holz aufgeschichtet wurde. Es wurden sehr rasch Tische und Bänke gebracht und bald darauf hatte man das Feuer entzündet. Es bereitete ihr Vergnügen zunächst zu beobachten, wie sich der Platz langsam füllte. Es wurden auch Musikinstrumente gebracht und möglicherweise würde es auch Tanz geben. Erst als der Geruch köstlicher Speisen Aureas Fenster erreichte, verließ sie ihr Zimmer und fand mit etwas Mühe den Weg durch das Gebäude hinaus auf den Platz. Aurea hoffte inständig, dass ihr am Ende des Abends auch der Rückweg wieder gelingen würde. Kaum auf dem Hof angekommen, erhielt Aurea einen Becher mit gewürztem Rübensaft, der sehr viel besser schmeckte, als sie vermutet hatte und vor allem auch als er aussah.

Sasia war die erste bekannte Person, die sie sah, und das Elumantimädchen führte sie über den Platz, zeigte ihr die sich vor Speisen biegenden schlichten Holzbretter, die man über einfache Holzböcke gelegt hatte, und stelle sie an verschiedenen Tischen vor. Die Elumantis und Hundswesen, die bei ihrer Befreiung dabei waren, sah sie nun wieder und auch Tapai kam mit etwas Verspätung auf den Platz. Neben den Elumantis und Hundswesen, die die Mehrheit der Hofleute bildeten, sah Aurea Norne, Grauden und zu ihrer Überraschung auch einige Fergardhonier, mit denen sie sich kurz über ihre Herkunft austauschte. Diese Fergardhonier hatten ihre Heimat aus den verschiedensten Gründen verlassen und sie waren sicher, dass sie niemals wieder unter der Herrschaft, ganz gleich welchen Herrscher, leben wollten. Sie waren froh, unter dem freien Volk auf Calis Hof leben zu können, zumindest für einige Zeit. Dann würden sie sicher weiterziehen.

Aurea war seit ihrem Aufbruch aus Ahrden auf keinem

214

Fest mehr und sie genoss die ausgelassene Stimmung, die Gespräche mit den freundlichen Hofleuten und die vielfältigen Speisen, die aus der Heimat der verschiedenen Spezies stammten, die auf dem Hof lebten. Sie probierte verschiedene süße vergorene Getränke und etwas von dem Tesh und bald lösten sich all die Furcht und Anspannung von ihr. Als die Musikanten begannen mit Trommeln und Zupfinstrumenten Tanzmusik zu spielen, gehörte sie zu den Ersten, die zu tanzen begannen. Immer wieder begab sich einer der Hofleute unter die Musiker und stimmte ein Lied aus seiner Heimat an und auch Sasia konnte dabei gut mithalten. Dann, Aurea hatte sich nach einem Tanz gerade auf eine der Bänke gesetzt, nahm sie einen tiefen Schluck Tesh und setzte sich plötzlich Cali neben sie. Aurea hatte sie auf dem Fest noch gar nicht gesehen und für einen Moment wurde ihr noch wärmer als ihr ohnehin schon war, als sie so unvermutet ihrer Retterin begegnete. Cali nahm ebenfalls einen Schluck Tesh und sah sie aufmerksam an. „Ich kenne Heerführer Delras, der dich überfallen hat, Aurea. Er und seine Leute gehörten einst zu dem gewaltigen Heer, welches Nesonkton für den Dreierbund in den großen Krieg geführt hat. Diese Leute wollen die neue Weltordnung des Thans nicht befolgen. Sie haben sich hier in das freie Nomadenland zurückgezogen, haben auf bessere Zeiten gehofft und sind darüber alt geworden. Erbärmliche Räuber sind sie nur noch, dunkle Schatten aus dunklen Zeiten. Ich werde ihn für dich finden, meine Schöne. Ich verspreche es. Aber heute, soll uns das nicht kümmern. Wir sind frei und die Nacht liegt noch vor uns. Lass uns feiern." Und ohne dass Aurea einen weiteren Gedanken fassen konnte, hatte sie Cali wieder zu den Musikanten gezogen und zum ersten Mal, seit sie sich erinnern konnte, tanzte sie mit einer Frau, die sie um die Hüften gefasst hatte und Sasia sang dazu. Später hätte Aurea nicht mehr genau zu sagen gewusst, wie sie in ihr Zimmer zurückgekommen war. Nach mehreren Tänzen hatten sie sich wieder gesetzt. Cali wollte noch weitere Getränke holen, aber Aurea war schon so schwindelig. Sie hatte wohl noch Tapai gesagt, dass sie nun müde sei, und dann war es ihr doch noch irgendwie gelungen, ihr Zimmer zu finden.

Als Aurea am nächsten Tag erwachte, stand die Sonne bereits hoch am Himmel und ihr Kopf schmerzte erheblich. Verwirrt sah sie von ihrem Bett aus dem Fenster, begriff, dass sie den Morgen eindeutig verschlafen hatte und versuchte sich zu erinnern, wie viele von diesen vergorenen süßen Getränken sie gestern zu sich genommen hatte. Vor allem diese kleinen Becher mit dem Saft einer schwarzen Beere waren es – sie erinnerte sich langsam. Schon nach dem ersten dieser Becher wurde ihr so schwindlig. Entschlossen drehte sich Aurea auf die andere Seite des Bettes, um von dort aus aufzustehen. Wie unangenehm, dass sie gleich an ihrem ersten Tag auf dem Hof verschlafen hatte. Sie war bereits im Begriff aufzustehen, als sie sich überrascht wieder fallen ließ und auf der Bettkannte sitzen blieb. In ihrem Zimmer gab es keinen Tisch, aber jemand hatte in der Nacht oder am frühen Morgen einen Schemel neben ihr Bett gestellt, auf dem eine gewaltige Vase voll mit bunten Blumen stand – Blumen, wie man sie zu dieser Jahreszeit eigentlich nicht mehr zu Gesicht bekam. Staunend starrte Aurea auf diese Vielfalt an zarten und filigranen Pflanzen.

Nachdem Aurea sich für den Tag fertig gemacht hatte, traf sie im Gang auf einen der Norne, mit denen sie gestern gesprochen hatte. Er zeigte ihr den Weg zur Küche und Aurea bekam dort noch einen großen Becher Pattai, etwas Obst und geröstetes Brot. Nach einer schnellen Mahlzeit trat sie hinaus in den Hof und traf dort direkt auf Tapai, der gerade von einer Arbeit in den Ställen kam. „Wo kann ich Cali finden?", fragte sie. „Ich möchte, dass sie mir eine Arbeit zuteilt, denn ich will nicht, während ich hier bei euch auf dem Hof bin, untätig

216

sein." „Cali wirst du jetzt nicht finden", sagte Tapai. „Sie ist bereits bei Morgengrauen mit einigen Hofleuten aufgebrochen, um die Männer zu finden, die dich gefangen hatten. Sie möchte persönlich dafür sorgen, dass Heerführer Delras und seine Männer hier im Grasland keinen Schaden anrichten können. Zweifellos wird ihr das auch gelingen. Aber warum gehst du nicht zu Sasia, die mit einigen Frauen das Gemüse im vorderen Areal wässert? Sie werden sich über eine zusätzliche Helferin freuen. Du brauchst nur diesen Weg weitergehen und hinter den Obstbäumen rechts abbiegen. Da siehst du sie schon."

Aurea folgte Tapais Beschreibung und tatsächlich fand sie Sasia schnell. In diesem Areal gab es mehrere Brunnen und Sasia war mit drei weiteren Elumantifrauen und einer Graudenfrau damit beschäftigt, die Beete zu bewässern. Es gab kleine, zweirädrige Wagen, die aus einer Platte auf drei Rädern, einem langen Stab zum Schieben oder Ziehen und einem sehr großen Sack aus Tierhäuten, welcher auf der Platte befestigt war, bestand. Der Sack hatte auf der Oberseite eine Öffnung, durch die man das Brunnenwasser mit Eimern füllen konnte. Er war sehr dehnbar und fasste den Inhalt vieler Eimer. Anschließend konnte der Wagen zu einem beliebigen Beet gezogen und dort aus mehreren seitlichen Öffnungen entleert werden. Das Wasser floss in weiten Bögen aus diesen Öffnungen, während der Wagen an den gewünschten Beeten vorbeigezogen werden konnte. Überall zwischen den Beeten waren spezielle feste Wege für diese Art von Wasserkarren angelegt worden. „Cali hat sich dies ausgedacht", erzählte Sasia. „Früher war das Bewässern harte Männerarbeit, aber seitdem wir die Wagen haben, kann schon eine kleine Gruppe Frauen eine große Fläche bewässern. Wir haben auch ein Areal, das mit Wasserrohren versorgt wird. Das ist noch einfacher, aber wir haben noch längst nicht alle Bereiche an die Rohre anschließen können." „Cali ist wirklich eine besondere Frau", sagte Aurea. „Aber Tapai sagte, sie sei ein Leshan. Was genau heißt das eigentlich, Sasia?" Sasia sah Aurea unsicher an. „Weißt du es denn nicht?", fragte sie. „Nein", antwortete Aurea. „Sonst würde ich nicht fragen. Erklärst du es mir?"

„Die Leshane leben weit im Westen", berichtete Aurea. „Sie kommen aus einem Land ganz am Rande der bekannten Welt, darum sind sie uns so wenig vertraut. Sie sind ein einzigartiges und seltsames Volk. Ich habe von vergleichbaren Wesen sonst noch niemals gehört. Calis Urgroßvater war aber einst in Fergardhon eine legendäre Person und kam in vielen Erzählungen und Liedern vor. Kennst du nicht die Erzählungen von dem Schiff, das als erstes im Südmeer in die Region hinter dem großen Riff vorgestoßen ist? Vorher war der Weg durch die Passage lange in Vergessenheit geraten." „Ich erinnere mich", antwortete Aurea nachdenklich. „Das ist die Saga von dem Schiff des Kapitän Khales und seiner Mannschaft, nicht wahr? Als Kind habe ich das erzählt bekommen." „Calis Urgroßvater war auf diesem Schiff", fuhr Sasia fort. „Die meisten Fergardhonier kennen Leshane nur aus dieser Erzählung. Leshane sind weder Mann noch Frau, Aurea. Sie sind immer beides zugleich. Jeder Leshan ist eine wenig Mann und Frau. Sie sind alle vollständig beides. Das bedeutet, dass jeder Leshan Vater sein kann, aber er kann auch Kinder gebären. Natürlich sind dann aber zwei von ihnen erforderlich. Es gibt sie immer in zwei Ausprägungen, entweder einem eher männlichen Körper oder einem eher weiblichen Körper." „Cali ist also ein eher weiblicher Leshan?", fragte Aurea verwirrt. „Nicht ganz", erklärte Sasia weiter. „Tatsächlich sind die meisten Leshane innerlich das Gegenteil zu ihrer äußeren Erscheinung. Calis Urgroßvater war ein starker und mächtiger Krieger und Seemann, aber in seinem Inneren und in seinem wirklichen Wesen war er eine Frau. Cali dagegen hat den zierlicheren

218

Körperbau eines Frau-Leshan. Anders aber ist es in ihrem Inneren und in ihrem eigentlichen Selbst. Verstehst du, Aurea?" „Cali ist ein Mann?", fragte Aurea verwirrt. „Soweit man das bei einem Leshan sagen kann, ja", antwortete Sasia. „Cali ist ein Frau-Leshan mit einem Mann-Selbst. Außerdem, vielleicht hast du es ja schon bemerkt, sieht es so aus, als ob Cali sehr an dir interessiert ist, Aurea."

Aurea arbeitete mit den Frauen bis in den Nachmittag hinein in den Beeten. Als die Sonne am höchsten stand, wurde ihnen eine würzige kalte Suppe gebracht und sie tranken dazu das klare, kühle Brunnenwasser. Am späten Nachmittag hatten sie fast das gesamte Areal gründlich bewässert, als sie schon von Weitem sahen, dass Reiter den Weg vom Hofeingang zu ihnen heraufkamen. Klein und zierlich sah Cali auf ihrem schwarzen Pferd aus, als sie gemeinsam mit zehn gut bewaffneten Hundswesen und jungen Grauden langsam auf sie zugeritten kam. Die Frauen stellten Eimer und Wasserkarren zur Seite und gingen ihnen entgegen. Cali hielt direkt vor Aurea und alle konnten sehen, dass die Reiter sehr müde und erschöpft aussahen. Dann sprach Cali zu Aurea: „Wir haben uns heute auf die Suche nach Heerführer Delras und seinen Männern gemacht", begann sie. „Es gab noch weitere Lager und in der Tat waren es noch acht Krieger aus dem seit Langem vernichteten Heer Nesonktons, die hier in unserer Nähe ihr Unwesen trieben. Ich habe dir gestern versprochen, dass ich sie für dich finden werde, Aurea. Dies ist uns wahrlich gelungen, denn sie werden nun niemals wieder Schaden anrichten können. Eigentlich wollte ich dir den Kopf Delras zu Füßen legen, aber ich fürchte, dies würde dich eher erschrecken. Also bringe ich dir sein Schwert, denn sein Schwert und seinen Bogen gibt ein graudischer Krieger niemals fort, solange er lebt." Mit diesen Worten zog Cali ein langes Schwert unter ihrem Mantel hervor und rammte es vor sich in den Boden. Cali sah nun zu Boden und sagte mit dunkler, aber sehr leiser Stimme: „Niemand wird dir noch einmal etwas zuleide tun, meine Schöne." Anschließend nahm sie ihr Pferd bei den Zügeln und ritt langsam weiter den Weg zum Haupthaus hinauf und ihre Männer folgten ihr.

Aurea war sehr erschöpft von der Arbeit, als sie wieder in ihr Zimmer zurückkehrte. Bis zur Abendmahlzeit war es noch Zeit und so legte sie sich auf ihr Bett. Dennoch fand sie trotz der Erschöpfung keinen Schlaf. Die Gedanken kamen und gingen und es waren keine geringen Neuigkeiten, die sie erfahren hatte. Der alte Heerführer, dessen Männer sie gefangen genommen hatte, war nicht mehr am Leben und acht weitere Grauden hatten ihr Leben gelassen. Sie wurden getötet, weil sie Aurea gefangen genommen hatten und die Herrin des Hofes dies für alle Zeiten verhindern wollte. Sie starben als Vergeltung und zu Aureas Schutz. Aurea sah zu Delras Schwert, das sie in eine Zimmerecke gestellt hatte, und sah dann hinüber zu der übervollen Blumenvase neben ihrem Bett. Die Herrin des Hofes, der eigentlich fast schon ein kleines Dorf war, hatte dies veranlasst und wahrscheinlich selbst durchgeführt – die Herrin des Hofes, die wohl keine Frau war.

Auch an diesem Abend fand wieder ein Fest statt und wieder waren Speisen und Getränke reich vorhanden und es gab Tanz und Musik. Aurea hatte bereits gegessen und war mit Tapai in ein Gespräch über ihre Heimat Ost-Belkant vertieft, als Cali recht spät zu dem Fest dazustieß. Sie hatte sie nicht kommen sehen und erst als sie im Gespräch zufällig aufsah, erkannte sie, dass sie unweit ihres Tisches stand und wohl schon eine Weile zu ihr hinübersah. Cali trug nicht ihre übliche Bauernkluft, sondern war vollständig in Schwarz gekleidet. Sie trug eine schlichte schwarze Hose, ein schwarzes Oberteil und darüber einen schwarzen Umhang. Aus ihren von einer langen waagerechten Pupille gespaltenen gelben Augen sah Cali ernst und schweigend zu Aurea hinüber und hatte sie möglicherweise schon längere Zeit beobachtet. Langsam ging sie nun auf Aurea zu und nahm an ihrem Tisch Platz. Obwohl Cali bisher kein Wort gesprochen hatte, stand Tapai sofort auf und verließ seinen Platz. Cali sah Aurea für einen Moment immer noch schweigend an und sagte dann: „Kennst du das, wenn im Frühjahr nach einem harten Winter der Schnee geschmolzen ist und die milde Luft die ersten Frühlingsknospen aus der Erde lockt? Oder wenn nach vielen Regentagen die Wolken aufbrechen und die Sonne über die Hügel scheint? Es ist ein warmes hoffnungsvolles Gefühl, das das Herz ergreift und man möchte, dass es nicht von kurzer Dauer ist." Cali lächelte nicht und wartete nicht auf eine Antwort von Aurea. Stattdessen fragte sie: „Warum bist du von Ahrden hierher in das Grasland gekommen, meine Schöne. Bist du auf der Durchreise?" Aurea berichtete über ihren Vater und ihren Plan, das Zwiegewürz in Fergardhon bekannter zu machen und damit zu handeln. Sie erklärte Cali, dass sie auf der Suche nach dem Norn Sevec und seinem Stamm sei und bald ihre Suche fortsetzen müsse." Cali nickte und sagte: „Ich kenne Sevec gut. Er ist unterwegs, um seiner Herde gutes Grasland zu bieten, und im Moment weit von uns entfernt. In einem halben Mond wird er wieder zurück sein und mit seinem Stamm und seiner Herde dicht an unserem Hof vorbeiziehen. Bis dahin bleibe doch einfach noch ein wenig bei uns." „Ich weiß ohnehin nicht, wo ich nach ihm suchen soll", sagte Aurea. „Dann werde ich sehr gerne hier auf ihn warten." Cali war aufgestanden und hatte kurz Aureas Hand ergriffen, die sie nun festhielt. Aurea war erstaunt darüber, dass ihr in diesem Augenblick spürbar warm wurde. Dann sagte Cali, ohne Aurea dabei direkt anzusehen: „Jeder Tag, den du hier auf dem Hof bleibst, ist ein glücklicher Tag. Wenn es einen Weg geben würde, dich für immer hier zu behalten, nenne ihn mir. Ich würde jede Bedingung dafür erfüllen." Cali ließ nun Aureas Hand los, ging zu den Musikern und sprach leise mit ihnen. Dann trat ein einzelner Musiker vor, setzte sich auf den Boden und stellte sein hohes hölzernes Saiteninstrument auf seine übergeschlagenen Beine. Dann begann er mit einem Bogen auf diesen Saiten zu spielen und ein zarter und klarer Ton erfüllte für eine Weile den Hof.

Es war still geworden, als Cali damit begann ihr Lied zu singen. Aurea verstand die Sprache nicht, in der das Lied gesungen wurde, denn es war die Sprache der Leshane. Cali sang mit fester dunkler Stimme und obwohl sie nicht laut sang, war ihre Stimme überall auf dem Hof zu vernehmen. Es musste ein trauriges Lied sein, voller Einsamkeit, aber dennoch voller Stärke. Cali hatte zunächst die Augen geschlossen und stand dort – klein und zierlich wirkend – neben dem Musiker mit dem Saiteninstrument und Aurea merkte, dass diese sanfte Melodie, die dennoch von dieser dunklen Stimme vorgetragen wurde, ihr Herz ergriff. Es war inzwischen dunkel geworden und nur das Feuer und die Fackeln gaben noch Licht. Dunkle Wolken zogen eilig über den Himmel und gaben nur hin und wieder den Blick auf die Sterne frei. Gefühlvoll und stark sang Cali ihr Lied in die Nacht hinein und kurz vor dessen Ende trat sie zwei Schritte vor und sah mit ihren hellen gespaltenen Augen Aurea an. Bis zum Ende des Liedes ließ Cali Aurea nicht mehr aus den Augen und als sie geendet hatte, blieb es ruhig auf dem Hof. Es gab keine Rufe und keinen Applaus, denn alle wussten, dass Cali das Lied nicht für sie gesungen hatte. Als die Stille nun zu spürbar wurde, ging Sasia zu den Musikern und sang mit ihrer schönen Stimme ein ruhiges und dennoch fröhliches Lied und die Gespräche an den Tischen wurden nun fortgesetzt.

Cali aber ging zu Aurea, nahm wieder ihre Hand und ohne dass gesprochen wurde, zog sie Aurea vom Tisch weg und hin zu den Musikern. Dort tanzten Aurea und Cali nun einen großen Teil des Abends. Cali umfasste Aurea und zog sie an sich heran. Wie sollte sie sich verhalten? Was geschah hier und wie ging es ihr dabei? Aurea war so verwirrt. Aber warum sollte sie nicht in dieser Nacht mit Cali tanzen. Sie war am Leben und sie wurde beschützt und die Person, der sie dies zu verdanken hatte, die den Hof und diese wunderbare Gemeinschaft herangebildet hatte, war hier bei ihr. Sie war bereit, alles für Aurea zu tun. Sie schloss die Augen. Es war doch ein Mann, der sie hier beim Tanz um die Hüften fasste. Warum sollte sie nicht mit Cali tanzen? Sie blieb hier bei ihr. Für den Tanz.

Als Aurea am nächsten Morgen in ihrem Zimmer erwachte, sah sie, dass man ihr auch in dieser Nacht Blumen gebracht hatte. Aber es war nicht ein einzelner Strauß wie am Morgen zuvor. Das kleine Zimmer war voll von Vasen mit den verschiedensten Blumen und sie würde Schwierigkeiten haben, bis zur Tür zu gehen, ohne etwas umzuwerfen. Aurea zog ihre Beine an sich und umfasste die Knie. Sie war aufgebrochen, um den Nornenstamm zu finden, der ihr das Zwiegewürz verkaufen könnte und um für ihren Vater ein neues Geschäftsfeld zu errichten. Nun hatte sie diesen Hof im freien Grasland betreten, auf dem jeder von Neuem beginnen konnte, und alles, was in der Welt außerhalb des Hofes geschah, nichts zählte. Was würde nun geschehen? Wohin sollte dies führen?

Ihren zweiten Tag auf dem Hof verbrachte Aurea damit Beeren zu pflücken. Sie war ernst und nachdenklich und sprach nicht viel mit den anderen Frauen, die gemeinsam mit ihr diese Arbeit durchführten. Eigentlich brauchte sie nicht lange nachdenken. Verschiedene adlige Söhne hatten in ihrer Heimat bereits um sie geworben, aber natürlich hatte sie für diese hochstehenden jungen Männer aus ihren wohlhabenden Familien nichts übrig. Cali war eine starke und beeindruckende Person, aber sie hatte das Äußere einer Frau.

Aurea war es zunehmend schwer um das Herz. Das würde für sie nicht gehen und sie wollte zurück zu ihrer Familie. Möglichst bald wollte sie zurück nach Ahrden. Da war sie jetzt sehr sicher. An diesem Abend ging sie nicht auf das Fest auf dem Hof. Sie nahm sich etwas von dem Röstbrot und dem gewürzten Gemüse und ging in ihren Raum. Einen halben Mond würde sie auf Sevec warten und in dieser Zeit auf dem Hof nach Kräften mitarbeiten. Dann würde sie gehen.

Tage vergingen, in denen Aurea nicht an den Festen teilnahm und es vermied Cali zu begegnen. Die Blumen in ihrem Zimmer wurden immer wieder erneuert und wenn sie hörte, dass Cali nach ihr gefragt hatte, fand sie stets einen Vorwand, sie nicht zu treffen. Es war an dem vierten Tag, an dem sie nicht auf dem Fest blieb, als sie aus der Tür ihres Zimmers trat und dort auf Cali traf, die bereits auf sie gewartet hatte. Aurea erschrak und Cali sah sie für einen Moment schweigend an, ehe sie sprach: „Der Himmel ist grau in diesen Tagen", sagte sie. „Was immer einen Sinn gemacht und die Tage gefüllt hatte, ist nur noch Staub und Asche. Was habe ich getan, meine Schöne? Warum darf ich dich nicht sehen? Was kann ich tun?" Aurea sah zu Boden, schwieg für einen Moment und sagte: „Verzeih mir Cali. Ich möchte dich nicht verletzen. Ich fürchte aber, ich werde deine Erwartungen nicht erfüllen können." Cali sah Aurea mit ihren hellgelben Augen an und zog eine Holzschatulle unter dem dunklen Umhang hervor, den sie an diesem Abend trug. Wortlos reichte sie Aurea die Schatulle und deutete ihr, sie zu öffnen. Es war ein schlichtes, aus roten und grünen Fasern gewebtes Stoffband mit einem seltsamen, außergewöhnlichen Muster. „Das ist mein Tiras", sagte Cali leise. „Ein Tiras ist das Band einer Leshanfamilie. Wer es trägt, der ist für immer verbunden mit dem, der ihm das Band gegeben hat. Frauen flechten sich das Band meist ins Haar, aber man kann es auch um den Hals tragen. Jeder Leshan kann für seine Familie das Band nur einmal vergeben. Ich möchte, dass du mein Tiras bekommst, Aurea. Etwas anderes kann ich mir nicht mehr vorstellen." Aurea sagte zunächst nichts, dann schloss sie die Schatulle und legte sie zurück in Calis Hände. „Vergib mir", sagte sie und ihre Augen hatten sich mit Tränen gefüllt, als sie Cali küsste und an ihr vorbei in ihr Zimmer trat und die Tür hinter sich schloss.

Es waren keine guten Tage auf dem Hof, die diesem Abend folgten. Niemals zuvor geschah es, dass die Tür zu Calis Räumen verschlossen war, aber nun war sie es. Nur selten trat Cali aus dem Haus und begab sich unter ihre Leute und wenn sie es tat, waren ihre Anordnungen nicht immer wohlwollend und nicht immer einfach zu befolgen. Die Stimmung auf dem Hof hatte sich verdunkelt und es gab Abende, an denen nur wenige an dem gemeinsamen Fest teilnehmen wollten. Auch Cali wurde dort nicht mehr gesehen. Als die Hälfte der Zeit, die Aurea bis zu ihrer Abreise zu warten hatte, vergangen war, hörte sie davon, dass Cali nach einem Streit Tapai fortgeschickt habe und er den Hof bereits verlassen hatte. Aurea war eine geübte Reiterin und in ihrer Heimat gehörten ihr drei wertvolle Reitpferde. Sie holte sich eines der Hofpferde aus dem Stall und niemand getraute sich, die von Cali bevorzugte Frau daran zu hindern. Rasch hatte Aurea Tapai mit dem Pferd eingeholt, denn er war zu Fuß unterwegs und hatte noch keine weite Strecke außerhalb des Hofs zurückgelegt. Sie bat Tapai, Cali zu vergeben, und sie versprach, mit ihr zu sprechen. Tatsächlich öffnete Cali die Tür zu ihren Räumen, als sie merkte, dass es Aurea war, die anklopfte und Aurea war voll Wut und Trauer darüber, dass sie den Streit mit Tapai ausgelöst hatte. Sofort sollte Cali dies wieder rückgängig machen und Tapai auf dem Hof aufnehmen. Cali erfüllte Aurea diesen Wunsch und für den Augenblick war Aurea die Person, deren Wort auf dem Hof direkt nach Cali die meiste Geltung hatte.

Es war vier Tage vor dem Ende der Zeit, die Aurea auf den Nornenstamm warten wollte, als sie am frühen Morgen Rufe hörte und schließlich verstand sie, dass man Sevecs Stamm bereits gesichtet hatte. Sevec war früher zurückgekehrt, als alle es vermutet hatten. Dies war ein Zeichen für einen kalten und sehr frühen Winter, erfuhr Aurea von Tapai, denn Sevec brachte das Vieh bereits jetzt südwärts, damit es noch länger von dem fetten Sommergras fressen konnte, welches im Norden schon den ersten Frost bekam. Es war ein kühler, klarer Herbstmorgen, als Aurea an dem Hoftor stand und in der Ferne, gleich einer feinen schwarzen Linie, den Stamm mit seinem Vieh südwärts ziehen sah. Die Sonne hatte sich noch nicht lange über den Horizont erhoben, und sie hatte gehört, dass Cali schon bei Tagesanbruch losgeritten war, gleich als sie die vorbeiziehenden Norne erblickt hatte, denn sie wollte mit Sevec sprechen. Aurea ging an diesem Morgen nicht zum Essen in die Küche und sie ging am Vormittag auch nicht mit den anderen Frauen auf das Feld. Sie blieb neben dem Tor stehen und würde dort warten, bis Cali wieder zurückgekehrt war.

Cali kam am späten Nachmittag. Aurea konnte sie schon in der Ferne erkennen. Sie trug ihre schlichte, graue Bauernkleidung, einen dunklen Umhang und hatte ihr Schwert dabei. Ganz klein und zierlich wirkte sie auf dem großen schwarzen Pferd und doch hatte ihre Erscheinung eine Autorität und Präsenz, die jeder bereits aus der Entfernung spüren konnte. Sie hatte längst bemerkt, dass Aurea am Tor auf sie wartete und sie näherte sich unverändert im ruhigen Schritttempo. Kurz bevor sie Aurea erreichte, stieg sie mit einer gleitenden Bewegung von ihrem Pferd. „Du warst bei Sevec", sagte Aurea. „Mein Freund Sevec ist früh zurück dieses Jahr", sagte Cali. „Er hat den Winter gesehen und wird auf seinem Weg weiter in den Süden bald an uns vorbeigezogen sein." Cali sah zu den in der Ferne ziehenden Nornen zurück und fuhr fort: „Er war sehr erstaunt darüber, als ich ihm von dir und deinem Wunsch, mit dem Zwiegewürz zu handeln, erzählte. Er ist gerne bereit, dir etwas davon zu verkaufen, denn es kann sein, dass er für das Vieh Vorräte für einen langen Winter kaufen muss. Sein Stamm hat sonst nicht viele Möglichkeiten zu verkaufen oder zu tauschen." „Dann hat er Glück", sagte Aurea. „So werde ich ihn gleich aufsuchen müssen, denn unser Handel würde uns beiden demnach sehr nützen." Cali sah erst zum Boden und dann zu Aurea. „Ja, meine Schöne", sagte sie nun mit ungewohnt leiser Stimme. „Du solltest nun gehen und zwar jetzt gleich, denn der Stamm ist schnell und wird schon morgen an einem anderen Ort sein."

Inzwischen hatten auch zwei weitere Hofleute Calis Rückkehr bemerkt und waren zu ihnen getreten, aber Cali schickte sie gleich fort. Sie sollten so schnell wie möglich Aureas Beutel, ihre Münzen und ihre Sachen aus ihrem Zimmer sowie Wasser und Proviant bringen. Schweigend stand Aurea vor Cali und spürte mit einem Mal ein Gefühl großer Traurigkeit. „Du bist meine Retterin und Beschützerin", sagte sie schließlich. „Was du dir erhofft hast, werde ich dir nicht geben können. Dennoch werde ich dich immer in meinem Herzen behalten." „Ich bin hier auf meinem Hof, meine Schöne", sagte Cali. „Du sollst wissen: Wann immer du mich brauchst, du wirst mich hier finden. Hier bei mir wird immer ein Ort für dich sein." Dann nahm sie wieder die Schatulle mit dem Tiras hervor. „Ich habe verstanden, was du mir sagen wolltest", sagte Cali. „Dennoch werde ich für immer mit dir verbunden sein. Wenn du das, was du gesagt hast, ernst meinst, meine Schöne, dann bitte ich dich, nehme den Tiras an. Denn ihn zu tragen, ist das Zeichen unserer Verbundenheit. Ich habe ihn vergeben und ich werde ihn niemanden anderem geben." Inzwischen war Aureas Beutel gebracht worden. Immer mehr Hofleute kamen nun hinzu, denn alle hatten gehört, dass Aurea gehen würde.

Aurea nahm vorsichtig den Tiras aus der Schatulle und band ihn in ihr Haar. Dann küsste sie Cali und ging südwärts, ohne sich noch einmal umzusehen. In der Ferne konnte man erkennen, dass Sevecs Stamm bereits vorbeigezogen war und nur noch wenige Nachzügler zu sehen waren. In diesem Moment hatte es zu regnen begonnen.

Die Insel hinter dem Riff

Alles war durcheinander.

Wagen wir eine Annahme, eine kleine, sehr kleine Vermutung, mein Guter. Diese große, seltsam schillernde Wolke, ist nicht das, auf das es hier ankommt. Schließlich ist da ja noch das andere. Dieses immer wiederkehrende Feuchte, das, was ein wenig kalt ist und ein wenig salzig. Ja, mein Guter, sie ist wirklich schön diese schillernde Wolke, da sind ja alle Farben schon drin. Wirklich alle, sehr schön. Auch die Musik, die Musik, die direkt aus der Wolke kommt haben wir noch nicht gehört. Aber das wiederkehrende Feuchte ist manchmal doch recht kalt. Darum ist es das, auf das es jetzt ankommt. Weil es eben zu kalt ist, mein Guter. Und salzig ist es auch.

Das ist wirklich nicht einfach. Wenn man nun hoch möchte, mein Guter, aufstehen. Das muss wohl durchdacht sein, denn man muss dabei ja mit einem Körperteil beginnen. Aber es geht darum, auch wenn es in diesen Tagen nicht so einfach ist, eine gerade Standfläche zu bekommen. Aber das kann ja auch nicht für alle Zeit gleich bleiben und heute ist es eben mal anders. Diese feuchte Masse hält die Füße fest. Das macht es schwer. Ja, mein Guter, schwer, aber nicht

228

unmöglich. Auch wenn nun alles vor den Augen flimmert, auch dann.

Wer hätte es gedacht? Nun bist du nicht mehr in dieser wiederkehrenden Feuchte. Hier steckt der Fuß in heißer Trockenheit. Das reicht und du fällst und landest weich und trocken. Mein Guter, hier kannst du noch einmal kurz die Augen schließen. Warum auch nicht? Hier liegst du warm und sicher und hier kannst du dich ausruhen. Wenn man sich auf seiner eigenen Insel, auf der man Herr ist, einmal ausruhen möchte, wer hätte dagegen etwas zu sagen?

Für eine Weile wurde es noch einmal dunkel um ihn, aber nun war es bald sehr warm und es war nicht gut, an diesem Ort lange auszuruhen. Es mag einige Zeit vergangen sein, aber nun war es ihm gelungen sich aufzusetzen. Das war der Strand, der von der Mittagshitze aufgeheizt worden war. Wie lange hatte er hier gelegen? Er war wohl aus dem Wasser gestiegen und hatte sich hier in den Sand fallen lassen. Immer noch drehte sich alles um ihn. Was war das nur? Warum lag er zunächst im Wasser? Warum war er jetzt in diesem Zustand und wie lange schon?

Der Kaupilz, mein Guter, entfuhr es ihm. Es war dieser neue kleine Pilz, den er bisher noch nicht versucht hatte. Er hatte nur einen halben dieser kleinen leuchtend gelben Pilze versucht, die es hier überall auf der Insel gab. Er war gut dieser Pilz, sehr gut sogar. Das hatte er geahnt. Aber er ließ einen an ungünstigen Orten zurück. Da hast du nun im Wasser gelegen, immer noch im flachen Bereich und in Ufernähe. Aber das darf er nicht, nein ganz bestimmt nicht. Vielleicht musste man beim nächsten Mal eine noch kleinere Menge versuchen? Wenn du nur den schwarzen Graswurzelschwamm finden könntest, den es in der Heimat gibt. Mehr als die Hälfte der Insel hast du abgesucht, mein Guter, aber bisher ohne Erfolg.

Aber sonst ist die Insel wundervoll. Im Vergleich zu

dem alten Garten gibt es weniger unangenehme Nachbarn und viel mehr Sonne. M´Attar hatte gesagt, ich solle mir keine Sorgen um den alten Garten machen. „Amadan", hatte er gesagt, „ich werde dafür sorgen, dass alles dort bleibt, wie es ist, und die Nachtmahre haben keinen Zutritt." Er könne jederzeit in seinen alten Garten zurückkehren und würde ihn genauso vorfinden, wie zuvor. Aber, mein Guter, natürlich gibt es keinen Anlass, von diesem wundervollen Ort fortzugehen. In die alte Heimat im Shishimora-Wald schon gar nicht. Wie sehr die Sonne am Himmel lacht und tanzt, wenn man versucht aufzustehen. Hoppla, ja, es hat zwei Versuche gebraucht, aber nun stehe ich hier. Sehr schön. Ich werde in die Hütte zurückgehen können.

Ja, mein Guter, du bist deine eigene Spezies. Eigentlich ein Hundswesen, aber wann gab es das letzte Mal Fleisch auf deinem Tisch? Das war ewig her. Das war noch in dem vorherigen Leben, bevor du die alte Heimat im Shishimora-Wald gefunden hattest. Nein, andere Spezies werden nicht verspeist. Aber zur Kräftigung brauchst du jetzt etwas Besonderes. Es ist in der alten Steinschüssel mit dem Sprung schnell zubereitet.

Amadan brauchte ein wenig Zeit, um den Pfad vom Strand bis zu seiner Hütte zu folgen. Gleich nach der Ankunft auf dieser Insel hatte er diese kleine Holzhütte bezogen und den Pfad angelegt. Außer ihm war hier ja niemand mehr. In der Hütte goss er sich einen Becher Kräutertrunk ein – ein sämiges, vergorenes Getränk aus zerstoßenen Samenkörnern, Wasser und einer Auswahl belebender Kräuter. Gierig trank er den Becher in einem Zug aus und fühlte sich schon ein wenig besser. Seine Schüssel füllte er mit sauer eingelegten gemischten Hülsenfrüchten, einem scharfen Gemüsemus und einer Handvoll Nüsse und Pilze. Wann hatte er das letzte Mal etwas gegessen? Es mochte schon wenigstens einen Tag her gewesen sein.

So viel brauchst du ja nicht, mein Guter, aber nun wird es doch ein wenig Zeit.

Nachdem er gegessen hatte, fügte sich die Welt um Amadan wieder zusammen und ihre Bestandteile hörten auf, verschiedenen Richtungen zuzustreben. Ruhig sah er aus dem Fenster und sah, wie sich ein großer Vogel auf dem Ast unmittelbar davor niedergelassen hatte. Es war ein Schwarzspäher und für einen Moment erschien es ihm, als würde der Vogel zu ihm hereinsehen. „Sei gegrüßt", sagte Amadan. „Es ist mir eine Freude, dass du den weiten Weg bis zu mir gefunden hast. Ruh dich jetzt aus und stärke dich mit allem, was du hier findest. Grüße die Freunde, wenn du zurückkehrst. Ich bin sehr glücklich hier."

Das war er in der Tat. Seit neun Monden war er hier auf der Insel und er hatte noch keinen Grund gefunden, wieder auf das Festland zurückzukehren. Sein Herr, der Than, hatte ihm diese Insel hinter dem Riff geschenkt, als er ihn aus seinen Diensten entließ. Alles war getan, die Aufgaben waren vollbracht und auch der Than wollte wieder zu den Göttern zurückkehren. Natürlich wollte auch Amadan wieder zurück in die Einsamkeit, auch wenn er die neuen Freunde in der großen Stadt noch so lieb gewonnen hatte. Amadan erinnerte sich noch sehr genau an sein letztes Zusammentreffen mit dem Than. „Eine letzte Bitte habe ich an dich, Freund", hatte der Than zu ihm gesagt. „Ein Freund bist du mir wahrlich gewesen. Zu keiner Zeit habe ich dich als meinen Diener gesehen. Eine große Bitte habe ich dennoch. Bitte kehre nicht in den Shishimora-Wald zurück, in dem wir uns das erste Mal trafen. Ich glaube, dass das Ungute, das dort umgeht, nicht für immer von dir zurückgehalten werden kann. Ich wünsche mir, dass du einen anderen Ort aufsuchst."

Ja, mein Guter, dann schenkte der Than dir die Insel.

Versteckt lag sie, hinter dem großen Riff, das nur durch eine Passage durchquert werden kann, die allein die Gilde der fergardhonischen Kapitäne kennt. Gleich hinter dem Ausgang der Passage. Inmitten einer schwer zugänglichen unbedeutenden Ansammlung kleiner Inseln lag seine Insel. Sogar die Hütte gab es schon, Amadan brauchte sie nicht zu bauen. Ein wenig ausgebessert musste sie allerdings schon werden. Es war eine verlassene Einogunterkunft. Die Einogs kennen sicherlich alle Orte in allen Welten.

In den neun Monaten hatte er die Insel ausgiebig erkundet. Die weißen Sandstrände, die die Insel umgaben, der frohe, lebendige Wald im Inneren der Insel, der tiefe, kühle Süßwassersee mit den dicken, klugen Fischen und den kleinen Berg, von dessen Gipfel man auf das große Riff sehen konnte, auf die vielen Felsen, die aus dem Wasser ragten und durch das klare Meerwasser hindurch auf seine undurchdringlichen Erhebungen unter der Wasseroberfläche. Amadan war angekommen. Seit seinem Aufbruch in Donetes, seinem verfluchten und verdammten Geburtsort mit seiner verrohten und dreckigen Spezies, seiner langen einsamen Wanderung durch die Welt und seinen vielen Erlebnissen, die ihn schließlich zu Amadan machten und alle seine anderen Namen vergessen ließen, seit er im Shishimora-Wald seinen verborgenen Garten errichtete und diesem vergifteten Ort abtrotze, seit er seinen Garten verließ, um den Than erst zu bekämpfen und ihm dann stattdessen zu dienen, war er das erste Mal an einem Ort, an dem er ganz selbstverständlich nur die Person sein konnte, die er war und das war schon allerhand.

Ja, mein Guter, du weißt ja, dass in allen Welten nicht alles uneingeschränkt vollkommen ist. Alles erdenkliche Kraut gab es hier auf der Insel, aber sein geliebter Kaupilz, der schwarze Graswurzelschwamm, er konnte ihn hier einfach nicht finden. War das vielleicht auch eine geheime Absicht des Thans? Er hatte ja eine sehr eigene Ansicht zu deinen kleinen Freuden, mein Guter, er mochte das ja ganz und gar nicht, auch als er noch nicht der Than war, wenn du dich erinnerst.

Amadan legte sich noch für einige Zeit auf seine Schlafmatte, denn ein wenig unwohl fühlte er sich noch. Nachdem er geruht und noch zwei Becher Kräutertrunk getrunken hatte, machte er sich an die Beschäftigung, der er in der Hauptsache nachging. Irgendwo auf der Insel musste doch der schwarze Graswurzelschwamm zu finden sein. Er musste nur lang genug suchen. Von allen Bereichen, die er auf der Insel noch nicht abgesucht hatte, war heute der Bereich um die kleine Bucht dran. Er hatte sehr gründlich das angrenzende kleine Waldstück abgesucht und hier ging es nun weiter.

Inzwischen war es Nachmittag und dieser war bereits recht fortgeschritten.

Mein Guter, du weißt, was es heißt, wenn du diesen Pilz nicht finden kannst, nicht wahr? Es gibt ja noch die zweite Möglichkeit, die genauso gut wirkt. Die gibt es in der Tat. Die Gelbkröte gibt es hier auf der Insel. Du hast schon eine besonders fette unter einer Wurzel hocken gesehen. Wenn man die Gelbkröte fängt, ärgert sie sich und schwitzt einen weißen Schleim, den man abschaben kann. Kauen möchte das niemand. Aber wenn man den weißen Schleim trocknet und dann raucht, dann wirkt das fast wie schwarzer Graswurzelschwamm. Aber es stinkt so heftig. Das ist wirklich nur für den Notfall. Daher suchst du ja auch so eifrig, nicht wahr, mein Guter?

Da war die kleine Bucht auch schon. Amadan wollte aus dem kleinen Waldstück heraustreten, als sein Blick auf etwas fiel, mit dem er in keinem Fall gerechnet hatte und das ihn augenblicklich erstarren ließ. In unmittelbarer Nähe, nur wenige Schritte entfernt, hatte ein fremdes Wesen das Wasser verlassen. Es bewegte sich mit seltsam gleitenden Bewegungen aus dem Meer heraus und lief fast übergangslos an den Strand. Das Wasser rann an dem Wesen herab und tropfte hinunter in den Sand. Seine Gliedmaßen waren zierlich und schlank und es war unbekleidet und gänzlich unbehaart. Auch der Kopf war haarlos und neben einem kleinen Mund mit bleichen Lippen hatte das Wesen tatsächlich Kiemen an der Seite des Kopfes. Eine Nase gab es nicht, lediglich zwei Atemöffnungen meinte Amadan zu erkennen. Es war eine Frau und obwohl sie einer Spezies angehörte, die offenbar unterhalb der Meeresoberfläche lebte, bewegte sie sich, wie Amadan fand, auch an Land mit großer Anmut. Für einen Moment blieb er einfach halb verborgen hinter einem Busch stehen und sah mit großem Erstaunen zu ihr hinüber. Die Frau ging den Strand entlang zu einem Strauch, pflückte dort einige Blätter und roch daran. Dann lief sie zu einem flachen, glatten Felsen und setzte sich dort in die Sonne. Offenbar gehörte dies zu ihren Gewohnheiten. Es schien, als habe sie diesen Ort schon oft aufgesucht. Mit einer Hand wischte sie sich langsam die Tropfen von ihrem glatten Kopf und aus dem Gesicht und man sah deutlich, dass sie es genoss, in der nachlassenden Nachmittagssonne zu sitzen und sich wärmen zu lassen.

Wie lange war es her, dass er eine Frau zu Gesicht bekommen hatte? Nachdem er Cybolis verlassen hatte, hatte er sich weiter in den Südosten zu dem alten Hafen von Sverida begeben. Seit jeher gab es von dort aus die besten Schiffsverbindungen zu den Orten jenseits des großen Riffs. Gut erinnerte er sich an seine Abschiedsfeier, die er in einem alten Gasthaus mit einigen Seeleuten gefeiert hatte. Neben dem süffigen Tesh, das es dort zu trinken gab, hatte er einige gute Portionen seiner Kräuter-Pilzmischungen verteilt, um die Stimmung zu heben. Das war ihm vollständig gelungen. All die Seeleute, Hafenarbeiter, Musiker und die Badistas und überhaupt alle Frauen würden noch lange von diesem Abend erzählen können. Die Wasserfrau hatte sich nicht mehr bewegt. Sie blickte aber mit geschlossenen Augen Richtung Sonne und ihm schien, dass sie mit ihrem kleinen Mund lächelte. Mein Guter, nun wird es aber Zeit.

Amadan trat hinter dem Busch hervor, ging einige Schritte in Richtung des Felsens und sagte: „Lasst Euch durch mich nicht stören. Genießt die schöne, warme Sonne. Allerdings würde es mich überglücklich machen, dürfte ich Euch dabei ein wenig Gesellschaft leisten." Voll Entsetzen fuhr die Wasserfrau herum und starrte Amadan aus großen, runden, fischartigen Augen an. Die großen dunklen Pupillen ruhten jeweils in einer leuchtend silbernen Iris, die mit dunklen Sprenkeln übersät war. Nur für wenige Augenblicke verharrten diese Augen auf Amadan. Dann glitt sie, ohne das geringste Geräusch zu verursachen, von dem Felsen und lief behände in Richtung Meer. Mit einem raschen Sprung tauchte sie in die Gischt und war so vollständig verschwunden, als hätte Amadan diese Begegnung nur geträumt.

Amadan blieb verwirrt neben dem Felsen stehen und sah ihr nach. Nichts deutete mehr auf ihre Anwesenheit hin. Er sah in die Pfütze hinunter, die größere Wellen, die diesen Ort gelegentlich erreichten, dort hinterlassen hatten. Nachdenklich betrachtete er sein Spiegelbild, das ihn ebenso nachdenklich aus der Pfütze heraus anblickte. Es war ein sehr hageres, nicht mehr allzu junges Hundswesen mit struppigen braunen Fell und hellen bernsteinfarbenen Augen, das in völlig zerschlissener Kleidung steckte. Er trug wie immer ein zerrissenes verschmutztes Hemd und eine zerschlissene Hose, aus einem Material, das einmal Seide gewesen sein mochte. Darüber trug er seinen weiten Mantel mit den großen Taschen. Das Haupthaar hatte er sich an den Seiten abgeschnitten; eine schmale borstige Mähne, ähnlich der eines Pferdes, führte von der Stirn bis in den Nacken. Im linken Ohr hatte er einen großen Ohrring und er trug eine schlichte Halskette, einst ein Geschenk von einem guten Freund. Amadan seufzte: „So wird das nichts, mein Guter."

Kein Tier fürchtete sich vor Amadan. Gleich einem Einog konnte er sich frei unter den Wildtieren bewegen und obwohl er ein Hundswesen war, blieb jede Spezies in seiner Anwesenheit vollkommen ruhig. Es hatte sehr lange gedauert, bis Amadan dies gelungen war. Nur diese Wasserfrau schien dies anders zu sehen. So eine überstürzte Flucht hatte Amadan lange nicht gesehen. Ob es ihr von ihrem Volk nicht erlaubt war, sich hier aufzuhalten? Was nun, mein Guter? Es muss doch möglich sein ihr Vertrauen zu gewinnen. Ein Geschenk! Natürlich! Mit einem Geschenk sollte dies machbar sein, auch wenn sie wohl eine vollkommen andere Sprache sprechen mochte als er. Amadan ging hinüber zu der Pflanze, an deren Blättern die Wasserfrau zuvor gerochen hatte. Ein intensiver, frischer, zitrusartiger Duft strömte von diesen Blättern aus. Diesen Geruch mochte sie also. Amadan überlegte. Mein Guter, es gibt eine Blüte, die einen ganz ähnlichen Duft verbreitete – nur noch einmal intensiver. Eine besonders schöne Blüte war dies auch. Es war die gelbe Berganemone. Er erinnerte sich. Nur auf lichten, sonnendurchfluteten Bergen war sie auf hoch gelegenen Wiesen zu finden. Das wäre ein angemessenes Geschenk für diese junge Frau. Damit könnte er es versuchen. Dann musste der schwarze Graswurzelschwamm noch warten.

Auf dem Weg zurück in seine Hütte sah er immer noch vor sich, wie die Wasserfrau zu dem Felsen ging, um dort die Sonne zu genießen. Was für eine grazile und eigene Art sich zu bewegen. Es war fast so, als würde man sich auch an Land wie durch Wasser schwebend dahinbewegen. Ihr Gesicht war nicht im eigentlichen Sinne schön und ihr Kopf war völlig kahl, dennoch stimmten die Proportionen mit den runden Augen und diesem kleinen Mund auf fast perfekte Weise.

Überhaupt die Augen mit dieser leuchtend silbernen, mit dunklen Sprenkeln übersäten Iris. Wie erschrocken sie ihn angesehen hatte. Amadan schüttelte den Kopf. Auch das noch. Ja, mein Guter, dann mach dich mal auf die Suche nach der Bergblume.

Es gab ja nur den kleinen Berg etwa in der Mitte der Insel, aber hoch genug für diese Blume müsste er sein. Ganz bis nach oben war Amadan bisher nur einmal gelangt. Von nur einer Seite war er den Berg bisher hinaufgestiegen. Dabei hatte er den Ausblick genossen. Auf Pflanzen hatte er dabei nicht geachtet. Was genau dort oben wuchs, daran konnte er sich nicht erinnern. Gleich am nächsten Morgen machte er sich auf den Weg. Er hatte sich in einem Beutel eine Wasserflasche und einige getrocknete Kräuter mitgenommen. Wenn es sein musste, konnte Amadan sehr lange Wege gehen, egal bei welchem Wetter. Er begann den Aufstieg dieses Mal auf der entgegengesetzten Seite. Spätestens bis zum Nachmittag wollte er den Gipfel erreicht haben. Schon am Nachmittag des darauffolgenden Tages sollte die Wasserfrau die Blumen bekommen. Amadan konnte es kaum erwarten. Schnell und ohne auszuruhen hatte Amadan bald die Hälfte des Berges mit seinen hageren Beinen und den bloßen Füßen bestiegen, als er eine erstaunliche Entdeckung machte. Das hatte er bisher noch nicht gewusst: Der Eingang zu einer Höhle lag dort direkt vor ihm, halb verborgen unter langen herabwachsenden Gräsern. Ein solches Versteck zu kennen, konnte niemals verkehrt sein. Aus einem Stück Ast, den er mit langsam brennender, harziger Rinde umwickelt hatte, fertigte er eine passable Fackel an und entzündete sie, indem er den Saft einer bestimmten roten Erdknolle und den einer besonderen gelben Beere vermischte und diese Mischung sich wie immer sofort entzündete. Saftentflammung nannte er diese Methode, die außer ihm kaum noch jemand kannte.

Amadan betrat mit der brennenden Fackel die Höhle und fast sofort erkannte er an der deutlich feuchten Kühle der Höhle und dem Geruch, dass diese bis weit in die Erde hinunterführen musste. Nachdem er einen großen, hallenartigen Raum durchschritten hatte, kam er in eine tiefer gelegene und etwa halb so große Kammer. Er erstarrte für einen Augenblick. Dieser Bereich der Höhle war nicht leer. Vor sehr langer Zeit musste jemand diese Höhlenkammer als sicheren Lagerplatz entdeckt haben, denn er hatte offenbar Bedarf an sehr viel Lagerfläche. In dieser Kammer lagerten dicht gedrängt Reichtümer aller Art. Es waren Schatullen mit Goldschmuck darunter, grobe Barren aus Silber und Gold in unsortierten Stapeln, feine Vasen und Skulpturen, Edelsteine und in der Hauptsache Truhen voll mit Goldmünzen. Staunend lief Amadan durch diesen Raum und leuchtete mit seiner Fackel mal in diese mal in jene Ecke, ehe er entdeckte, dass sich hinter dieser Kammer noch ein weiterer großer Raum verbarg und dahinter noch ein dritter noch sehr viel größerer Raum. All diese Räume waren ebenso übervoll mit Kostbarkeiten. Seit sehr langer Zeit war diese Höhle wohl nicht mehr betreten worden. Amadan sah sich die Goldmünzen an und erkannte, dass sie alle gleich waren, also nicht unterschiedlichen Völkern und ihren Herrschern entstammten. Er besah sich eine der Goldmünzen in seiner Hand und betrachtete das Emblem eines Blattes des Fächerblattbaumes. Dieses Zeichen hatte er doch schon einmal gesehen – lange war dies her. Dann fiel es ihm wieder ein. Es war in seiner alten Heimat, seinem verhassten Geburtsort Donetes am Callenad-See. Sein Großvater war ein brachialer Tyrann in seiner Familie gewesen und er wusste sehr wohl, wie er sich Aufmerksamkeit verschaffen konnte. Meist schwang er seine Reden über die ruhmreiche Vergangenheit seines Volkes und dass es einst ein gewaltiges und gefürchtetes Reich gegeben habe, welches Carthanien genannt wurde. Dann hatte er auch wieder rührselige Momente, wenn er ausreichend vergorenen Beerenmost getrunken hatte. Manchmal zeigte er seinen kleinen Enkeln und Neffen dann Dinge aus seiner Vergangenheit und Jugend. Das waren Knochen früherer Gegner oder es konnte das Fell seines früh verstorbenen jüngeren Bruders sein. Einmal war es eine glänzende goldene Münze, die das Emblem eines Blattes des Fächerblattbaumes zeigte und er sagte, dass dies eine Münze des Reiches Carthanien sei, die er einst von seinem Großvater geschenkt bekommen habe. Ein vergessener Schatz des alten Carthanien war dies wohl in dieser Höhle. Es heißt, dass es hier hinter dem Riff sogar noch letzte Angehörige dieses alten Reiches geben sollte. Aber es schien nicht so, dass diese Höhlen noch jemand kannte.

Ja, mein Guter, das wäre dann wohl der Fund deines Lebens. Mit diesen Reichtümern konnten manche Könige nicht mithalten. Würde er nach Cybolis zurückkehren, welch prächtigen Palast könnte er sich bauen lassen. Heerscharen von Dienern ständen zu seiner Verfügung und für seine Fischfrau könnte er sich in der Stadt einen ganzen See anlegen lassen. All die großen Herrn und die großen Damen von Fergardhon und darüber hinaus würden ihn hoch achten. In edelste Gewänder könnte er sich kleiden. Was für Fuhrwerke mit den edelsten Pferden könnte er sich leisten und was für ein Aufsehen würde er damit erregen, wenn er damit durch die Straßen von Cybolis fahren würde. Bei dem Gedanken konnte Amadan sich ein breites Grinsen nicht verkneifen und er stieß ein heiseres Kichern aus. Ausgerechnet er entdeckte diesen Schatz. Das war ein Witz der Götter. Warum? Wozu? Nichts von alledem hatte er in der Vergangenheit benötigt und nichts von dem hatte für ihn in der Zukunft die geringste Bedeutung. Gei den Göttern, mein Guter, ewig bist du ihnen dankbar. Er war doch frei. Er war frei von all dem – sehr lange schon – und das würde sich auch nicht mehr ändern. All diese Wünsche und diese unheilvollen Zeitvergeudungen hatten sich in seinem Kopf nicht wie Parasiten eingenistet. Frei war er davon! Er war hier auf seiner Insel mit den weiten Sandstränden, der tiefblauen See und der wärmenden Sonne. Was anderes war noch erstrebenswert. Ja, mein Guter, und wenn du in der Eiswüste leben würdest: All das andere hätte für dich auch dort keinen Wert, braucht dich nicht zu belasten und war keinen wertvollen Augenblick der Überlegung wert. Die wirklich wertvollen Dinge, können mit keiner Goldmünze bezahlt werden.

Amadan setzte seinen Aufstieg Richtung Gipfel fort und er lief stetig, aber ohne große Hast. Wenn es ihn danach verlangte, legte er eine kurze Rast ein, sah hinunter auf die Insel und das umliegende Meer und erfreute sich an der Schönheit von dem, was er sah. Dann kam der Gipfel und es war nicht einer dieser Berggipfel, auf denen man sich hinstellen und mit gereckter Faust den Erfolg des Aufstiegs feiern konnte. Es war eine kleine ebene Fläche, die mit Strauch und Buschwerk und den verschiedensten Bergpflanzen bedeckt war. Ja, mein Guter, so hattest du das auch in Erinnerung. Aber welche Pflanzen waren das? Er brauchte sich gar nicht lange umzusehen. Natürlich war sie da. Er hatte damals nur nicht darauf geachtet. Sein Herz machte einen Sprung. Die gelbe Berganemone wuchs hier auf dem Gipfel und das nicht zu knapp. Amadan roch vorsichtig an einer Blüte und tatsächlich, er hatte das richtig in Erinnerung. Ein kräftiger zitrusartiger Duft war zu vernehmen. Ja, mein Guter, wen interessiert eine Kammer voll mit Gold? Die Wasserfrau wird diesen Duft lieben. Ist das nicht wunderschön?

Sechs Berganemonen pflückte er und begann dann eilig mit seinem Abstieg. Dies waren sehr empfindliche Blumen. Einmal gepflückt benötigten sie in sehr kurzer Zeit

Wasser, sonst wurden sie schlaff und unansehnlich. Ja, mein Guter, sie soll ja keine Trockenblume von dir überreicht bekommen. Amadan hatte eine Portion der mitgenommenen Kräutermischung zerkaut und benötigte keine Pause vor dem Rückweg. Hochkonzentriert und flink stieg er abwärts, dabei immer einen Arm mit den sechs Blumen in die Höhe haltend. Längst hatte er mehr als die Hälfte des Abstiegs hinter sich, als er stutzte. Diesen Geruch kannte er doch nur allzu gut. Er blickte sich um und erkannte es sofort. Da hatte er die halbe Insel abgesucht und hier fand er ihn zufällig im Vorbeihasten. Der schwarze Graswurzelschwamm hatte sich hier zwischen sämtliche Felsen und Vertiefungen gezwängt und gedieh prächtig und reichhaltig. Amadan musste ihn nur noch mit einem Messer abstechen und in seinen großen Manteltaschen verstauen. Aber das würde natürlich eine Weile dauern, denn dieser Pilz verstand es, sich an seinem Untergrund festzuhalten.

Das war nun aber tatsächlich ein Problem, mein Guter, denn wohin in der Zwischenzeit mit den Anemonen, die jetzt schon lautlos, aber unüberhörbar nach Wasser riefen. Sie mussten hinunter in seine Hütte und zwar im Eiltempo. Achherrje, all der schöne Graswurzelschwamm! Würde er die Stelle denn wiederfinden? Aber sicher, mein Guter, so etwas vergisst man doch nicht! Und wenn doch? Aber nein, ausgeschlossen. Schon war Amadan wieder auf dem Weg abwärts und konnte es nicht glauben. Hatte er da eben tatsächlich eine übervolle Stelle mit wunderbarem Graswurzelschwamm unangetastet gelassen und war dabei, mit sechs Berganemonen in der Hand schnellstmöglich einen Berg hinunterzueilen? Das war ja wohl kaum zu fassen!

In seiner Hütte hatte Amadan diesen großen alten Krug, den er ab und zu benutzte, um darin Getreide und Kräuter gären zu lassen. Bald schaukelten dort vier verbliebene gelbe Berganemonen, die er heil bis in die Hütte bringen konnte in kristallklarem Wasser, während Amadan ein Pfeifchen rauchte und die Pflanzen nachdenklich betrachtete. Wenn sie nun nicht kommt? Ja, mein Guter, dann wirst du es eben an einem anderen Tag noch einmal versuchen. Und sieh zu, dass du die Stelle mit dem Graswurzelschwamm wiederfindest. Amadan dachte an dicke Gelbkröten und roch lieber erneut an einer der Blüten. Bis morgen Nachmittag wirst du ohnehin abwarten müssen. Vorher würde dort unten am Strand nichts passieren.

Es waren quälend lange Stunden bis zum Nachmittag des nächsten Tages und Amadan musste ganze drei Rotbeeren essen, um überhaupt schlafen zu können. Nachdem er den Großteil des Tages damit verbracht hatte, nahezu sämtliche Kräutervorräte aufzufüllen, brach er am frühen Nachmittag in Richtung der kleinen Bucht auf. Zwei Anemonen waren ihm inzwischen noch geblieben und auch diese befanden sich nun nicht mehr im Wasser, sondern in seiner Hand und Amadan beeilte sich daher, in der Bucht anzukommen. Die kleine Bucht lag wie immer still und friedlich vor ihm und aus seinem Versteck hinter einem Busch sah er, dass der Felsen, auf dem sich die Wasserfrau gesonnt hatte, noch völlig trocken und unberührt aussah. Amadan zögerte kurz, ging dann zu dem Felsen und legte eine der Blumen direkt dort ab. Dann begab er sich wieder in sein Versteck und wartete. Die Zeit verging zäh und langsam, während die Anemone auf dem Felsen in der prallen Sonne lag und nicht mehr sehr lange frisch und schön aussehen würde.

Dann war es tatsächlich so weit und die Fischfrau entstieg dem Meer. Allerdings war sie dieses Mal weniger unbedarft und sah sich vorsichtig nach allen Seiten um. Amadan duckte sich tiefer in den Busch und beobachtete, wie sie zunächst sehr langsam zu ihrem Strauch ging, um wieder einige Blätter abzupflücken und daran zu riechen.

Immer noch sah sie sich ängstlich dabei um und ging dann sehr langsam bis zu dem Felsen. Erst im letzten Augenblick sah sie die Anemone, blieb überrascht stehen und ließ die Blätter aus ihrer Hand fallen. Immer wieder sah sie sich um, während sie zögernd ihre Hand nach der Blume ausstreckte. Dann ergriff sie sie und roch an der Blüte. Erkennen und Staunen sah Amadan nun in ihrem Blick und er selbst staunte über die Freude, die dies bei ihm verursachte. Dann trat er aus seinem Versteck hervor.

Sofort hatte sie ihn aus dem Augenwinkel bemerkt und stürzte in Richtung Meer, nicht ohne sich noch einmal nach ihm umzusehen. Amadan war stehen geblieben, sagte nichts und hielt ihr in seiner rechten Hand die noch verbliebene Blume wie ein Zeichen entgegen. Die Fischfrau lief langsam drei Schritte rückwärts Richtung Meer und blieb dann zögernd stehen. Mein Guter, das ist doch nicht zu glauben: Jedes Tier fürchtet dich nicht, was kannst du denn hier noch tun? Amadan machte einen Schritt rückwärts und hielt immer noch die Blume vor sich. Die Frau hielt ihre Anemone noch in den Händen, roch nun noch einmal an der Blüte und sah Amadan aufmerksam an. Sehr langsam hatte Amadan nun wieder einen Schritt nach vorne gemacht, dann machte er einen weiteren Schritt auf sie zu und blieb stehen. „Hab keine Angst vor mir", sagte er nun mit freundlicher, leiser Stimme. „Ich möchte dir doch nur diese Blume bringen." Die Fischfrau war tatsächlich stehen geblieben und so ging Amadan vorsichtig weiter auf sie zu und blieb drei Schritte vor ihr stehen. Sie war erheblich größer als er, das hatte er sich schon gedacht und das war tatsächlich auch nicht besonders außergewöhnlich. Er vermied es zu lächeln, denn dies würde nur seine Fangzähne freilegen und damit hatte Amadan keine guten Erfahrungen gemacht. Immer noch hielt er die Anemone am ausgestreckten Arm vor sich. Dann ging alles ganz schnell.

Ganz flink und gleichzeitig anmutig wie ein Fisch im Meer lief sie rasch zu ihm, nahm ihm die Blume aus der Hand und eilte damit zum Wasser. Sie roch noch einmal an der Blüte, sah sich nach Amadan um und verschwand dann blitzschnell in den Wellen. Amadan aber stand noch an seinem Platz und hielt völlig überrascht und verwirrt den Arm mit der leeren Hand immer noch ausgestreckt. Sie hatte die Blume genommen. Sie hatte sich ihm genähert. Aber tatsächlich war dies noch nicht alles. In dem Moment, als sie ihm die Blume ganz rasch aus der Hand nahm, hatte ihr kleiner Finger seinen Handrücken gestreichelt. Nur ganz vorsichtig und sacht, aber auf keinen Fall versehentlich. Amadan senkte seinen Arm und spürte, dass sein Herz das erste Mal seit äußerst langer Zeit übervoll mit Freude war.

Mit einem gleichmäßigen Rauschen erreichte die Gischt immer wieder den Strand und die Seevögel riefen hoch oben in der Luft. Die Meeresluft wurde langsam etwas kühler, denn die Nachmittagssonne hatte schon begonnen, sich in Richtung Horizont zu senken. Amadan bemerkte von alldem nichts.

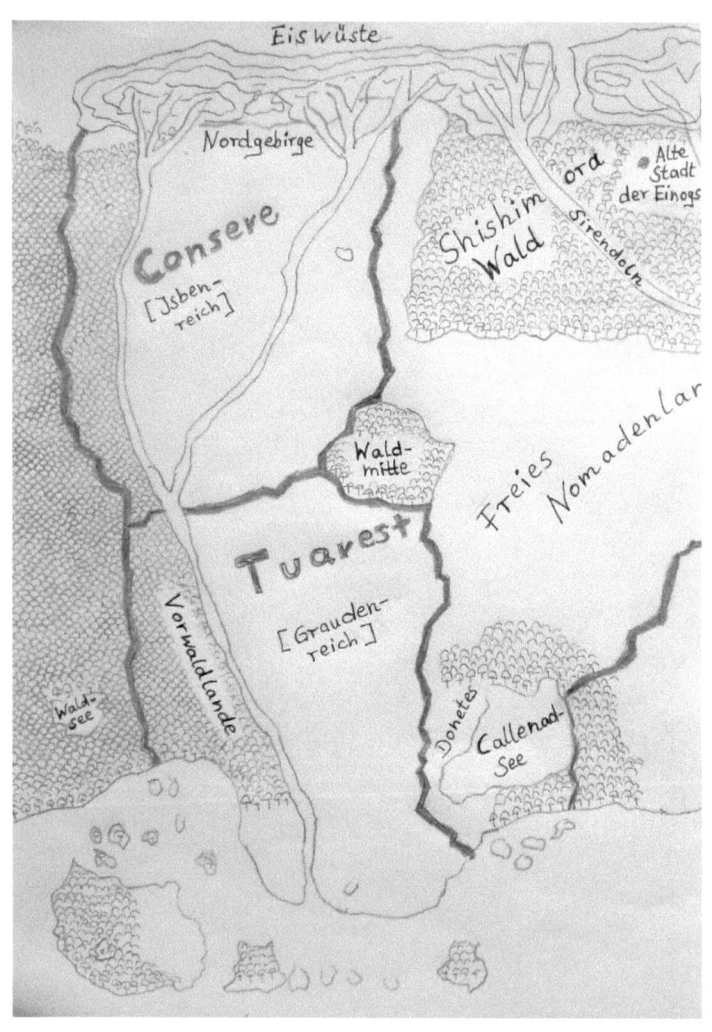

246

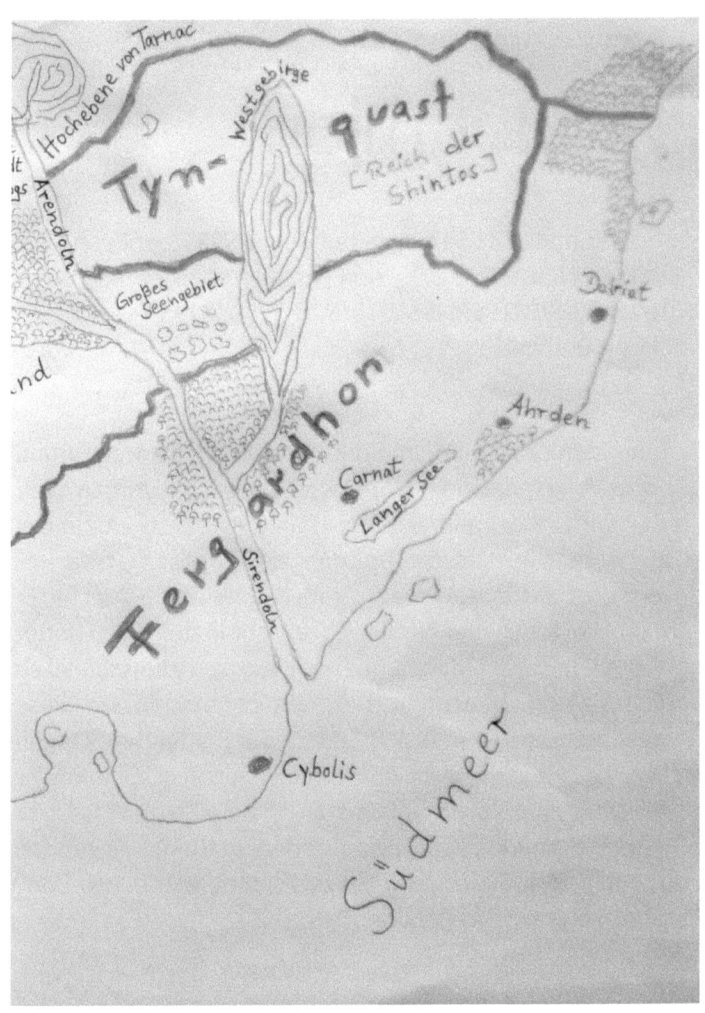

Marcus Parschau

Pendogmion

Fantasy-Roman, 586 Seiten, gebunden, als Taschenbuch oder
E-Book, mit Karte und Orts- und Personenregister
ISBN-10: 3739201959, ISBN-13: 978-3739201955
Books on Demand

In jenen dunklen Tagen, in denen der Dreierbund, der Bund
der drei Völker, nach der Vorherrschaft der bekannten Welt
greift, wird die Heimat des Häuptlingssohns Ascaborn
ausgelöscht. In dieser hoffnungslosen Lage trifft er
unvermutet auf eine weitaus größere und ältere Macht. Er
wird ihr Werkzeug, um das Gleichgewicht in der Welt wieder
herzustellen. Mit dem übermächtigen Wunsch nach
Vergeltung und Gerechtigkeit ergreift er entschlossen diese
Gelegenheit und muss sich bald entscheidenden Fragen
stellen. Liegt das Böse in dem Wesen seiner Gegner? Wer
trägt Schuld und Verantwortung an all dem Leid? Was ist zu
tun, um die Abfolge von Gewalt und Vergeltung zu beenden
und seiner Welt Gleichgewicht und Frieden wiederzugeben?
Ascaborn ergreift das Pendogmion.

MARCUS PARSCHAU

YALLAH NI MAR

Fantasy-Roman aus der Welt des Pendogmion, 684 Seiten, gebunden, als Taschenbuch oder E-Book, mit Karte und Orts- und Personenregister
ISBN-10: 374607939X, ISBN-13: 978-3746079394
Books on Demand

Nach der gewaltigen Schlacht um das Südmeer ist Kapitän Khales mit den letzten Überlebenden seiner Mannschaft auf der Flucht. Die feindliche Flotte des Königs S´Anthor von Caldessea und seines gefürchteten Admirals Ferriatan war siegreich und der Verbund der Flotten der Nachbarreiche ist zerschlagen. Gleich drei feindliche Schiffe haben die Verfolgung aufgenommen und voller Verzweiflung steuert Khales sein beschädigtes Schiff in einen nahenden Sturm. Während ihm seine Feinde tatsächlich nicht folgen, kann der Kapitän in dem Unwetter nur mit großer Mühe sein Schiff vor dem Untergang bewahren. Doch um welchen Preis konnte er das Leben seiner Mannschaft retten? Es hatte den Göttern gefallen sein Schiff vorbei an dem großen Strudel und auf die andere Seite des Großen Riffs zu bringen. Niemand kennt in diesen Zeiten mehr den Weg in diese Welt und niemand auf Khales Schiff kennt den Weg zurück.
In einer völlig unbekannten und fremdartigen Welt versucht die kleine Mannschaft zu überleben und den Weg zurück in die Heimat zu finden. Dies ist die Saga der Yallah Ni Mar, deren Ereignisse die Geschicke zweier Welten verändern werden.

BoD™
BOOKS on DEMAND